水魔法なんて使えないと追放されたけど、水が万能だと気がつき水の賢者と呼ばれるまでに成長しました
～今更水不足と泣きついても簡単には譲れません～

01

[著]空地大乃　[画]神吉李花

CONTENTS

第一章　追放された水使い

「ネロ。今日限りでお前はパーティーから追放だ。わかったらとっとと荷物を纏めて出ていけ」

それは突然の宣告だった。僕は入っていた勇者パーティー【栄光の軌跡】からの追放を言い渡されてしまった。

頭が真っ白になってしまい、一瞬何を言われたかも理解できず僕はキョトンとしていた。

立ち尽くす僕を見ながら勇者がやれやれと頭《かぶり》を振りそして突き飛ばしてきた。茫然としていた僕は、床に尻もちをついてしまう。

「うわっ！　な、何するんだ！」

「ふん。お前がボケっとしているから目を覚ましてやったんだよ。それと何度も言わせるな。お前は追放だ。今すぐ荷物を纏めて俺たちの前から消え失せろ」

ガイに改めて宣言された。彼は勇者の紋章を授かった男で、このパーティーのリーダーだ。

「そんな。この一年ずっと一緒にやってきたのに、どうしてだよ！」

「そんなの決まっているだろう。お前の属性が全く使い物にならない水だからだ」

ガイがはっきりと言い放つ。そう、僕は水属性だ。

この世界には「属性」というものが存在し、それは紋章によって決まる。紋章には武系紋章と魔法紋章があり、一二歳を迎えたときに行われる儀式で、手の甲に浮かび上がることで発覚する。

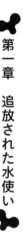

武系紋章を持つ者は剣や槍、斧など、紋章に応じた武具の扱いに長ける。更に武芸という特殊な力を閃き、扱えるようになる。

一方で、魔法紋章は文字通り魔法が扱える紋章だ。代表的なのは火・水・土・風で、僕はその中の水属性にあたる水の紋章を授かった。

正直言うと、僕は生まれた頃から魔力が高かった。だからきっと良い紋章を授かるはずだ、と両親からも期待されていた。しかし、僕が一二歳を迎えたとき、左手の甲に水の紋章が浮かんだ。片方しか浮かばない場合は大体利き腕が多いものの、僕は逆の手だった。

そして、この紋章が僕の運命を決めた――。

水の紋章は、水の属性を扱える紋章だ。だけど一般的に水属性は不遇とされていた。ガイが言っているのもこのことだろう。

「水だけは自由に出せるから補給係としてパーティーに加えていたが、それもこれまでだ」

水だけは出せる――そう、水属性は魔力を水に変換して生み出す【給水】などが扱える。僕は魔力の量だけは多いから、この魔法で無尽蔵に水が出せる。だから、迷宮内であっても水不足だけには陥らない。

「俺たちは魔法の水筒を手に入れたからな。これでもう貴様は必要ない」

魔法の水筒――見た目よりも多くの水を入れておける水筒だ。確かにそれがあれば僕の魔法がなくても、余裕を持って探索ができる。

「で、でも水筒だって、容量には限度があるし――」

「くどい！」

僕が意見するも、ガイは声を張り上げ僕の言葉を制した。

「そもそもお前は戦闘で役立ったことがない。水魔法があっても、敵に水をかけてちょっとびっくりさせる程度だ。動じない相手だっている以上、意味がない。役立たず以外のなんだってんだよ！」

ガイが眉を吊り上げ叫んだ。うぅ、それを言われると辛い――確かに、水魔法は戦闘面ではさっぱり役に立たない。水には攻撃に利用できる威力がないからだ。

「これは俺だけが決めたことじゃねぇ。そうだろうお前ら？」

「……そうね。あなたの魔法じゃ、今後は足手まといよ」

「きっとこれも神の思し召しなのでしょう」

ガイの問いかけに、女魔法師・フィアと白ローブ姿の回復魔法師・セレナが答えた。フィアは爆属性を有し、セレナは生属性。爆は火属性の上位でその火力は凄まじい。凄まじすぎて僕の魔法で鎮火したこともあるぐらいだ。セレナの生属性は回復魔法に最適な属性だ。彼女のおかげでパーティーは安全に旅ができた。

二人のパーティーへの貢献度は、僕とは雲泥の差だ。精々僕にできるのは、セレナの回復魔法を込めた「生命の水」を作る用の水を提供することぐらいだし。

「これが三人の総意だ。満場一致でパーティーからの追放決定だな。これでもまだ不満があるか？」

「――そう。わかったよ……」

結局、僕は追放を受け入れることにした。最初はそれでも一緒にいられたらと思ったけど、全員が僕がいなくなることを望んでるなら仕方がない。それに――水属性が使えないのはわかっていた。だからこそ、僕は家からも追放されたんだ。冒険者として活躍できれば、少しは見返すことができるかなと頑張ったけど、一年で追放になってしまった。

ガイに言われた通り、僕は荷物を纏めて勇者パーティーの家から出ていくことになった。ここは勇者がパーティーのために所持していた持ち家で、僕もしばらく厄介になっていた。だけど、追放された以上ここにはいられない。明日からどうしようかな――。

「じゃあみんな、さようなら。あ、部屋に魔力水は置いておくから」

「チッ、そんなものを作って。恩着せがましい奴だ」

これまでお世話になったパーティーだし、最後に何かできればと思ったんだけどな。ガイは迷惑そうにしていた。

「……別にいらなかったら捨てていいよ。じゃあね」

「あぁ。これでやっとせいせいできる。あぁそうだ。せめてこれぐらいくれてやるよ」

別れを告げた僕の足元に、ガイが布の袋を投げつけてきた。中を見てみると、お金が入っていた。

「手切れ金だ。後から不当な扱いを受けたなんて面倒なことを言われたくないからな。それを持って俺たちの前から消え失せろ。この町からも出ていけ。しばらくしてもまだこの町にいるようなら、全力で叩き潰すからな!」

「は? なんだよそれは。そんな条件ならいらないよ」

「黙れ！　それはあくまで手切れ金だ。一度出したものを引っ込められるか！　貴様、俺に恥をかかせる気か？」

えぇ……。返すと言っただけで文句を言われるなんて思わなかったんだけど……。

「いいから受け取って、さっさと出ていけ。たたっ切られたくなかったらな！」

そう言ってガイが剣を抜いて恫喝してきた。な、なんだよそれ。意味がわからない。だけど、尋常じゃない殺気を感じたから、仕方なく袋を受け取ることにした。

はぁ。それにしてもこれから一人で、どうしようかな――。

勇者の家を出た後、しばらく僕は心がどこか遠くに旅立ったような感覚に陥っていた。

水の紋章――不遇とされるこの紋章のおかげで、実際に僕は冒険者登録をしてからもしばらくは一人だった。冒険者とは、冒険者ギルドに登録して様々な仕事をこなす人物を指す。依頼には一人で引き受けられるものもあるけど、やっぱり一緒にいてくれる仲間がいた方が、よりレベルの高い依頼も受けやすい。だけど、不遇属性の紋章を持つ僕を受け入れてくれるような人物は、当時は本当にいなかった。そんな僕に声を掛けてくれたのがあのガイが率いる勇者パーティーだったんだ。それから一年間、自分なりに頑張ってみたけど追放か……確かに戦闘では役に立てなかった。それは事実だ。

だけど、せめてただの水の補給係で終わらないよう、やれる範囲で工夫していた。例えば【給水】の魔法で生成される水に直接魔力を流し込み、減った魔力を回復できる魔力水を作り出せるようにした。それは、少しでも皆の役に立ちたいと思ってのことだった。

魔力を回復するために、普通は魔力薬というのを使うんだけど、これが結構高い。僕の魔力水は魔力薬より効果も高いし、それだけ貢献できると思ったんだけどね。でも今の勇者パーティーはお金には困ってないだろうし、僕なんかに頼らなくても魔力薬ぐらい余裕で買えるんだろうな。

はぁ、やっぱり戦闘で役に立てないのが致命的か。水じゃ精々水飛沫の魔法で嫌がらせするぐらいしかできない。威力なんてないも同然だ。せめてもう少し威力があったら……。もちろん、それが無理なのはよくわかっている。水は火みたいに燃やしてダメージを与えるなんて無理だもんね……。

「なんだ、ネロじゃないか。どうしたんだい、そんなしょぼくれた顔をして？」

「あ、神父様」

声を掛けてきたのは、ここ、ウォルトの町で神父をしているおじさんだ。

「はは。実は僕、パーティーを追放されちゃって」

「パーティーって冒険者のかい？　おやまぁ。勇者パーティーに加入できた、と喜んでいたのにねぇ」

僕の境遇に神父は同情するような目を向けて、すぐに祈りを捧げてくれた。

「この迷える子羊に、輝ける未来が待ち受けることを望まん」

「はは、ありがとうございます」

お礼を述べると、神父がニコッと微笑んでくれた。

「ふむ、しかし冒険者は続けるのだよね？」

「それはもう。また一人ですが」

この神父にはよく仕事でお世話になっているから、気にかけてくれているみたいだ。

「そうかい。それなら良かった。実はまた、水を提供してもらいたくてね。ギルドには依頼を出しているのだけど」

「そうなんですか？　なら、今やっていきましょうか？」

神父の話を聞いて、僕はすぐになんとかしてあげたいと思った。

「おや？　いいのかい？」

「はい。折角指名でいつもお願いしてもらってますので」

折角だし、神父からの依頼をこの場でこなすことにした。もちろん、普通の依頼なら他の冒険者とかち合う可能性があるからできないけど、僕への指名依頼だからその心配はない。

「それならまた二四本お願いしようかな」

「喜んで！　空き瓶はありますか？」

「あるとも。じゃあ準備する間、中で待っていてもらえるかな？」

「わかりました」

「うむ。あぁ、そうだ。実は最近、庭で変わった物を見つけたんだ。用意する間ちょっと見てみるかい？」

神父が思い出したように言った。変わった物？　一体なんだろう。神父様がここまで言うなら、ちょっとは面白い物なのかもしれない。それに、僕がパーティーを追放になったと知って、少しでも気を紛らわせることができればと気を利かせてくれているのかもしれないしね。

僕は神父に案内されて、教会の中庭までやってきた。

「これが最近庭から出てきてね」

庭には石造りの奇妙な物があった。円形で、木製の飾りがある天辺《てっぺん》には滑車に縄で繋がれた桶がぶら下がっていた。

「こないだちょっとした地震があっただろ？　そのときにこの部分が沈んで、中から出てきたんだ」

そういえばこないだ地震があったね。幸い怪我人は出なかったけど一部の建物が壊れたんだっけ。

「最初はダンジョン《迷宮》かなとも思ったけど違うみたいでね」

ダンジョン――定期的に世界のどこかに現れる場所。中には罠が仕掛けられていたり、凶悪な魔物や魔獣がいたりと危険が一杯だけど、お宝が眠っていることが多い。ダンジョンには最深部に必ずボスと呼ばれる存在がいて、それを倒すことでより貴重なお宝も手に入るんだ。ダンジョンが出現するときには、周辺で地震が起きることが多いから、神父がもしやと思うのもわかる気がする。

「違ったんですか？」

「調べてもらったんだけどね。どうやら、昔使われていた井戸って代物らしい。古代の人間はこれで水を汲んでいたそうなんだ」

「そうなのですね」

こんなもので水を？　話によると今は水が枯れている状態だけど、この桶で水を汲んでいたそうだ。またえらく手間がかかるね。今の時代は大体どこの町にも水道管が敷かれていて、各家庭に水が供給されるようになっている。魔導技術の発展でお湯もすぐに出るから、こういった物を使うことはないんだろうな。

「はは、興味が湧いたかい？」

まじまじと井戸を見る僕を見て神父が言った。確かに水属性の僕としては気になるかな。本来は水が底に溜まっていたらしいし。ちなみに水属性は、近くに水があると魔法効果が上がる。これは他の魔法系の属性もそうだ。火属性は火が近ければ効果が上がるし、風は風がよく吹く場所で、土は土が特に多く見られる土地で効果が上がる。武系属性にはそういった恩恵はないけど、そもそも武系属性は属性に合った武器を使用するだけで効果が上がる。だから、後は紋章に合った武器を使い続ければ、武芸を閃くのも武系紋章の特徴。まぁ、これは魔法でも似たようなものだけどね。

「さて。瓶を持ってくるからちょっと待っててよ」

「わかりました」

神父が空き瓶を持ってくるまでの間、井戸を見させてもらうことにした。と言っても枯れた井戸だし特に見るべきものはないかな。でも、底に水が溜まってたらどんな感じだったんだろう？　ちょっと気になるかも。

——そうだ！　僕の魔法なら！

「水魔法・給水——」

魔法を行使すると、手から水が放たれて、井戸の中にみるみる水が溜まっていく。ある程度溜まってきたところで、僕は給水を止めて桶を見た。多分これをおろして水を汲んだんだろうけど、一々これで水を汲むってちょっと面倒だね。まぁ所詮は水だから、繰り返す手間があるぐらいだろうけど。

それにしてもこの車輪は何のためにあるんだろうね？　こういうのって負荷を軽くするために使ったりするけど、水にそんなものが必要とは思えないな――。

まぁいいや。僕は桶を落として水を汲んでみた。それを引っ張って持ち上げる。

――え？

「あれ？　なんだろうこの手応え？」

奇妙な感覚だった。何故かわからないけど、引っ張ると抵抗を感じるんだ。これが車輪の効果？　でもなんでわざわざこんな重みが感じられるような仕掛けにしたんだろう。それならない方が簡単だったろうに。

水の入った桶が井戸から上がってきた。天井でがちゃんっと音が鳴る。ふう、よくわからないけどちょっと疲れるかも。僕は水の入った桶を手にして持ってみた。縄に余裕があるから、そのまま井戸の外まで引っ張れるんだけど――。

「え？　嘘、重、い？」

水の入った桶は重かった。

え？　でもどうして？　水に重みなんてあるわけないのに！

単純に桶が重いだけなのかもと思い、一旦水を井戸に戻し、桶だけ持ってみた。

「か、軽い！　何これ、どういうこと？」

水の入っていない桶は軽かった。ここから導き出される答えは、でも、そんなまさか！

「ま、まさか、水に重さがあるの？」

それから僕は何度か桶に入れた水で、重さを確認してみた。桶に水を満タンに入れたとき、半分まで入れたとき、空のとき、それぞれ底から引っ張ってみたり、直接持ってみたりした。重さも負荷も、水の量で確かに変わった。あまりのことに僕はしばらく悩んだ。

水が重い？　そんなことがあるのか。水は無だ。そう思われていたからこそ、水属性なんて使えないとされていたのに――。

「はは。随分とその井戸が気に入ったようだね」

神父が空き瓶を持ってきた。これに水を入れるのが僕の仕事だ。

「神父様。僕は大発見をしてしまったかもしれないのです」

「ん？　大発見？」

「は、はい。落ち着いて聞いてください。実は水には――重さがあるんです！」

僕は今見つけた世紀の大発見を神父に伝えた。僕の話を聞いた神父の目が点になる。

「プッ、あっはっは！　やれやれ、これは驚いた。ネロも冗談が言えるようになったんだね」

神父が吹き出してしまった。どうやら信じてくれていないようだ。僕は井戸に魔法で水を溜めたことを伝えた上で、実際に水を汲んで中身の溜まった桶を神父に持ってもらった。

「どうですか？」

「ふむ。この桶は結構重いんだね」

桶を抱えながら神父が言った。大事なのはそこじゃないのに――!!

「そうじゃないんです。それは、水の重さなんです」

「はは。まさか」

僕が訴えると神父は怪訝そうな顔をした。もしかしておかしな子だと思われた？

「それならこれで――」

桶の水を一旦井戸に戻し、改めて神父に持ってもらった。これで軽くなったことがわかるはずだよ。

「どうです？」

「ほう。今度は軽い。どんな手品だい？」

神父が不思議そうに聞いてきた。だけど、疑問点が少しずれている。

「違います！　水がなくなった分、軽くなったんですよ！」

「ふむ……」

僕が一生懸命水の重さについて伝えると、神父が顎に手を添え真顔になる。良かった。これでわかってくれたんだね。

「これは精霊の悪戯だな」

神父は一つ頷き、僕にそう言った。

「え？　精霊の？」

「そう。ネロにも経験はないかな？　川に入ると抵抗を感じるだろう？　あれは水の精霊が悪戯して、人の動きを邪魔しているからなんだ。この井戸に君が水を溜めたから、水の精霊が興味を持ってやってきたんだろう。そして悪戯しているんだ」

疑問を感じた僕に神父が説明してくれた。精霊の悪戯——水のある場所では精霊がよく悪戯するって言われている。

つまり重いと感じたのも精霊の仕業だったのか……でもなんだろう。妙にモヤモヤする。

「それよりこの瓶に水を溜めてもらっていいかな？」

「あ、はい」

結局僕は水の重さについて触れるのはやめて、瓶に水を溜めて渡した。普通に考えたらそれぐらい水道の水でやればいいと思いそうだけど回復魔法の効果は普通の水には溶け込まない。僕の水だけが何故か可能なんだ。これは魔力水についても一緒なんだけどね。そして、二四本の空き瓶すべてに給水の魔法で水を注ぎ、神父に渡した。

「じゃあこれ。依頼を達成した証明書を渡しておくよ」

僕は神父のサインが記された達成書を受け取った。これが依頼をこなした証明になる。本来ならギルドの雛形があるけどサインがあれば様式にはこだわらないんだ。

教会を出た後、僕はその足で冒険者ギルドに向かった。結局、神父には水に重みがあることを信じてもらえなかったし、精霊の悪戯ってことになっちゃったな。

そのまま途中の広場を抜けて、北の区画にある冒険者ギルドに向かうことにした。広場では、この町自慢の噴水が今日も涼しげに水を噴き上げていた。このあたりは水も豊富で、僕にとっては本来最適な場所なのかもしれない。もっとも、いくら水があっても、使える魔法が限定的すぎて戦闘でも扱えない——それがこれまでの水魔法の認識だった。

広場を抜けて北に向かう。大きな車道では馬車が行き交っていた。最近は馬車に混じって魔導自動車や一角馬車というのも走り始めている。魔導自動車は馬の力がなくても魔導技術で動くようになった馬車で、一角馬車はユニコーンが引く馬車のことを言う。どちらも馬車よりスピードが出るのが特徴だけど、値が張るから庶民にはとても手が出せない代物だ。

大きな通りはこういった馬車や自動車が走ってたりするから、渡るときはちょっと注意が必要だ。車道を渡ってしばらく歩くと、赤レンガ造りの建物が見えてきた。あれが、僕がメインで活動している冒険者ギルドだ。できてから二〇年以上経っているらしく、それなりに年季が入っている。地上二階、地下一階といった造りで、基本的な用件は一階の受付で事足りる。

中に入ると喧騒が耳に入った。冒険者ギルドと酒場は隣接していて、普段は酒場への扉も開きっぱなしだ。ガラス張りだから向こうの様子がよく見える。これは、もし酒場で何かトラブルがあったとき、すぐにギルド側が動けるようにということらしい。

「おいおい雑魚の水野郎が一人で歩いているぜ」

「なんだ？　遂に勇者パーティーから追い出されたか」

「「「「ギャハハハハハ」」」」

酒を呑んで既に酔っ払っていそうな冒険者たちが、僕を見て大声で笑い出した。でも、これは今に始まったことじゃない。水属性は冒険者から馬鹿にされやすい。そもそも、水属性で冒険者になろうって人は少ないし、たまになろうと思ってやってくる人がいても、こんな感じで馬鹿にされて心が折れてしまうんだ。僕は見返したい相手もいるから、なんとか頑張ってこれたんだけどね。

「あの、依頼をこなしたのですが」

「あら。ネロくん」

カウンターに行くと顔なじみの受付嬢が応対してくれた。花が開いているかのようなピンク色の髪をした受付嬢で、名前はフルールという。

「今日は一人なのね。パーティーの皆はどうしたの？」

フルールがメガネを直しながら聞いてきた。あ、そうか。まだ追放されたばかりだから脱退処理がされてないんだ。

「あの、実は僕、栄光の軌跡から抜けることになって」

「え！　嘘！　どうして⁉」

フルールが随分と驚いていた。僕は事の顛末を伝える。

「そう――追放に」

話を聞いたフルールが同情的な目を向けてきた。フルールは僕が最初にこのギルドにやってきたときに対応してくれた受付嬢だ。水属性だと知ったときから、本当に冒険者をするつもりなの？　と心配してくれていた。それでもなんとか冒険者としてやってきたけどね。でも、追放されたとなるとまた心配を掛けてしまうかな。

「後でガイも届けに来ると思うけど、脱退届を出しておきます」

「仕方ないわね。でも、これからどうするの？」

「とりあえず僕ができることをやっていきます。幸い僕の力が役立つこともあるみたいで、あ、そうそう。途中で教会の神父様から聞いて、仕事してきたんですよ」

僕はフルールに神父から預かった依頼達成書を差し出した。

「あ、確かに指名依頼を貰ってたんだ。そう、もう終わったのね。じゃあこの分の報酬も一緒に用意しちゃうね」

フルールはテキパキと脱退届と報酬を用意してくれた。

まず脱退届にサインをして、それから依頼の報酬を受け取る。

「えっと。水の作成が二四本分。一本につき一〇〇マリンだから二四〇〇マリンね。どうする？カードに入金しておく？」

フルールが報酬をどうするか聞いてきた。マリンは大陸で使われているお金の共通単位だ。普通は紙幣と硬貨で支払われるけど、冒険者ギルドから提供されるギルドカードに入金しておけば、いちいち持ち歩く必要がないから楽だね。

「それでお願い。あ、それとこれも一緒にいいかな？」

ガイから手切れ金として受け取った分も入金して貰おうと思ってフルールに手渡す。

「えっと。……。これ全部で一〇〇万マリン。凄い！　これどうしたの？」

フルールが目を丸くして聞いてきた。僕も正直びっくりだよ。

「ガイがこれまで働いてきた分だって。退職金みたいなものかな」

「へぇ。流石勇者パーティーだけあって気前がいいのね」

「あはは」

驚くフルールを見て、笑ってごまかしておいた。あの場では金額までは確認していなかったけど、そんなに入ってたんだ。安宿で一泊だと三千マリンぐらいだ。一ヶ月三〇日で考えると、十ヶ月ぐらいは何もしなくても暮らしていける金額でもある。もっとも、手切れ金代わりだったらしいけどね。

さて、これでギルドでやるべきことは済んだ。それから、フルールとこれからのことについてちょっとだけ話した。

「水属性ならこれから大変でしょう？　私もどこかいいパーティーがあるか探してみるけど、でも――」

フルールがそこまで言って言葉をつまらせた。言いたいことはわかる。水属性の魔法師なんて、パーティーに加えてくれる物好きはそうはいない。勇者パーティーに加入できたことが本来奇跡みたいなものだったわけだしね……。

「僕のことは気にしないでいいよ。しばらくは一人でやるつもりだし、実はちょっと試したいことがあるんだ」

「試したいこと？」

「うん。あ、心配してくれてありがとうね。それじゃあ――」

不思議そうにしているフルールにお礼を言って僕はギルドを出た。さて今日はまだ時間があるし――やっぱり試さずにいられないよね……。

ギルドを出た後、僕は町を出て近くの森にやってきた。森は魔物なんかが出てきて危険なことも多いけど、僕が来た場所は凶悪な魔物がいない比較的安全な場所だ。初心者冒険者が、薬草採取のためによく来てたりもする。実際にチラホラと薬草採取に勤しむ若い冒険者の姿もあったよ。なんか初々しい。成人は一六歳だけど、冒険者には研修期間もあって一三歳から登録できる。僕もそうだった。前の家では一年ぐらい冷遇された挙句、一三歳になって追放されたからなんとか食べていく必要があったしね。二年ぐらいはずっと雑用で、三年目でガイのパーティーに加入して、それから一年間――僕も今年で一七歳か。成人もとっくに過ぎたな。

それなのにもかかわらず、今の僕は一人じゃ何もできない、無力な魔法師だ。こんなことじゃいけない。確かに水属性は不遇だけど、今日のことで一つだけ光明を見いだせたような気がしていた。神父は精霊の悪戯だって言っていたけど、もし僕の考えが正しければ水魔法でも戦えるかもしれない。ただ、世界的に見ればあまりに突拍子のないことを僕は試そうとしている。だから、他の冒険者には見られない場所を探した。

「ここでいいかな」

結構森の奥まで来た。ここは岩場があって、魔法の練習にはもってこいだと思ったんだ。

「さてと――」

目の前に、僕より二回りは大きな岩が転がっていた。杖を向けて意識を集中させる。

「これまではただ水を流しているだけだった。もし水に重さがあるなら、それを意識すれば――」

岩をターゲットに水の重さを意識すると――頭の中に新しい魔法の形が浮かび上がってくる。

「閃いた！　水魔法・放水！」

水に重さと勢いを乗せるイメージ。それを言葉に乗せて発する。

魔法の名称は閃きと同時に自然と口に出た。こういうのは属性にイメージがピッタリと重なったときによくあることだ、と聞いたことがある。基本魔法にしても武芸にしても、閃きが大事だ。これは適した属性を使い続けているときが、一番閃きやすい。僕はこれまで給水と水飛沫しか使えなかったけど、あの井戸のおかげで新たなイメージが湧いたんだ。

そして――杖から凄い勢いで水が放出された。当たると凄まじい音がして、岩が地面に跡を残しながら後退していく。

「す、凄い――」

思わずそんな言葉が漏れた。まさかこんなに違うなんて。

「でも、やっぱりそうだったんだ――」

今ので僕は水に重さがあることを確信した。そう、水は重いんだ。だからこそあの重たい岩も水の勢いで押すことができた。今のも強い気はするけど、もう少しなんとかできないかな？　音も大きいし、場所によってはこのままだと使いにくい。でも、水を勢いよく出すだけだとこうなっちゃうよね。

う～ん……。

――水は重い。重いんだ。だからこそ桶の水は重かった。

つまり量が増えれば重たくなる。

そうだ、それなら！

そう思い至ったとき、右手の甲に温かい物を感じた。

『水の理を得た者に祝福を――』

あれ？　なんだろう？　今確かに頭の中に言葉が――何かと思って右手を確認すると、

「え？　嘘――紋章が浮かび上がっている？」

僕の右手に新たな紋章が浮かび上がっていた。そして紋章を見たとき、新たに閃いた。この紋章は
――。

「賢者の紋章――賢者を意味する紋章？」

紋章は浮かぶだけで、自然と紋章の意味も理解できる。だからわかった。この紋章は賢者の紋章だって。でも、そんな紋章、僕は初めて聞いた。何より本来、紋章は儀式を通じて浮かび上がる物だ。だけどこれは儀式を必要としていない。こんなことがあるなんて――今、頭に浮かんだ言葉に何か意味が？　それに、まさか両手に紋章が現れるなんて。両手の紋章持ちはかなりレアな存在なのに。

もっともこれは聞いたこともない紋章だからどんな効果があるかはわからないけど――。

色々と気にはなるけど改めて魔法の検証を行うことにする。

さて、頭の中で重たい水をイメージして――魔力を乗せた。

「閃いた！　水魔法・水球！」

岩に向かって、閃きで浮かび上がった魔法を行使。すると、巨大な水の球が杖から飛び出て岩に向かって飛んでいき、勢いよく当たったわけだけど――。

――ドゴォォォォオオオン！

派手な音を残して岩が粉々に砕け散った。

「す、凄い――」

思わず一言が口から出た。とんでもない威力だ。あんな大きな岩が水で壊れるなんて、凄いカルチャーショックを受けたよ。あれだけ不遇と言われ続けた水属性に、こんな可能性が秘められていたなんて！

だけどこれでもまだ満足できなかった。なぜなら、今の魔法で発射した水球はちょっと遅かったんだ。なんというか、球は大きいんだけど、ちょっと早足で歩くぐらいの速さでしかない。これじゃあ動き回る相手には当たらないね。

う～ん、どうしてだろう。やっぱり大きな形を保ったままだとスピードが殺されるんだろうか。放水みたいに流すなら勢いも速度も十分なんだけどね。

勢い？　そうだよ、勢いを上げて発射できれば！

でも、どうしたら――？

そういえば、風魔法には風を圧縮して威力を上げる魔法があるんだったね。それなら水にも利用できるかも！

僕はまず杖の先端に水を集めて、大量の水を圧縮するイメージを持った。頭にパッと完成した魔法の形が浮かび上がる。

「閃いた！」

イメージに合わせて水がどんどん凝縮していく。最初に出した水球よりも小さく、蹴って遊ぶボールぐらいの大きさになった。よし、これをあの岩場に向かって――放つ！

「水魔法・重水弾！」

手から放たれた水弾が猛スピードで直進し、岩場に命中し派手に爆発した。

え？　爆発？

いや、衝撃が凄すぎて爆発みたいに見えたんだ。と、とんでもない。

水が霧になって視界を塞ぐ。しばらくして霧が晴れ、目の前に現れたのは球状に抉れた地面だった。

岩場も消え去ってしまっている。

「いや、威力高すぎ！」

自分で試しておいてなんだけど、これは凄い。しかも今回はスピードもある。一撃必殺と言っていい威力かもしれない。それにしてもここまでの威力があるなんて――ハッとなって右手の甲を見る。

もしかして、この賢者の紋章のおかげで水の威力が上がっているとか？

そんなことを考えていると――地面が揺れた。ダンジョンが現れるときによく起こる現象だけど、実際はそうではなかった。なんと、さっきの魔法で抉れた地面から水柱が発生していた。

そうか……きっと今ので水脈を刺激しちゃったんだね。

陥没した穴に、まるで泉のように水が溜まっていく。

はは……まさか僕の魔法で泉が生まれるなんて思わなかったよ。

「スピィ～～～～～！」

うん？　何か上から鳴き声が聞こえてきた。見上げると、空から青い玉のような何かが降ってくる。

これって――。

「スピィ～！」

「おっと、危ない！」

僕は落下地点を見極めて、その物体――青いスライムをキャッチした。ふぅ、危なく地面に叩きつけられるところだったよ。

「お前、どっから現れたんだ？」

「スピッ？」

受け止めた後、僕の腕の中でスライムがプルプル震えた。ぷよぷよしていて可愛らしい。このタイプのスライムは、基本的に無害な魔物として知られている。その上、雑草なんかを貪るから農地で役立つ場合もあり、場合によっては有益な魔物として見られることもあるんだ。

ちなみにスライムにはヘドロ状のスライムもいて、こっちは毒があったり有毒ガスを発生させたりする。だから討伐対象になることが多いんだよね。

それにしても上からか――あれ？　もしかして、地下にいたけど、吹きあがった水に巻き込まれて出てきてしまったとか？

「だとしたら僕のせいなのかな？　悪いことしちゃった？」

「スピ～スピ～♪」

スライムは僕の腕に抱かれ、胸に擦り寄ってきた。甘えているみたいに見える。

「えっと。……もしかして懐かれた？」

「スピィ～」

頭、と言っていいかわからないけど、顔を上げたような感じになってじっと僕を見てきている気がする。う～ん。地下で暮らしていたのに、さっきの魔法で地上に出てきたとしたら僕のせいってことになるよね。だったら見捨てて行くわけにもいかないか。責任はしっかり取らないと。それになんかいい子そうだし。

「なら僕と一緒に来るかい？」

「スピ～♪」

なんだか凄く嬉しそうだ。よし、それならこれからは、僕がこのスライムの面倒を見ていこう。まさか勇者パーティーから追放されたその日に、スライムとはいえ新たな巡り合わせがあるなんてね。

「意外とこれが運命的な出会いだったりして、なんてね」

「スピ～♪」

僕の言葉がわかるのかな？　スライムは嬉しそうに僕の胸に体を擦り寄せてきた。僕はスライムを肩に乗せ、新たな仲間と一緒に森を出ることにした。大体やってみたいことは済んだしね。それからしばらく一緒に進み、ふと思った。折角だし、名前ぐらいつけてあげないとね。

「君、名前何がいい？」

「スピィ？」

と言っても自分で名前を決められるわけないもんね。スライムもどうすればいいの？　という顔をしている、ように思える。ならやっぱり僕が名前をつけないとね。何にしようかな……青いからブルース――う～ん、もうちょっと何かあるかな。スライムだからライムス？　いや、水と一緒に出てきたわけだしね。スライムで、水だから――。

「そうだ！　スイム！　どうかなこの名前？」

「スピィ～♪」

やった！　名前を決めたらなんだか嬉しそうだぞ。

「よし、それなら君の名は今日からスイムだ」

「スピ～♪」

スイムを持ち上げて名前を呼んであげる。凄くプルプルして喜んでくれているよ。見ていると、スイムが淡く光り輝いたような気がした。……気のせいかな？　スイムは僕の腕の中で更にプルプルしている。

「街に戻ったら何か食べる？」

「スピィ～♪」

何だか嬉しそうだ。お腹減っているのかな。

「スイムは何が好きなの？」

「スピィ～スピピィ～」

スイムが可愛らしく鳴いて答えてくれた。聞いておいてなんだけど、はっきりと何を言いたいのかまではわからないな。

「町に戻ったら一緒に見て回って決めようか」

「スピッ！」

肩の上のスイムに提案すると僕に頬ずりしてきた。ひんやりしてて気持ちいいな。

「よう。今お帰りかい？」

スイムと一緒に森を出ようと歩いていると、突然三人組の男が姿を見せた。藪の中に潜んでいたのだろうか。そういえばこの連中、いつも僕を小馬鹿にしていた冒険者だ。さっきも酒場で馬鹿にされたのを覚えている。

「僕に何か用？」

「スピ～？」

道を塞ぐように立ち並ぶ三人にそう聞いた。彼らはヘラヘラした顔で、僕とスイムを見ていた。

「プッ、こいつスライムなんて肩に乗せているぜ」

「流石水属性の雑魚だけあって、連れて歩いているのもクソ雑魚スライムか」

「勇者パーティーを追放されて、もう一緒にいてくれるのは弱っちぃスライムだけってか？」

質問にも答えずに、連中は腹を抱えて笑いだした。なんだろうこいつらは。そんなことを言うためにわざわざやってきたのか？

「スピィ～、スピー！」

スイムが頭から湯気を出して声を上げた。僕がバカにされたと察して怒ってくれているのかな。

「なんだこいつ？　生意気なスライムだな。ぶっ潰すぞ！」

「ス、スピィ……」

男たちに恫喝されスイムがプルプルと震えだして僕の首にピッタリと引っ付いた。連中を怖がっているみたいだ。頭を撫でて落ち着かせてあげる。

「大丈夫だからね。ねぇ、スイムも怖がっているし用がないならどいてくれるかな？」

「おう。いいぜ。通行料として有り金全部置いていったらな」

は？　こいつら何を言っているんだ？　ここは誰の物でもない森だ。当然、通行料なんて支払う義務がないし、領主にも黙って勝手にそんな真似できるわけがない。

「意味がわからないよ。なんでそんなの支払わないといけないんだ」

「とぼけても無駄だ。俺たちは知っているんだぜ？　お前、あの栄光の軌跡を出るときにたんまり金を貰ったんだろう？　全く。こんな無能にあの連中も随分と気前がいいよな」

「全くだ。こんな役立たずによ。どんだけ儲かっているか知らねぇが、お前には過ぎた金だ」

「だから俺たちがお前の代わりに有意義に使ってやるよ」

……僕は開いた口が塞がらなかった。なんだよ、その自分勝手な理由。

「冒険者はいつから追い剥ぎになったんだ？　お前たちのやっていることはれっきとした犯罪だぞ」

当たり前だけど、冒険者が犯罪行為に手を染めるのは許されない。もし発覚すれば即座に除名されるし、衛兵にも捕まる。

「そんなもの、バレなきゃ犯罪でもなんでもねぇよ」

「テメェみたいなクソ雑魚、いくらでも始末できるからな」

「馬鹿はお前だな。自分からノコノコ森に入ってくれたおかげでこっちもやりやすくなったからな」

それがこいつらの言い分だった。もはや殺すことも厭わないってことなのだろう。

ふぅ、こうなったら仕方ない。僕も覚悟を決めないと駄目だろう。もしこれで今日あの古井戸に巡り会ってなければ僕は詰んでたかもしれない。だけど、今は違う。

そう。今の僕の水魔法なら、この連中にも十分通じるかもしれない。

「は？　おい。こいつ生意気に杖を構え始めたぞ」

覚悟を決めた僕は連中に向けて杖を翳《かざ》し、抵抗の意思を示した。杖がなくても魔法が使えるけど、基本的には持っていた方が効果が高い。特にこの青水晶の杖は水属性の装備だから魔法の効果が引き上げられる。勇者パーティーにいるときにダンジョンで見つけた物だ。水属性が僕しかいなかったから、ガイたちが使っていいとくれたんだっけ。あの頃はまだうまくいっていた気がするな——なんて物思いに耽っている場合じゃない。

「水魔法なんて怖くねぇな。ったく。大人しく金を渡しておけば、痛い目を見ずに済んだってのによ」

男が剣を抜いた。右手の甲に紋章が見える。剣使いということは剣の紋章持ちか。

「決めるぜ、切断強化！」

武芸《アーツ》を発動したか。武芸は魔法の武術版みたいなものだ。魔力は消費しないけど、体力や物によっては精神力や生命力を消費するんだとか。

さて、切断強化ってことはもう僕を切る気満々ってことだよね。こっちも流石に黙って切られてあげるわけにはいかないかな。

「水魔法・重水弾！」

そこで僕は、今さっき練習した魔法を行使することにした。圧縮された水弾は、三人の間を抜けて地面に着弾。ちょっと狙いが外れたけど、轟音がして地面に大穴をあけてしまった。

「「「……な、なんじゃこりゃーーーーー！」」」

その穴を見て三人が仰天する。外れはしたけど、奴らにインパクトを残すことはできた。

「ありえねぇ！　なんなんだこの魔法は！」

三人の冒険者は一瞬目が点になったかと思うと、大げさに騒ぎ出した。よく考えたら、結構なことをしてしまったかも。これは外れて正解だったかもしれない。当たっていたら過剰防衛もいいところだ。

「さ、さてはテメェ、魔法の込められた爆弾を持ってやがったな！」

一人が喚いた。魔法の込められた爆弾、名前はそのまま魔法爆弾だけど、使い捨ての魔導具のことだ。地面に叩きつけると内部の魔法が発動し、その多くは爆発の効果を伴うことが多い。

「今のは水魔法だよ」

「うそつけ！　水魔法でこんな攻撃できるわけないだろう！」

冒険者がムキになって否定した。水魔法は戦闘では役に立たない。これが今までの常識だった。水に重さなんてない、そう信じられていたからだ。僕だけが水の理を知り、水の重みを知っている。だけど――。

「このままだと威力が高すぎだよな……」

「ふざけやがって。だったら俺が本物の魔法ってのを教えてやるよ。水属性なんかに、この俺の風魔法が防げるものか！」

杖持ちの冒険者が魔法を行使しようとしている。風魔法はスピードが速いし、使われると厄介だ。

「スピィ～！」

「ぐわっ、痛！　目がぁあぁあ！」

そのとき、スイムが体から水滴を飛ばして風使いの目に当てた。男の動きが止まる。

「ありがとう。助かったよ」

「スピィ♪」

スイムにお礼を言うと凄くプルプルした。褒められたのが嬉しそうだ。

だけど今の攻撃……。小さい水滴でも勢いをつけて放てば……。

——閃いたぞ！


「テメェ！　いい加減にしやがれ！」

僕の頭に新しい魔法の形が浮かび上がったとき、弓使いが矢を番え弓を引いた。

「武芸・狙い撃ち！」

「させないよ。水魔法・水鉄砲！」

たった今閃いた魔法を行使し、右手を前に突き出した。五本の指から水滴を連射……いや、これはもう水弾と言っていいよね。

「ぐわぁあぁあ！」

指から飛んでいった水弾で弓持ちが吹っ飛んだ。

ついでに剣を持つ男の顔も歪む。

「な！　金属の鎧に罅《ひび》が――」

一応は加減して撃ってみたけど、十分効果はあったみたいだ。弓使いはもう立ち上がれないし、剣士も苦悶の表情を浮かべている。

「風魔法・風の槌《つち》！」

魔法か⁉　嫌な予感がして飛び退くと、上からまさに槌を振るがごとく風が落ちてきて、地面に窪みを残した。

「てめぇなんかに……水なんかに、風がやられるかよ！　無能な水魔法が攻撃なんてできるわけねぇ。きっと何かトリックがあるんだ！」

この男、風の紋章持ちなんだろう。だからか僕よりも上という認識が強いようだ。

「悪いけど、僕の水は重い。それだけ威力が高いんだよ」

水の魔法が強化された理由を言ってみる。これで諦めてくれたらいいんだけど。

「馬鹿が！　水が重いわけあるかよ！　ふかしこきやがって！　風魔法・風刃！」

やっぱり駄目だったか。それなら――。

「水魔法・水球！」

相手に合わせて魔法を行使。巨大な水球が正面に飛び出した。動きが遅いのが欠点だけど、おかげで相手の風魔法を受け止めることができた。一発で水は弾けたけど、壁になってくれたおかげで僕にもスイムにもダメージはない。

「そ、そんな、馬鹿な――」

風使いが愕然としている。ならその隙に！

「そっちが風の槌なら――閃いた！　水魔法・水の鉄槌《てっつい》！」

閃きに合わせて魔法を行使すると、水が空中に集まり、大きな鉄槌となって男に振り下ろされた。

「う、うわぁあぁあぁあぁ！」

男が悲鳴を上げると、ドゴォオォォォオン！　という重低音が鳴り響き、後には僕の魔法で押しつぶされた魔法使いが仰向けになってピクピクと痙攣していた。どうやら命に別状はないようだけど、これでもう僕を襲おうなんて馬鹿なことは考えないだろうね。

「そ、そんな馬鹿な、そんな」

残った剣士がわなわなと震えていた。僕にやられたのがよっぽど悔しいのかもしれない。

「さて。残ったのはお前だけだね。どうするつもり？」

「く、くそが！　覚えてやがれ！」

相手の反応を待つと、剣士は捨て台詞を叫び、懐から巻物を取り出して開いた。その途端、魔法陣が浮かび上がり、その場から全員が消え失せてしまった。

あれはスクロールと呼ばれる道具で、開くことであの中に込められた魔法を一度だけ行使できる。

あのスクロールには転移系の魔法が込められていたようだ。この手の道具はダンジョンで手に入れるか、魔法の店で買うしかない。使い捨てとはいえ安い物ではないはずだから、それを使うなんてよっぽど慌てていたってことか。

「まぁでも、君たちのことはしっかりギルドに報告させてもらうね」

「スピィ〜！」

誰もいないけど、今の気持ちを呟く。スイムも、どうだ！　と言わんばかりの鳴き方だ。

「さて、じゃあ戻ろうか」

「スピィ〜♪」

冒険者、というよりは無頼漢《ぶらいかん》というような三人を追い払った僕たちは、町に向けて歩みを進める。

「スピィ〜」

「ん？　あれが食べたいの？」

道々、スイムが樹上になった木の実に注目していた。何だか食べたそうだ。だけど高木で枝の位置が高いから、手が届きそうにない。僕の格好も木登り向きじゃないんだよね。

「ちょっと届かないかな」

「スピ〜♪」

僕が答えると、スイムの一部が触手のように伸びて、果実を搦め捕って手繰り寄せた。

「おお！　凄い！　スイム、そんなこともできるんだ」

「スピィ〜♪」

頭を撫でて感心すると、スイムが心地よさそうにプルプルした。はぁ、スイムの体はひんやりして気持ちがいい。まるで水みたい。

——水？

確かに、そう考えたら今のも水が伸びたように見えた。それを応用すれば――。

「閃いた！　水魔法・水ノ鞭！」

新たな魔法を行使すると、水が鞭のように変化した。しかも背中から、まさに触手のように何本も生やせてしまう。

「おお、これは結構使えるかも！　ありがとう！　この閃きはスイムのおかげだよ」

「スピィ～♪」

お礼にスイムの頭を撫でてあげた。おかげで僕の魔法のレパートリーも一気に増えた気がするよ。

これも元を辿れば、あの枯れた井戸のおかげ、ひいては神父のおかげだね、とそんなことを思いながら僕はスイムを連れて町へと戻った。


ネロが森で水魔法の検証をしていた頃――冒険者ギルドにはネロを追放した勇者パーティーがやってきていた。

「ネロを追放した。脱退処理を頼む」

ガイが受付嬢に向けてそう頼むと、担当のフルールがジッとどこか恨みがましい目を向けてきた。

「……なんだ？」

「既にネロ君が来て脱退手続きしていきましたよ。もちろんあなたたちのパーティーからも受け取りますが――なんでですか？　一年間も一緒にやってきたのに」

「……チッ」

フルールに問われ、ガイが舌打ちをする。他の二人は黙ったまま何も語ろうとはしなかった。

「別に、あいつがうちに相応しくなかったってだけだ――それよりもあいつは町を出ていったか？」

ガイの答えにフルールが眉を顰める。

「なんですかそれ？　いくら追放されたからって、ネロ君が町を出る必要はないでしょう」

「いやそんなことはないと思うぜ。なぁ勇者ガイ」

ガイたちがフルールと話をしているところに、野太い声が入り込んだ。見ると随分と毛深く逞しい男が近づいてきていた。

「実はネロってのは、俺も気に食わなかったんだ。実力もないくせに勇者パーティーなんざに入りやがってよ。そもそも冒険者をやっていることが間違いなら、あんなゴミをこの町にのさばらせておくのも間違いなんだよ。な？　そう思うだろう？」

この発言にフルールは明らかにムッとしていた。

「なぁガイ。なんならこの俺様がお前らのパーティーに入ってやってもいいぜ？　あんな水しか取り柄のねぇゴミカスよりは役に立ってみせるぜ？」

「ちょっといい加減に！」

「ゴボッ！」

流石に黙っていられなかったのかフルールが立ち上がり声を荒らげる。だが、ほぼ同時に暴言を吐いた男の体がくの字に折れ、呻き声を上げた。ガイの拳がその腹に突き刺さっていたからだ。

「て、てめぇ、な、何を？」

苦しげに男が問い掛けた。ガイの双眸は野獣のように険しい。

「フンッ。死ぬほど手加減した俺の拳も避けられないで何が『役に立つ』だ。三下が」

吐き捨てるようにガイが言う。そのまま床に蹲る男をガイは冷たい目で見下ろした。

「それと、ネロのことを悪く言っていいのは、一緒にパーティーを組んでいた俺たちだけだ。大して関わりもない雑魚がネロについて知ったふうな口を叩くんじゃねぇ。殺すぞ」

拳をポキポキと鳴らしガイが男を睨む。

「あん、て、てめぇ勇者だからって何調子に――」

「ガイに同感ね。これ以上何か言うつもりなら――」

不快そうに言葉を返す男の背後にフィアが立った。

男へ忠告すると同時に、杖の先端へ炎が集まっていく。フィアは怒りの滲んだ瞳を男に向けた。それに呼応するように轟々と炎が唸りを上げて膨張していく。

「……一度爆散してみる？」

「わ、わかった！　俺が悪かった、ひ、ひぃぃぃぃ！」

結局フィアの脅しに屈して、男は逃げるようにしてギルドから飛び出した。

そしてこの一連のやり取りをポカンとした顔で見ていたフルールであった――。

スイムを連れて街に戻ってきた僕は、その足で冒険者ギルドに向かった。もちろん同業の冒険者に襲われたことを伝えるためだ。

「ぼ、冒険者に襲われたーーー？　だ、大丈夫大丈夫？　大丈夫ーーー⁉」

道中の出来事を説明したらフルールに凄く心配されてしまった。カウンターを飛び越えて僕の肩を掴んで揺さぶってきた。

「スピィ〜――」

「え、す、スライムーー？」

そして肩のスイムに気がついて今度は叫び声を上げていた。なんだか今日は忙しいね、フルール。

「森で見つけたスライムなんだ。随分と懐いてくれたから育てようと思って」

驚いてわたわたしているフルールへ、スイムについて説明した。目をパチクリさせた後、フルールの口が開く。

「そうなのね……確かにこのタイプのスライムはペットとしてもよく飼われているけど」

「スピィ？」

スイムを見ているフルールの口元がムズムズしていた。スイムが何々〜？　とでも言ってそうな様子でぷるぷるしている。

「触ってもいいですよ？」

「え？　本当に⁉」

そしてフルールがスイムの頭を撫でて笑顔になった。

「はぁ癒やされる」

「スピィ〜♪」

フルールに撫でられてスイムも嬉しそうだ。

「あ、そういえばさっきまで勇者パーティーが来てたわよ」

スイムを撫でながら思い出したようにフルールが教えてくれた。

「……ということは、ガイたちが？」

三人の顔を思い浮かべながら僕が聞き返すと、フルールがコクリと頷く。

「ネロくんがパーティーを抜けたことの報告にね。一応理由も確認したけど、使えないとか言ってて。一年も一緒にいたのにそんな言い方――と思ったんだけどね」

フルールがムッとした顔でガイの様子を教えてくれた。そうか。やっぱり僕は使えなかったんだ。

「でも、ちょっとおかしかったのよね。確かにネロくんを馬鹿にするような発言はあったけど――」

ガイたちは更に上を目指せる勇者パーティーだから仕方ないのかもしれない。そういえば、町を出ていけとも言われたんだっけ……でも僕はこの町も嫌いじゃないし――。

「それでね。何か別の冒険者に怒っちゃって。ネロくんを馬鹿にしていいのは俺だけみたいなこと言っててね」

でも、なんで町から出ていけなんて言ったかは気になるかな。追放されたことは仕方ないし、頭を切り替えるしかないけどね。

確かにガイのパーティーにいる間は使い物にならない魔法だったんだから。

「ネロくん、どう思う？」

「え？　あ、うん。そうだね。いい気分はしなかったけど僕の魔法が使えなかったのは確かだから」

フルールが意見を聞いてきて焦った。ちょっと上の空だったからしっかり聞けてなかったかもしれないけど、話の流れから推測して答えた。

「え？　えっと。いやそれだけなのかな？　ちょっと気になったからなんだけど」

「ん？」

「スピィ？」

なんだろう？　フルールが難しい顔しているや。もしかして対応の仕方間違えちゃったかな……。

「まぁいいわ。それよりもその連中よ。ギルドに登録しておいてそんな追い剥ぎみたいな真似、許せないわ。そいつら、酒場でも結構煙たがられていたから私も覚えていた連中よ。しっかり問題にして手配するからね」

とりあえずガイたちについての話は終わり、あの連中の処遇についての話をされた。

「あ、ありがとうございます」

フルールにお礼を伝える。彼女が僕の証言を疑うことはなかった。もっともこういうときはギルド側も嘘を見破る魔導具を利用する。

だから発言に嘘があったらわかるんだ。それが反応しなかったから僕の話は無事信用してもらえた。

そしてこういった問題が起きると程度によってはギルドから手配書が回される。手配書が回れば他の冒険者からも追われる身となる。

捕まった後は厳しい尋問も待っているらしいし、当然冒険者の資格剥奪や罪人として強制労働送りもありえる。

「それにしてもネロくん、よく無事だったわね。襲った連中は確かに素行に問題があったけど、腕はそれなりに確かだったのよ。そんな奴らから逃げ切るなんてね」

フルールが感心していた。さっき彼女が言っていた通り、酒場でいつも騒いでいた連中だから、印象にも強く残っていたんだと思う。でも、今の話にはちょっとだけ間違いがあるかな。

「いや、逃げてはいないんだ。僕の魔法で撃退したからね」

「スピッ！」

僕が説明するとスイムも肯定するように鳴いてくれた。

「ネロくん……うん。そうだね。逃げるが勝ちっていうものね！」

「え？　えっと。――」

だけどフルールは同情的な目を向けて励ますようなことを言った。あれ？　信用されてない？

「ネロくん。冒険者にとって、逃げることは決して恥じゃないの。自分より強い奴が現れたら逃げる！　これも大切な戦術よ。だから強がらなくていいからね。それにその悪い連中はしっかり捕まえさせるから！」

「は、はぁ……」

「スピィ……」

力説されて反論する余地がなかったよ。フルールも僕のことを思って言ってくれているのだろうし。それに、倒したことの証明ができないのも事実だ。水魔法は戦えないと思われているのも大きい。水に重さがあるなんて、思いもよらなかったからね。今は水道の発展で蛇口から水が出てくるから、井戸みたいなもので水の重さに気づく機会もないわけだし。まぁ、仕方ないかな。今後の活動で水魔法の常識を塗り替えていくしかないね。頑張らないと！

第二章　水の賢者の活躍

「フルールさん。せっかくだから依頼を受けたいと思ってるんだ」

　襲ってきた人たちの話も終わったし、僕は冒険者として改めて動き出そうと考えた。もうパーティーに属してないからソロになるけどね。だけど、スイムも一緒にいてくれるから寂しくはないかも。

「そ、そう、依頼。依頼ね。あ、だったらいい薬草採取の依頼があるわよ！」

　依頼について相談すると、フルールが薬草採取を勧めてきた。でも——。

「薬草採取って、ＧかＦランクの依頼……」

　薬草採取は基本的な依頼の一つだ。ＧランクやＦランクになりたての冒険者がこなす代表とも言える仕事。さっき魔法の検証をした森あたりが採取スポットで若い新人冒険者も多かった。ただ僕は一応Ｅランク冒険者だ——ガイたちはもうＤランクだったけどね。

　とにかく、Ｅランクである以上、それなりの依頼は受けたい。別に驕りではないと思う。薬草採取は本当に散々やったし。

「確かに今はソロになったけど、ランク相応の依頼はこなしてみせます」

　僕は今の気持ちをフルールにぶつけてみた。だけど彼女が難色を示す。

「あのね？　これまでは他に守ってくれる仲間がいたから、例えばダンジョン攻略なんかも行けたと思う。でもネロくん一人じゃそうもいかないよね？」

フルールはまるで子どもに言い聞かせるような口調で僕に聞いてきた。だけどここでただ頷くわけにもいかない。

「いえ。さっきも言いましたが僕も魔法で戦えるんです」

「だからそれは――」

説明しても全く納得してくれない。うぅ、駄目だ。このままじゃ信用されない。信用、そうだ！

「見てくださいフルールさん！　実は僕右手にもう一つ紋章が浮かんだんです。ほらほら！」

フルールに右手の甲を向けて訴えた。そうだ最初からこうしておけば！

「え？　どこが？」

「は、い？」

だけどフルールが疑問混じりの顔を見せた。

あれ？　ま、まさか紋章が消えた⁉

慌てて僕は右手の甲を見たけど確かに紋章があった。

「いや、これだよフルールさん。これこれ」

右手を翳してフルールにアピールすると、どこか生暖かい物を見るような目を向けられてしまった。

「そう――少し遅いけどそういう年頃なんだね。わかるよ、何かこう自分には特別な力が宿っていて、それが解放されたような感覚に陥る。そういうのって誰でも一度は通る道だもんね」

「えぇえぇぇえ！」

何かもの凄い勘違いされてるよ。思春期特有の思い込みとかそんな風に思わてるよコレ！　うぅ、でもどうして……。

ん？　あれ？　何か閃きが――。

「えっと。賢者の証は、賢き者以外には視え、ない？」

「あ、ひっど～い！　私が利口じゃないってこと～？」

あ、しまった！　なんとなく頭に流れてきたような情報をつい口にしてしまったよ！

「いや、今のは違うんです！　そうじゃなくて」

「ふふ、冗談よ。でもそういう設定はわからない人から引かれる可能性があるから注意してね」

お茶目な笑みを浮かべつつ、フルールが言った。う～ん、どっちにしろ信じてはもらえてないね。

でも仕方ないか。この条件で、どうしてフルールに視えないのかわからないけどね。僕なんかよりずっと賢いと思うんだけど。

「紋章のことはもういいや――とりあえずボードを見てみるよ」

折角フルールが勧めてくれた依頼だけど、やっぱり僕はもう少し上の仕事をしてみたい。だからボードから選んでみようと思う。

「そう……ネロくんが他の依頼を受けると言うなら止める権利は私にはないけど、しっかり考えて選んでね。冒険者に怪我はつきものとはいうけど、無茶していいことなんてないんだからね！」

「う、うん」

心配してくれるのは嬉しいけど、フルールももう少し信用してくれると嬉しいんだけどね。僕はボードの前に立った。ギルドの壁に備わったボード、ここに沢山の依頼書が貼られている。冒険者は基本ここから依頼を選んで仕事を受ける。ただ、依頼書は朝のうちに大体なくなってしまう。だからさっきみたいに受付嬢に直接聞く場合もある。まだボードに貼られていない、新しい依頼が入ってきてることもあるからね。

さて、見てみたけどやっぱりほとんど依頼書が残ってないね。あ、でも——。

依頼内容
・魔草採取
推奨ランク　E以上
詳細　北東のブルーフォレストに生えるブルーローズを二五〇〇本採取して欲しい。
報酬　五〇万マリン

おお。凄くいい依頼があるね。ちょっと数が多いけど報酬は悪くない。一見すると薬草採取と変わらないっぽくもあるけど、報酬が段違いだから薬草採取よりも難易度が高いと見ていい。ランクもEランク以上だしね。とはいえブルーフォレストは極端に強い魔物が出るわけでもないから、今の実力を知る上でも丁度いいかな。

「これ良さそうかも」

「スピ～♪」

肩に乗ってるスイムも行きたそうにしてる。よし、依頼書を剥がしてフルールの前に持っていこう。

「これを受けたいんだ」

「えっと。ブルーローズの採取……う、う～ん。確かにEランク以上だし、そこまで危険な魔物は出ないと言われるけど、植物系の魔物が多い場所よ。周囲に溶け込んでるからソロだと厳しくない？」

やっぱり心配されてしまった。植物系の魔物……トレントやビルローズとかだね。これらの魔物は、普段は似たような植物のフリをして獲物を狙う。だから油断して不意を突かれやすいんだ。ただ、Eランク推奨の森に出る程度なら攻撃手段は多くないし、擬態もわかりやすいタイプが多い。

「大丈夫だよ。そんなに心配しないで。それにほら、スイムもついてるし」

「スピィ！」

安心してもらおうとスイムについても触れると、僕の肩の上でぴょんぴょん跳ねて任せて～とアピールしてくれた。

「その子が可愛いのは認めざるを得ないけど、戦えるの？」

フルールもスイムの愛らしさにはメロメロだ。ただ戦闘面では疑問に思ってるみたい。

「冒険者に襲われたときも、スイムのおかげで助かったんだよ。頼りになるんだ」

「へぇ……この手のスライムはあまり戦えるイメージがなかったけど。凄いんだね、スイムちゃん」

「スピィ～♪」

僕から話を聞いたフルールはスイムを褒めて撫でた。スイムが嬉しそうに声を上げている。戦闘力と言うよりはあの水を飛ばす方法が参考になったわけだけどね。

「じゃあ受けていくね」

「……わかった。流石に適正ランクなのに駄目とは言えないしね……でも本当に気をつけてね！　余裕があるなら回復薬も忘れずにね！」

フルールは本当に僕のことを心配してくれているようだ。依頼は受けられたけど準備を怠らないよう色々指摘されたよ。

でも回復薬か……何かあったときのために持っておくのはいいかもね。

とはいえ依頼をこなすのは明日かな。今日は宿に泊まって明日に備えないと。それとスイムの食事も考えないとね。

「スイム、何を食べようか」

「スピィ～♪」

ギルドを出た後、スイムと一緒にとりあえず市場に顔を出してみた。森でスイムは果物を食べていたから、もしかしたらそういうのが好きかもと思ったんだけど。

「このリンゴがいいの？」

「スピッ♪」

案の定スイムは果物が好みなようだ。だから何個か買って与えたら、嬉しそうに取り込んで食べていた。その後は知ってる宿で泊まることにした。勇者パーティーに入る前に利用していた宿で、値段が手頃なのに食事もつくんだよね。スイムを連れていても特に問題なかったし、ゆっくり休めたよ。

「さて！　今日から本格的にソロでの仕事だね」

「スピィ～」

「あはは、そうだったね。スイムも一緒にだよ」

「スピッ！」

スイムもどこか張り切ってる感じだね。僕はスイムをつれて、まずは教会に向けて歩き出した。

「スピィ？」

「どこに行くの、って？　えっと。ね。これから神父様に会って、お願いしたいことがあったんだ」

足の向く先が門の方と違っていたからスイムも気になったみたいだね。だから寄り道があることを教えたんだ。

「ネロ！」

「ガイ――」

聞き覚えのある声がした。教会に向かう途中で元仲間のガイと遭遇してしまったんだ。何か不機嫌そうに思える。

「お前、まだこの町にいやがったのか！　出ていけと言っただろうが！」

またその話か。確かにガイは前にもそんなことを言っていたけど、承諾した覚えはないんだよね。お金はただの手切れ金だって言って聞かなかったし。

「スピィ？」

すると肩の上のスイムが不思議そうに、誰～？　と僕に聞いてきた気がした。

「えっと。一応元パーティーメンバーで勇者なんだ」

「……なんだそのちっこいのは？」

スイムにガイのことを教えてあげると、ガイから質問が飛んだ。

「スライムのスイムだよ。ちょっとした縁があってね。今は一緒にいるんだ」

僕が答えるとガイがスイムのことを睨み始めた。その後ろにはフィアとセレナの姿がある。なんかフィアもスイムを見てるね。ガイみたいに睨んでるわけじゃないけど。

「……スイムに何かあるの？」

「な、なな、何もねぇよ！　それよりいつ出ていくんだ！」

ガイが睨んでいるのが気になって聞いてみた。すると慌てて元の話に戻してくる。

「いや、そもそも出ていく気がないよ」

「な、ふざけんな！　いいから出てけ！」

ガイがムキになって街から出るよう要求してきたよ。はぁ、全く。なんなんだろう。

そんなに僕と関わりたくないならそもそも無視してくれればいいのに。

「最初に冒険者になったのもこの町だから、僕にとってはもう故郷みたいなものなんだ。だから出ていくつもりはないよ」

僕が自分の思いを話すと、ガイが口を結び、険しい顔を見せた。

「冒険者としてやっていくならお前の腕じゃこの町は無理だって言ってるんだよ。決められないなら俺が決めてやる。ここを出て西のノーランドへ行け。あそこは田舎町で危険な魔物も少ない。冒険者ギルドに所属してるのも気さくな連中が多い」

……確かにノーランドは知ってるし、ガイの言う通りだけど――。

「もしかして、僕のこと心配してくれてるの？」

「ふざけんな！　たたっ切るぞ！」

気になって聞いてみたら凄い剣幕で怒鳴られちゃったよ。う～ん、確かにそんなはずないか。だったらなんで追放したのかって話だし。ガイがグルル～と犬みたいに唸ってると、その横にフィアが立ってるのに気がついた。その視線がスイムに向いている。

「スイムは人懐っこいから撫でると喜ぶよ」

「え？　い、いいの？」

フィアがスイムを気にしていたから試しに触ってもいいよと伝えてみた。フィアは目を丸くして確認してきたよ。

「うん」

「スピィ」

僕がそう答えるとスイムがフィアに向けて頭を伸ばした。撫でて撫でて～とアピールしているように見える。

「そ、そこまで言うなら撫でてもいいわよ」

そんなことを言いながらもフィアの手は既にスイムを撫でていた。頬が緩みきってるよ。

「わ、私もいいですか？」

「うん」

セレナも一緒になってスイムを撫でていた。それをガイが凄い形相で睨んでる。顔が怖いんだよなぁ……。

「二人がスイムに構うことがそんなに嫌なの？」

「誰がそんなこと言った！　ぶった切るぞ！」

「えぇ～……」

ガイはなんでこんなにカリカリしてるのか……いや、わりと前から不機嫌そうなことが多かったかもだけど……。

「ところでネロはどこに行くつもりで？」

ガイとの会話が噛み合わなくて困ってるところにセレナから質問された。丁度いいからこっちの問いかけに答えることにする。

「うん。教会で水の回復魔法を込めてもらおうかなって」

「……そうですか。それならこの空き瓶にネロの魔法で水を注いでもらえますか？」

そう言ってセレナが空き瓶を三つ取り出した。

「あ、もしかして魔力水？」

セレナに確認してみる。追放されたときに何本か残してきたけどもうなくなったのかもしれないね。

「違います。水だけ入れてください」

でも魔力水が目的じゃないみたいだ。なら一体何だろう？　とにかく瓶に水を入れてみる。すると
セレナが瓶の水に生属性の回復魔法を込めてくれた。

「これを使ってください」

「え？　いいの？」

「以前いただいた魔力水のお礼です」

追放されたときに置いていった分のことだね。てっきりそれの追加が欲しいのかと思ったけど、逆に僕に回復効果のある水をくれるつもりなようだ。でもいいのかな？　ガイを見てみるとやっぱり不機嫌そうだった。僕がセレナから受け取るのが嫌なのかな？

「セレナがわざわざ用意したんだから素直に受け取れや！」

ガイに怒鳴られた。えぇ、そっちなの？　いや、まぁせっかくこう言ってくれてるなら。

「ありがとう大切に使うよ」

「いえ、危ないときはすぐに使ってください」

ニコリと微笑みながらセレナが言った。出し惜しみして死んじゃったら意味ないからそこは流石にわかってるつもりだけどね。

受け取った瓶はベルトに付けてるポーチに入れておいた。ちょっとした物は大体ここに入れている。

「ふん。お前ら、こっちも暇じゃないんだ。さっさと行くぞ」

話が落ち着いたところで、ガイが二人を促して立ち去ろうとする。

「……ネロ。とにかくこの町からは出ていけ。せっかく可愛いペットまで見つけたんだからな」

ガイが呟くように言った——なんだろう？　まるで警告みたいに聞こえる。更に言えば。

「えっと。スイムを可愛いと思ってくれてたんだ」

「な、ちげーよ！　糞が！　たたっ切るぞ！」

「えぇ……」

「スピィ？」

また怒鳴られた。そして顔を真っ赤にさせて、ガイたちは行ってしまった。なんだかよくわからないけど、おかげで教会まで行かなくてよくなったよ。

「それじゃあブルーフォレストに向かおうか」

「スピッ！」

こうして僕とスイムは町を出て目的地の森へ向かうことになったんだ――。


「お久しぶりでございますね。勇者ガイ」

「ハイルトンか……」

ネロと別れた後、ガイたちが歩いていると、杖をついた執事風の男が近づき挨拶してきた。それを認めたガイが彼の名を呟きつつ険しい顔を見せる。

「ところで先程の様子を見させていただきましたが、随分とネロと仲良さげではありませんか」

片側の目にだけ掛けられた眼鏡を押し上げながら、冷たい笑顔を浮かべる執事。それを認めたガイが眉を顰めた。

「……のぞき見とは悪趣味だな。ハイルトン」

「はは、旦那様もそろそろしびれを切らしておりましたからね。しかし、どういうつもりですかな？あの塵がまだ生きてるとは」

その態度はどこか高圧的であった。ガイも今まで見せてきたような強気な態度は消え失せ、やりづらそうに対応している。

「あなたにはあの塵の始末をお願いしていたはずです。それなのに話が違うようですが？　しかもあのように和気藹々とされていると、こちらとしても見過ごせませんぞ」

指でレンズを直しつつハイルトンがガイに指摘する。

「勘違いするな。仲良くなんてしていない。俺たちのパーティーから追放してやったんだから」

「……ほう。追放、ですか？」

ハイルトンは片眼鏡を外し布でレンズを拭きながら、それで？　と言わんばかりに言葉を返す。

「……勇者パーティーを追放されたとなれば、あいつの信用は地に落ちる。社会的に死んだも同然だ。これであの人も満足だろう」

ガイがハイルトンに向けて告げる。その言葉からこれで手打ちにしたいという空気も感じられた。だが話を聞いたハイルトンが明らかな不満を示す。

「旦那様はそのようなことを望んではいない。それぐらいお前たちだってわかっているはずだ」

ハイルトンがガイに厳しい目を向ける。口調も変わり、立場がどちらが上かを知らしめているようだった。

「旦那様はあのような無能の塵がこの世に生き残っているのが許せないのだ。屋敷から追放という形を取ったのは、自らの手を汚すのも憚られるほどの汚物だからに他ならない。それを、追放？」

片眼鏡を掛け直しながら、噛みしめるようにガイの言葉を繰り返す。

「そのような中途半端なやり方で旦那様が満足されるわけがない。これは問題だぞ、ガイ。まさか貴様、旦那様に逆らうつもりではあるまいな？」

ハイルトンは疑わしげな目をガイに向ける。ガイの側にいるセレナが不安そうな表情を見せた。

「……そんなつもりはない。だが考えてもみろ。俺たちはこれでもギルドで評判が知れ渡ってきている。そんな俺たちがいくら使えないからといって仲間を殺すなんて外聞が悪すぎる」

ガイはネロを追放で済ました理由をハイルトンに説明し続けた。

「あの人――ギレイル様も俺たちが活躍することで旨味があるはずだ。下手なことをして悪評が広まるのを望んではいないだろう」

ハイルトンに言い聞かせるように、自らの考えを伝えきったガイ。その間もハイルトンは目を細くしたり大きくさせたりしながら、本心を探るようにガイを見続けている。

「……確かに、それも一理ありますかな。アクシス家が目をかけてやったマイト家の貴様が勇者として活躍すれば、旦那様も鼻が高いというもの」

話を聞き終えたハイルトンが軽く頷き、ガイに理解を示した。

「――とはいえ、旦那様がそれで満足されるわけがない。それぐらい上手くやれないようでは、余計な怒りを買うだけですぞ？」

「……チッ」

ガイが思わず舌打ちする。ハイルトンはそんなガイを冷たく見つめていたが、ふと何かを思いついたように笑みを深めた。

「――ですが、あなたのお気持ちもわかります。ですのでここは私もご協力致しましょう。その代わりと言ってはなんですが、少々私にも見返りが欲しいところではありますが」

「は？　何を勝手に――」

ハイルトンがそう持ちかける。ガイは納得していなかったが、ガイの返事を待つことなくハイルトンがその場から消え失せる。

「ま、待て、ハイルトン！」

ガイが慌てて引き留めようとするが、時既に遅し。ハイルトンは消え去ってしまっていた――。


セレナが生命の水を作成してくれた後、町を出てブルーフォレストまでやってきた。ブルーフォレストは文字通り青々とした森だ。ここには樹木から葉っぱに至るまで、色の青い植物しか存在しない。

そしてここの特徴は、やっぱり植物系の魔物が多く出てくることだろうな。

「スピィ！」

「うん。あれはトレントだね」

フルールは植物系の魔物が出るって心配してくれたけど、ここの魔物には結構間の抜けたタイプもいる。例えば、今スイムが指摘してくれたトレント。見た目は灌木《かんぼく》で、森に出てくると木々に紛れてとても紛らわしい。だけどこのブルーフォレストではかえって目立ってるんだよね。だって、この森の植物は青一色だから。普通の樹木にしか見えないトレントはもうバレバレってこと。

「水魔法・水鉄砲！」

魔法により僕の指から水弾が連続発射される。

「──ッ⁉」

僕の水鉄砲に撃ち抜かれたトレントは、萎れたようになって朽ちていった。トレントは長い枝で攻撃してくるタイプの魔物だ。だから気がついたら早めに対処した方がいい。もちろん、襲ってくる位置にいなければ無難に通り抜けるけどね。

「この調子でブルーローズを集めようか」

「スピッ！」

そして、僕たちは更に奥を目指した。

「おっと！」

移動する途中、地面から伸びた蔦が僕に襲いかかってきた。トレントはわかりやすかったけど、全体的に見ればやっぱり周囲に溶け込んだ植物系魔物が多い。

「水魔法・水ノ鞭！」

奇襲をなんとか避けつつ水で生み出した鞭で蔦に反撃。だけどダメージが通ってないのか、蔦は元気そうにウネウネと蠢き続けていた。

　こういうのは無視するに限るんだけど蔦の範囲が広くて流石に避けて通り抜けるのは厳しい。

「スピィ」

「うん。相手も靭《しな》やかな蔦だからこれじゃあ効果が薄いや。これをどうにかするには……――閃いた！」

　相手が蔦なら切るのが一番だ！　そう思った途端、頭に魔法のイメージが湧く。

「水魔法・水剣！」

　腕から水が伸びていき、剣の形になった。水は重い。つまり、手応えがある。だからこそ鞭にもなった。それなら剣にもなりえるわけだ！

「ハッ！」

　水の剣を振り抜き、蔦を切り裂いた。やっぱり植物系は切断に弱いね。

「これは植物系の魔物相手なら役立ちそうだよ」

「スピィ～♪」

　スイムが肩の上でぴょんぴょん跳ねて喜んだ。僕に凄い凄いと言ってくれてるような気もする。

　その後、ある程度進んだ先にブルーローズがあった。青くて綺麗な花なんだけど、茎には棘があるから採取には注意が必要だ。採取数は二五〇〇本だからわりと忙しいかな。ギルドから採取用の布袋は支給されているけど、かなり大きい。これを二五〇〇本だと結構な量になるもんね。今見えてるので二〇〇本ぐらいあるかな。つまり群生地を十数ヶ所回る必要があるわけだ。

「大変だけど頑張ってこなさないとね」

「スピッ！」

スイムも一緒になって張り切ってくれた。群生地でブルーローズを採取する。驚いたことにスイムも群生地に下りて手伝ってくれた。スイムはブルーローズを体の中に取り込んでくれているようだ。こんな特技があったなんて驚きだよ。

「でも、中に入れたブルーローズはどうなってるんだろう？」

ふと疑問に思った。まさか実はブルーローズが好物で、食べていただけとか？

「スピィ」

だけどそれは杞憂で、取り込んだブルーローズをスイムがまた出してくれた。僕を安心させてくれたみたい。

「凄いやスイム。これなら採取も捗るよ」

「スピィ〜♪」

スイムの頭を撫でて褒めてあげた。プルプルしていて凄く嬉しそうだよ。

こうして、スイムの助けもあって、この一帯のブルーローズは比較的あっさり採取できた。次の群生地もわりとすぐ近くにあった。だけど、そこにはビビルローズも紛れていた。薔薇に擬態する魔物で、棘に刺さると臆病になってしまうという特殊な効果を持つ魔物だ。ビビルローズはそんな嫌な効果のある棘を飛ばして攻撃してくる。ただ、花は赤いからどこにいるかはすぐにわかってしまう。

「水魔法・水鉄砲！」

目立っていたビビルローズだけを水魔法で撃ち倒してから、余裕を持ってブルーローズを採取していく。こんな感じで僕たちは順調に依頼をこなしていった。

「よし。残り二〇〇本だね。ここのブルーローズを採取したら目的達成だ」

「スピィ～」

スイムもやったね、とはしゃいでいる。それにしてもスイムは凄い。ブルーローズを全て体内に取り込んでくれたからね。おかげでギルドから預かった袋は一切使ってない。それどころか袋も一旦スイムに取り込んでもらってるぐらいだ。さて、残りのブルーローズも採取して依頼を達成させようかな。そう思っていた矢先のことだった。

「うわ、揺れてる!?」

「スピィ!?」

急に地面が揺れだした。何事かと思った。スイムも慌てている。

正面の地面が隆起し始め、ピシピシと地面に亀裂が走り、かと思えば巨大な植物が姿を見せた。多肉質の大型の花が生えていて、真ん中の部分は巨大な口になっている。その大きな口からは舌がダラリと垂れていて、舌先からは涎《よだれ》がダラダラと滴り落ちていた。しかも、涎が落ちた地面はじゅうじゅうと音を立て煙を上げて溶解している。

「今の揺れはこいつのせいか――それにしても、ちょっとやばそうな相手かも……」

「ス、スピィ……」

スイムも不安そうにしている。けど、こいつはこっちを餌と認識してそうだし、やるしかなさそうだね――。

「水魔法・水剣！」

怪物が蔦を伸ばして攻撃してきたから、水の剣を伸ばして振るってきた蔦に切りかかる。

「うわっ！」

「スピィ！」

でも駄目だった。防ぎきれずスイムもろともふっとばされてしまった。途中で出くわした蔦の魔物とは太さも圧力も全く別物だ。正直、この勢いで地面に叩きつけられたらヤバい！

「スピィ！」

死さえも予見させる状況だったけど、スイムが僕から離れたかと思えば膨張し、受け止めてくれた。スイムの体は弾力があるから、衝撃を和らげるクッションになってくれたんだ。

「あ、ありがとうスイム。助かったよ」

「スピィ♪」

スイムに抱きついてお礼を言った。スイムは元の姿に戻る。でも――。

「一回り小さくなってる？」

「スピィ……」

もしかして今の膨張で？　だとしたらあまり多用させるわけにはいかない。

『ア・jfァrヲイファ・jワlジョア！』

くっ！　魔物が奇声を上げた。頭がおかしくなりそうな声だ。やたらと興奮しているのがわかる。

蔦が再び蠢きだし、それぞれの蔦にも花が開いた。本体と一緒で口があって、舌が伸びている。

こんなの相手に僕が戦えるのか？　いや、弱気になったら駄目だ。とにかく今は身を守る術を考えないと。でも、どうすれば――水の剣は効果が薄かったし、そもそも僕は戦士じゃないからそこまで剣の扱いに長けているわけじゃないんだ。

いや待てよ。水で剣が作れるぐらいなら……。　そんなことを考えていた僕に、さっきよりも激しい化物の攻撃が迫る。

「――閃いた！　水魔法・水守ノ盾《みまもりのたて》！」

僕の水魔法で生まれた盾が、化物の蔦攻撃を防いでくれる。良かった。咄嗟のところで閃くことができた。

「スイム、大丈夫？」

「スピィ♪」

小さくなったスイムを手のひらに乗せて再び肩に戻す。小さくても、スイムはやっぱりスイムだ。とても可愛い。なんてほんわかしてる場合じゃない！

「水魔法・水守ノ盾《みまもりのたて》！」

化物が大量の蔦で一斉攻撃してきたのを見て、僕も魔法で水の盾を数多く生み出した。ほぼ囲むように出現した盾によって攻撃は遮られる。水だから見た目も半透明で、視界が開けたままなのがいい。

今回の相手は遠慮なんてしてられない。だから僕は、更に別な魔法を行使する。

「水魔法・重水弾！」

圧縮した水の塊が蔦の一本に命中し、破裂した。発生した衝撃波で囲んでいた蔦も吹き飛ばされる。やはり、この魔法はかなりの威力だ。水の盾でガードしてなかったら、こっちも自分の魔法に巻き込まれるところだったよ。

でもこれで邪魔な蔦は片付いた――。

『ファjfkァfジャlkkfjkァfjkァlskfジャ！』

と思ってたら奇声を上げて蔦がまた伸びてきた！　こいつ、いくらでもアレを生やすのか。きりがないよ！

「だったら、本体を狙う！　水魔法・重水弾！」

今度は本体に向けて圧縮した水を撃った。蔦が壁になって本体を守る。蔦は粉々になったけど、あいつはいくらでも蔦を伸ばすからな。

「くそっ、思ったより厄介だな」

「スピッ！」

スイムが警告のような声を上げた。蔦に生えた口が頭上に向かって何かを吐き出す。

まさかあれって！

「上！」

僕は生み出した水の盾を上に移動させ、更にスイムを抱きしめた。降り注いできたのは、あの化物の口から吐出された液体だった。あれは地面を溶かしていた。つまり、酸性なんだ。まともに喰らったらまずい。盾で塞いだものの隙間が生まれ、すり抜けた酸性の液が僕に掛かった。

「熱ッ――」

着ていたローブから煙が上がる。衣が溶けたんだ。熱いけど耐えられるし大したことじゃない。

酸性の液体は地面をも汚した。草花もあっという間に――いや、待てよあの化物――。

あの酸攻撃をするときには他の蔦が離れている。もしかしてこれって……だとすると！

「閃いた！」

「スピィ……」

あの化物を倒す魔法が頭に浮かぶ。一方スイムがどこか悲しげな鳴き声を上げた。手がちょっと爛れてしまっていてそれを気にしたのかも。

「大丈夫。これなら生命の水を掛ければ治る」

スイムを安心させるためにそう伝える。だけど今は治療している場合じゃない。

ただあいつの場所が問題だ。あの場所で今閃いた魔法を放つのは問題がある。

「どうしたどうした僕は元気だぞ！　その程度かよ！」

だから僕はあの化物を挑発しつつ踵を返してその場から離れた。

あいつは僕を餌と認識している。しかも手負いの獲物と思ってるはずだ。だったら絶対に――。

『アjファッlkファkl;jァf;jァf;jァfkァファkl;jカァ;jlk;jkァjヵ;jfklジャァjfljヵfklジャl;jfl;jファlf！』

やっぱり追ってきた！　僕が場所を移動すると正面の土が盛り上がってアイツが姿を見せたんだ。

回り込んでやったとこいつは思ってるのかも知れない。だけど逆だ。僕がお前をこの場所に誘導したのさ！

「かかったね！　これで終わらせる！　水魔法・酸性雨！」

魔法を行使すると奴の頭上から水が雨のように降り注いでいった。後は効くのを願うだけだ！

『――ッ!?　ァfjァkfァfjァflジャjファlファjlf!?』

化物が悲鳴を上げた。この魔法は文字通り酸の水を生み出して降らせる。あいつが口から出した酸性の液体がヒントだった。あの液体だってようは水だからね。それなら水魔法で再現できると思った。しかもイメージはより強力で、言うならば強酸の雨だ。あの化物の酸が掛かった植物も溶けているのがわかったからね。その上、あの化物は自分で吐き出した酸が他の蔦に掛からないように動いていた。つまりあいつにとっても弱点であったと推測できた。だから、魔法で強酸を生み出せば勝てると考えたのさ。そして僕の予測は当たったようで悲鳴を上げながら化物の体が枯れ果てていく――。閃いた酸性雨の魔法がよく効いてくれた証拠だ。そして、化物が消えた後には光り輝く石が残されていた。

「これって、魔石!?」

「スピィ?」

そうだ、魔石だ。魔石は貴重な代物だ。魔物や魔獣が保有していることもあるけど、そういうタイプは大体強敵だ。後は時折魔石の採掘できる鉱山で見つかったりもするけど数は少ない。それがこんな形で手に入るなんて。確かにかなりの強敵だったから、持っていても不思議ではないけどね。

でも、この森にここまでの相手がいたなんて思いもしなかった。……いや、これはもしかしたら変異種だったのかもしれない。

変異種というのは、文字通り魔物の一部が変異したものだ。そして変異した場合、元の個体より遙かに脅威度が上がる。姿形も大きく変わる場合も少なくない。

「これはしっかりギルドに報告すべきだね。化物は消え去ったけど、魔石が残っていたから証拠にはなるだろうし」

「スピィ～」

魔物らが保有している魔石には、様々な情報が詰まっていると言われている。解析すれば、保持していた相手についての詳細もわかる。そして、ギルドには大抵魔石を解析できる職員がいる。だから、持ち帰れば戦ったこの化物の正体もわかるかもしれない。

「スピィ～……」

「うん？　あ、そうか怪我だね――」

スイムが心配そうに僕の肌を見ていた。あの液が掛かっちゃったからね。なんか思い出したらズキズキしてきた。

「大丈夫！」

こんなときのための生命の水だ。ポーチから瓶を取り出して患部に掛けると傷がみるみるうちに治っていった。ちなみにこの手の回復薬は掛けても、服用でも効果がある。今回みたいに治す場所が定まってる場合は、傷口に直接掛けて使うことが多い。

「うん。これで大丈夫。セレナには感謝だね」

「スピィ♪」

スイムが僕の胸に飛び込んできてスリスリしてきた。はぁ、これも癒やされるよ。

「でもスイム。随分小さくなったよね、大丈夫？」

「スピィ？　スピッ！　スピ〜！」

僕が心配して声を掛けるとスイムが何かを訴えてきた。口をパクパクさせてるような？

「あ、もしかして生命の水が欲しいとか？」

「スピィ」

スイムがプルプルと左右に震えた。違うってことかな？

「スピッ」

あ、なんか体を瓶みたいにしたね。それは置いといて、リアクションで表現していて可愛い。

「水？　水が飲みたいの？」

「スピィ〜♪」

スイムがぴょんぴょんと跳ねた。そうか。でもなんだろう？　喉が渇いてるのかな？　僕は魔法でスイムに水を飲ませてあげた。

「スピィ〜♪」

嬉しそうに僕の水を飲むスイム。すると、驚いたことにスイムの大きさが元に戻っていった。

「へぇ！　水を飲めば戻るんだね」

「スピィ〜♪」

スイムはなんだかとてもご機嫌だ。うん、スイムが元に戻って僕も嬉しいよ。

戦いを終えた僕たちは、ブルーローズの群生地に戻った。

「良かった。無事だよ」

「スピッ」

スイムも良かったねと言ってくれているようだ。採取できる場所を移しておいて本当に良かったよ。

そうでないと、酸性雨の魔法に巻き込んで枯らしかねなかったし。

その後、僕たちはブルーローズを採取。これで依頼の二五〇〇本は完了だね。

「じゃあ、戻ろうか」

「スピッ！」

スイムを肩に乗せて僕たちは町に戻った。ふぅ、それにしても思ったより大変な仕事だったね――。


「えぇ！　そんな魔物があの森に～～～～～～!?」

ギルドに戻ってブルーフォレストで起きたことを話すと、フルールに随分と驚かれてしまった。

やっぱり普段は姿を見せない種らしい。

「魔石を保有していたから持ってきたけど、解析する？」

「もちろんよ！　内容次第では今回の依頼分とは別に報酬が出るわよ」

僕はあの魔物から手に入れた魔石をフルールに渡した。追加報酬が出るなら凄く助かる。

「でも、それをネロくんが倒しちゃったの？」

フルールは僕が魔石を持ってきたことを不思議がっていた。魔石を手に入れたってことは、倒したって証明でもあるからね。

「うん。水魔法でね。工夫すれば十分戦えるんだよ」

フルールにそう説明するも、彼女はまだ半信半疑な様子だ。

「水魔法で戦えるなんて、ちょっと信じがたいけど……とにかくそっちは解析を待つわね」

やっぱり、水魔法のイメージ的に中々納得はしてくれない。とはいえ解析されるから、相手がどんな魔物だったか判明しそうだね。

「うん。お願い。あ、それとブルーローズだよね」

「そうね。あれ？　でも袋を持ってないわね？」

フルールが首を傾げる。預かっていた袋はスイムの中だからね。ブルーローズを二五〇〇本も採取したら、普通は中身がパンパンに詰まった袋を背負ってるだろうし、不思議に思うのも仕方ないかな。

「実はスイムの中に取り込んでもらったんだ」

「スピィ」

僕がスイムを見ながら教えてあげるとスイムもそうだよと言ってるように鳴いた。

「え？　す、スライムの中に？　そんな力を持つスライム、聞いたことがないけど……」

フルールが目を丸くして驚いていた。言われてみれば僕も知らない。そもそもスライムについてそこまで詳しくなかったからね。単純に凄いなぁと思った程度だ。

でも、魔法の袋を普通に買ったらお値段が張る。確か一〇〇キログラム入る魔法の袋でも二〇〇万マリンはするはずだ。そう考えたらスイムの力は凄いね。今はまだブルーローズを入れてるだけだけど、雰囲気的にまだスイムには余裕があるし。

「う～ん、とりあえず、その数はここだと置けないから、倉庫まで来てもらっていいかな？」

「はい」

「スピィ～♪」

「……あ、あの倉庫まで私が抱っこしてもいい？」

フルールがスイムを指差しながらお願いしてきた。もちろん、それぐらいなら問題ないよね。スイムも嫌がってないし。

「はぁ幸せ～」

フルールがスイムを抱え上げ、幸せそうな顔を見せた。スイムを気に入ってもらえるのは僕としても嬉しい。

「スピッスピィ～♪」

移動しながらフルールがスイムに頬ずりしているよ。スイムもどこか楽しそうだしフルールも気持ちよさそうにしている。スイムはぷにぷにな上にひんやりしていて触り心地がいいんだよね。

「うぅ、もうついちゃった」

どこか残念そうにフルールがスイムを手渡してきた。仕事中だから、流石にずっとスイムを愛でているわけにもいかないんだろうね。ちなみに倉庫はギルドと直結していて、一階の廊下に出ると裏口から入れるようになっている。

「おう。なんだ？　仕事か？」

倉庫に入ると髭を伸ばしたおじさんがフルールに問いかけた。ここの倉庫番を任されている職員だ。

「ブルーローズの依頼を、この子とスイムが達成してくれたのよ」

倉庫番のおじさんにフルールが答えた。

「おお、例のブルーローズか。確か二五〇〇本だったか。それでどこにあるんだ？」

おじさんは僕に目を向けつつ聞いてきた。量が量だし、全く見当たらないのが不思議なんだろう。

「フルールさん。スイムに出してもらってもいいかな？」

「あ、そうだったわね。このあたりなら大丈夫だと思うわ」

フルールが倉庫の一部を指さした。スイムはピョンっと指定された場所に飛び降りる。

「そのスライムがどうかしたのか？」

倉庫番の職員が不思議そうにしていた。

「スイム。ブルーローズをここに出してもらっていい？」

「は？　何言ってるんだ？　スライムにそんな真似、できるわけがない」

職員が眉を寄せて言う。ブルーローズとスイムが結びつかなくて困惑してるのかもね。

「スピ～」

そんな職員の目の前でスイムがぷくーっと膨れ、かと思えばブルーローズ二五〇〇本を床に出した後、飛び退いた。

たしか、僕のクッションになって助けてくれたときも膨張していたね。だけど、今回は戻っても小さくなってない。ということは、スイムに掛かった負荷が関係しているのかな。あのときはかなりの衝撃だっただろうし。

「お、おいおいマジかよ。こんなことできるスライム、俺は初めて見たぞ」

職員も随分と驚いているみたいだ。やっぱりスイムは珍しいスライムなのかなぁ？

「こんなことで驚いていたら、この先大変よ。ネロくんはブルーフォレストで見たことないような魔物を退治したんだから。しかも水魔法で」

「は？　いやいや、それは嘘だ。水属性は戦闘ができない不遇な属性だろう？」

フルールから話を聞くも、おじさんは疑念の目を向けていた。うん。やっぱりこういう反応だよね。水は戦える属性じゃないというのが、大半の人の考えだ。

「私もびっくりしてるんだけど、実際に魔石も持ってきているから……」

困ったような顔で、フルールがおじさんに答えていた。この様子だと、やっぱりフルールも完全に信用はしてくれていない感じかな。

「あの。実は、水は重いんです……と言ったらどうします？」

「は？　何言ってるんだ？　水に重さなんてあるわけないだろう。だから攻撃には使えないんだよ」

試しに聞いてみたけど、何を馬鹿なことを言ってるんだ？　って反応だったよ。あぁ、やっぱりそういう考えだよねぇ。

「いや、なんでもないんです。それで、ブルーローズに問題はありませんよね？」

この話は一旦置いておいて、本題の依頼について聞いてみた。採取系の仕事は、採ってきた素材の損傷が激しかったりすると報酬が減ることもあるからね。

「あぁ。傷みもないし、これは完璧だろう。とはいえ、正確な鑑定をするには数が多いからな。査定に少し時間が掛かるかもしれないぞ」

おじさんが答えてくれた。問題なさそうなのは良かったけど。それならちょっと遅めではあるけど、お昼ご飯でも食べてこようかな。

「スイム、何か食べたい？」

「スピィ～♪」

食事について聞いたらスイムがご機嫌になった。これは決まりだね。

「スイムもお腹が減ってそうだし、ちょっと出てきていいかな？」

「あぁ。なら二、三時間したら来てくれ」

今からだと夕方ぐらいだね。

「私も書類の手続きしないと――スイムちゃん、またね」

「スピィ～」

フルールも仕事があるからとスイムを撫でた後、倉庫を出た。僕たちも食事を取ってからまた来ます、と言い残してからギルドを出た。

「どこに行こうかな。スイムは何か食べたいのある？」

「スピィ～スピッスピィ～！」

聞いてみるとスイムがピョンピョン飛び跳ねながら何かを伝えたがっていた。この感じだと――。

「う～ん、やっぱり前と一緒で果物とか、後はジュースとか水分多目なのがいいのかな？」

「スピィ〜♪」

僕の肩でスイムがプルプルと震えた。とても機嫌が良さそうだ。なんとなくスイムの感情も掴めてきた気がするよ。

僕たちが路上を歩いていると、前から奇妙な集団が歩いてきた。揃ってボロボロの外套を羽織り、フードを目深に被っている。怪しい集団だね……僕は避けるように横にずれてみたけど、前から来た集団もちょっとだけこっちに寄ってきた。

なんだろう？　でもこのぐらいならたまたまかな――。

「スピィ⁉」

集団とすれ違ったそのとき、スイムの鳴き声がした。肩に乗っていたはずのスイムがいない。振り返ると集団が足を止め、スイムを掴んで僕に見せつけてきた。

「な！　いつの間に――お前たちどういうつもりだ！」

僕が叫ぶと集団がナイフを取り出しスイムに突きつけた。

「黙れ。いいから大人しくついてこい。お友達のこのスライムの命が惜しかったらな」

「スピィ〜……」

スイムの声が細くなった。こいつら、どうしてこんな真似を。

だけどついてこいってことは、もしかして目的は僕なのか？　でも、どうして――？

「大人しくしとけよ」

どうにかしてスイムを助けられないかと考えていると、外套を纏った二人が近づいてきて今度は剣を抜いて脅してきた。

「――ついていけばいいのかい？」

「ふん。いいから黙って来い」

明確な答えはなかったけど、折角仲良くなったスイムを見捨てるなんてできない。とりあえず僕は連中の言う通りにした。後をついていくと、人目につかない路地裏に連れていかれる。

「よう。ネロ。お前、随分と羽振りが良さそうだな」

連中に連れてこられた場所では見覚えのある男が待ち構えていた。筋骨隆々の男で、以前僕に絡んできたことがある。勇者パーティーには僕みたいのは相応しくないからとっととやめろとか、冒険者としてうろちょろされるだけで苛々するとか、そんな理不尽な言い方されたっけ。そんな男がわざわざ僕を呼ぶためにこんな真似を？　だとしたら面倒事になる予感しかしないよ。

「――スイムにこんな真似して、僕を連れてきて一体どういうつもりだよ」

「随分と生意気な口を利くようになったな、雑魚が。お前のそういう態度がそこの連中を苛つかせるんだぞ」

とりあえず聞いてみたけど、帰ってきた答えは納得のいかないものだった。

「知らないよ。大体この連中を僕は知らない」

「あん？　ふざけんなよテメェ――この顔見ても覚えてないって言う気かこら！」

見覚えがないので正直に言うと、僕たちをここまで連れてきた連中がフードを上げた。それで気がついた。この連中前に森で僕を襲ってきた冒険者だ。

「思い出したか？　全く。こっちはテメェのせいでお尋ね者扱いだ！　ギルドにも入れねぇわ、手配書まで回されて他の冒険者には追われるわで散々なんだよ！」

「そんなのお前らが悪いんじゃないか」

話を聞いてはみたけど、なんて身勝手な理由だ。僕相手に強盗行為を働こうとしたんだ。当然それ相応の罰は受けなきゃいけない。

「おいおい、随分と冷たいな。全く無能のくせに聞きしに勝る屑だな。やはりテメェみたいな奴にはお仕置きが必要だ」

ニタニタと薄笑いを浮かべながら大男が言った。

「……お前、こいつらのこととは関係ないだろう。なんなんだ一体」

図体のデカい冒険者も覚えてはいるけど、前はこいつらと一緒じゃなかった。

「関係なくはねぇよ。こいつらは結構やんちゃしちまう時があったからな。そういうときには俺が裏で色々と面倒見てやってたんだ。まぁ子分みたいなもんだ。親分としちゃ、子分がお前みたいな屑に舐めた真似されて、黙っちゃいられねぇよな？」

……なんだその理由は。前に絡まれたときからガラの悪い奴とは思っていたけど、類は友を呼ぶ。

「とにかくだ。お前まず有り金全部出せ。こいつらに迷惑を掛けた慰謝料としてな」

「いつから冒険者は盗賊集団に成り下がったんだい？」

「テメェ！　ルガさんにあんま舐めた口利いてんじゃねぇぞコラァ！」

「今すぐぶち殺されてぇのかこの野郎が！」

あの三人以外の柄の悪い連中が怒鳴り声を上げた。こいつルガっていうのか。随分と周りは気が立っているようだけど、僕は思ったことを言っただけだ。大体やってることはまさに盗賊だ。文句を言いたいのはむしろこっちだよ。

「お前勘違いしてるな。これは落とし前って奴だ。お前のせいで、こいつらは冒険者を続けられなくなったんだ。それにテメェのせいで俺もギルドで恥をかかされたしな」

ギルドで恥？　言ってる意味がわからないよ。

「ったくガイの野郎め。思い出しただけでも腹が立つ。ま、そっちの落とし前は後でつけるとして、まずはテメェってことだ」

ルガがガイの名前を出してきた。こいつとガイの間で何かあったのか。だとしても僕には関係のない話のはずだ。

「ガイと何があったか知らないけど、逆恨みでこんな真似するなんて。小さい男だな、お前は」

そうルガに伝えると、蟀谷《こめかみ》に血管が浮かび上がりピクピクと波打った。

「テメェ、今の状況わかってんのかコラッ！」

「ス、スピィ……」

スイムを捕まえている奴が声を張り上げた。スイムも怖がってる。今はまだあまり刺激するときじゃないか。

「フンッ。少しはテメェの立場がわかったか」

僕が口を結ぶと、満足げにルガが唇を歪めてみせる。

「テメェは言われた通り金を出せばいいんだよ。あぁ、それと。有り金全部といってもな、当然それで終わりじゃねぇ。そうだな。毎月俺らに五〇〇万マリン払え。それで命だけは勘弁してやるよ」

そしてそんなふざけた要求をこのルガって男は通そうとしてきた。

「はは、なるほど。これは破格の条件だ。これでお前はとりあえず半殺しで済む」

「半殺しにはするのかよ、こりゃいいぜ」

話を聞いていたごろつき冒険者たちが笑い出す。何がそんなにおかしいんだか……。

「しかしこいつ。そんなに金もってるのか？」

「問題ないぜ。俺は聞いたのさ。この野郎がブルーローズの依頼を受けたことを。そしてどうやら成功したようだとな」

僕たちを最初に襲ってきた剣士の男が、ルガに伝えた。全く。余計なことをべらべらとよく喋るね。

「ほう。こんな雑魚がブルーローズの採取とはな。一体どんな卑怯な手を使ったか知らねぇが、だったらその報酬はしっかりこの俺様がいただだいてやるよ」

正当に受けた依頼をこなしただけで、卑怯も何もないだろう。もっともこんな奴らに正論を言っても無駄だろうけどね。

「スピィ……」

奴らに捕まったスイムがしょげている。捕まったことを申し訳なく思ってるとか？　だとしたら間違いだ。悪いのはどう考えてもこいつらなのだから。とにかくまずはスイムを助けて安心させてあげないと。

「で、どうするんだ？　あ？」

「嫌だ、と言ったら？」

恫喝してくるルガに逆に聞いてやった。こんな奴らの私腹を肥やすためだけに言いなりになるなんてまっぴらごめんだ。

「そこのスライムを殺してテメェも殺すさ」

「こんなところでそんな真似したらすぐ足がついて終わるよ」

ルガがそんなことを言いだしたけど、路地裏と言っても人が死ねば痕跡が残る。調査に長けた魔師だっているんだ。

「俺らが本気で殺すわけないと考えてるんなら、そんな甘い考えとっとと捨てることだな。テメェやスライムの一人や一匹殺したところで、どうとでもなる。その手の仕事が得意な始末屋がいるからな」

ルガが忠告するように答えた。嘘を言ってる様子はない。それどころか、まるでこれまでもそういうことを頼んできたような言い草だ。

――冒険者は危険な仕事だ。登録者の内、年に何人も死体になって戻ったり行方知れずになったりする。

更にそういった帰らぬ人となった冒険者の中には、何者かによって密かに始末された者もいるという。もしかしたらこいつらは、気に入らない相手をこれまで幾度となく屠ってきたのかもしれない。

「ま、殺すと言っても男じゃな。女なら色々愉しめるんだがよ」

随分とゲスいことを口にしているのがいるよ。こいつら、やっぱりそういうことなのか——。僕と同じ冒険者にそんな悪人が混ざってるなんて考えたくもないけど、受け入れるしかないのだろうな。

「で？　どうするんだ？　さっさと選べ。俺はこう見えて気が短いんだよ」

どう見てもそんな感じにしか見えないけどね——。

「わかったよ。金を払えばいいんだろう」

「ハハッ、そうそう。素直に言うことを聞いとけばいいんだよ」

連中が薄ら笑いを浮かべている。そして僕はお金を出す——振りをして。

「水魔法・水飛沫！」

「——ッ!?　め、目に水がぁああッ！」

「今だ！　水魔法・水ノ鞭！」

スイムを捕まえていた奴が水で怯んだ隙に更に魔法を行使。僕の背中から伸びた水の鞭がスイムに絡みつき引き寄せた。

「やったね！　おかえりスイム！」

「スピィ～♪」

戻ってきたスイムをギュッと抱きしめる。

スイムも嬉しそうに体をスリスリと擦り付けてきた。はぁ、良かった。スイムが無事で。

「ば、馬鹿な、テメェ！　一体今何しやがった！」

ルガが信じられないというような目で問いかけてきた。

「何って水魔法だよ。見てわからないの？」

僕はルガ相手に小馬鹿にするような態度を見せた。スイムをこんな目にあわせた連中に、真っ当な態度を取る必要なんてない。

「ふざけるな！　最初のはわかる。水らしい小狡い魔法だ。だがその次のは何だ！」

ルガは僕の魔法に納得がいってないようだ。そんなことを言われてもね。

「水で鞭を作っただけだよ」

「は？」

僕が答えるとルガがポカンっとした顔を見せた。どうやら水魔法の真価を受け入れきれてない様子。

別にこんな連中に理解してもらわなくてもいいけどね。

「スイムを返してもらったからには、お前たちの言うことを聞く必要がないね」

「ふ、ふざけやがって！」

「どうやら痛い目見ないとわからねぇらしいな！」

「前は油断したが今度はやられねぇよ！」

最初に僕を襲ってきた三人組が鼻息を荒くさせた。そして弓持ちが弓を引き、杖持ちが魔法の準備にかかる。

「喰らえ！　風魔法・風刃！」

「武芸・三連射！」

杖持ちは前にも見た風魔法。弓持ちは前とは違う武芸だ。

「だけど関係ないね。水魔法・水守ノ盾《みまもりのたて》！」

僕の魔法で水が盾に変わり風の刃と矢から身を守ってくれた。

「「な、何ぃッ⁉」」

「水魔法・水鉄砲！」

「「ギャァアァアァアアア！」」

水の盾で奴らの魔法と攻撃を防ぎ、水の弾丸で反撃。二人共見事にやられてくれた。魔法は前と同じだけどよく喰らってくれるね。

「くっ、こいつ！」

「ビビるな！　全員で掛かれば――」

「水魔法・水ノ鞭！」

「「「ギャァアアァアァアア！！！」」」

鞭を振り回しただけで残りの連中が倒れていく。鞭はこれでも結構痛いからね。馬鹿にしてたら怪我するよ！

「こ、こんな無能に俺らが、そんなことあるはずない！」

残ったのは剣士と、もう一人はルガだった。叫んだのは剣士。そういえばこの剣士とは結局戦ってなかったね。彼らとの距離は三メートルぐらい。抜いたのは剣だけど、攻撃が届く距離じゃない。手持ちの武器はもちろん、前に見た武芸から考えても剣の紋章持ちなのは間違いないよね――。

「くそっ。こんなのに負けるかよ！　行くぜ！　武芸・跳空切り！」

剣の間合いからは外れてると思っていたけど、剣士がジャンプした！　一足飛びで距離を詰めて切りつけてくる。

「危ない！」

「スピィッ!?」

スイムを抱きしめながら横に飛んで剣士の攻撃を避けた。結構距離があったから油断していた。

「ふん！　運よく避けたか！　だがこの距離は俺の距離――武芸・切断強化！」

相手は更に武芸を行使し、剣を構え再び距離を詰めてくる。それなら――。

「水魔法・水剣！」

魔法で今度は杖に水を纏わせ剣の形にした。これで相手の剣戟を受け止める。

「ちっ、なんなんだそりゃ！　水に見せてどんなトリックを使ってやがる！」

剣士が叫ぶ。本当魔法とは信じてもらえないみたいだな。

「別にトリックでもなんでもないよ。僕の魔法だ」

「は、この嘘つきが。だが残念だったな、剣なら俺の方に分があるぜ！」

確かにまともに剣でやりあっても僕に勝ち目はないだろうね。

「水魔法・水飛沫！」

「な、ぐぉ、目に水が――――！」

だけど僕の本質は魔法だ。剣だけじゃ敵わなくても、魔法を組み合わせれば活路を開ける！

「ハァアアァアアアアァアア！」

「グ、グワァアァアアア！」

水で怯んだ相手を水の剣で切った。これで三人組を含めて全員戦闘から離脱した。

「峰打ちだよ――」

倒れた剣士に言い残して、最後の一人と向き合った。

「なるほどな。使えない水属性と思い込ませて搦手《からめて》で戦うのがお前の流儀か。ゴミムシらしい、卑怯でせせこましいやり方だな」

こいつもわかったような口を利くね。どれも水魔法でしかないんだけどさ。それに、お前たちだけには卑怯者呼ばわりされたくないよ。

「仲間はもう動けないよ。お前も観念したらどうだ？」

「プッ、グワッハッハ！　面白い冗談だな。だったらお前に絶望的なお知らせだ。俺はそいつらが束になっても敵わないぐらいには強い！」

そう言ってルガが腰の袋に手を伸ばした。そしてするすると長い槍を取り出し構える。

あの袋は魔法の袋なんだろうな。それにしてもあの槍がこいつの得物か。

「ハッハッハ。その顔随分と驚いているな。そうさ。俺の紋章は槍の紋章――」

フンッ！　と槍を横薙ぎし、ニヤリと不敵な笑みを零す。今の一振りで猛烈な風が発生し、僕の髪をバサバサと靡かせた。

「槍が使えて驚いたか？　俺はこう見えてテクニシャンなのさ」

更に男が構える。僕も思わず身構えた。今の動き――確かに口先だけではなさそうだよ。

「見せてやるぜ俺の妙技を！　武芸・如意槍《にょいそう》！」

相手が武芸を行使。五メートルは離れていたけど槍が伸びてその距離を一気に詰めてきた！

「うわっ！」

槍の軌道に驚いたけど、何とか横に飛び退いて突きを避けた。

「ほう。逃げ足だけは速いようだな。だがまだまだ！」

奴は槍の伸縮を繰り返しながら必要に突きを重ねてくる。

「スピィ！」

「う、うん、これは！」

槍はリーチが長い。その上かなり速い。本当に口先だけではなかったようだね。

「ハハハッ！　どうだ！　相手のリーチの外から一方的に攻撃できるのが槍の強み。そこにこの武芸
——つまり俺様は無敵ってことだ！」

そう断言する槍使いルガとの戦いが続く。ちょっと痛々しい気もするけど、実力は確かだ。

「水魔法・水守ノ盾《みまもりのたて》！」

防御のために魔法を行使。生み出した盾が相手の槍を受け止めてくれる。

「よし、これでガードはバッチリ」

「スピィ！」

肩のスイムもやったねといった様子だ。

「なるほど、読めたぜ。お前水魔法とか言いながら、鉄板でも仕込んでやがるな？　全く。卑怯な野

郎だ」

鼻息荒く相手がそんな予測を立てた。全く当たってないけどね。これ水の力だし。

「だったら鉄板ごと貫いてやるよ。武芸・捻撃槍！」

ギュルンッと凄まじい回転の加わった突きが伸びてきた。水の盾で防いだけど先端が盾から突き出ている。

この威力だと何発も受けては盾が持たないかもしれない。

「ふん。中々の強度だな。だけどなぁ連続でやればどうなる？」

相手も手応えを感じたようだ。このまま守ってばかりだとジリ貧になってしまう。反撃に転じるとして何が——市街だから使う魔法も考えないといけない。

そもそも槍な上に伸びるというのが厄介だ。

——でも、待てよ。槍？

「閃いた！　水魔法・水槍《すいそう》」

頭に浮かんだイメージを魔法で再現。現出した水の槍がターゲットに向かって飛んでいく。しかも水同士だから僕の盾を突き抜けて進んでくれる。

「なんだと!?　チッ、武芸・槍回壁《そうかいへき》！」

あいつ槍をぐるぐる回転させて僕の魔法から身を守った!?

「驚かせやがって。そんな武器まで隠し持ってるとはな」

「だから水魔法だって」

「黙れ卑怯者が」

だからお前には卑怯だなんて言われたくないよ。

「ス、スピィ……」

「う、うん。確かに中々の使い手だね」

スイムが不安そうに僕を見る。心配を掛けたくはないけど、油断できる相手ではないのも確かだ。

「今更わかったか。俺はテクニシャンだと言っただろうが。まだまだ行くぜ。武芸・連撃如意！」

うわ！あいつ今度は槍を伸ばしながら高速で連続突きを繰り出してきた。これはキツい。盾で守ってるけど――。

「クッ！」

「スピィ!?」

「大丈夫。かすり傷だよ――」

盾といっても、全身をカバーできてるわけじゃない。どうしても隙間が生まれてしまう。相手の連続攻撃の一部がその隙間を突いてきたんだ。

「どうやら俺様の勝ちは見えてきたようだな。無能な水野郎になんて負けるかよ」

勝ち誇ったような顔でルガが槍を揺らす。挑発なのかも。ここからは単純な魔法だけだと勝てないかもしれない。

よく考えて――。

「閃いた！　水魔法・水槍連破！」

杖を強く握りしめ魔法を行使。水の槍をいくつも生み出し連射した。

「チッ、さっきからうざってぇ！」

こいつ、中々機敏だ。僕の水槍をステップで避けつつ、捌ききれない分は槍を回して防いだ。

「無駄だこんなもの――」

「――水槍連破！」

僕は更に水の槍を連射した。相手は面倒くさそうに槍の回転で防ぐ。

動いて躱しても体力の無駄と考えたのかもしれない。

「水魔法――」

「チッ、また妙な攻撃かよ！」

更に魔法を重ねようとすると、奴は槍を回転させ対応しようとする。

「水ノ鞭！」

「な、何!?」

だけど僕が生み出したのは槍ではなくて鞭だった。あいつは水槍が来ると思いこんで防御に集中した。それが狙いだった。これまで直線だった攻撃から一転、相手の死角から迫る鞭の軌道に変わった。

槍を回転させても曲線を描き回り込んでくる鞭に対処できない。

「クッ！　なんだこりゃ！」

鞭がターゲットに巻き付いた。奴は怒りを滲ませている。必死に抗おうとしても無駄だ。そう簡単には外れない。

「こんなもんでどうするつもりだ！　どんなトリックか知らねぇがこんな真似しても無駄だ！」

ルガが強気な態度で声を荒らげた。だけど既に仕掛けは整っている。

「いやこれで勝負は決まった」

「あん？」

僕の宣言にルガは怪訝そうに眉を顰める。だから奴に教えてやるんだ。

「――ねぇ、水は重いって知っているかい？」

「はぁ？　何言ってやがる！　頭おかしいのか！」

折角教えてあげても理解してくれない。それならその身でしっかり味わってみるといい。

「水魔法・水ノ鉄槌！」

魔法を唱えるとルガの頭上に水の槌が現れた。その光景にルガが目を見開き戸惑っている。

「あ、ありえねぇ。そうだ、こんなのハッタリだ。水が重いなんてあるわけねぇ――……グワァアァアァァアア！！！！」

全てを言い終える前に鉄槌が振り下ろされ、ルガがぺしゃんこに潰れた。完全に意識を失っている。もうしばらく動けないだろうね――。

戦闘が終わり、生命の水を使って傷を癒やした。全部で二本使った形だね。改めて準備しておいて良かったよ。追放こそされちゃったけど、セレナには感謝だね。とりあえず絡んできた相手は全員倒したけど、この後どうしようか……流石に見逃せないからギルドに言うなりはすべきだろうけど――。

「おい、こいつらやったのお前か？」

「え？」

ふと、誰かから声が掛かった。連中が選んだ路地裏は人が滅多に寄り付かないような場所だったんだけど——。振り返ると、頬に傷のある厳つい顔した男が立っていた。金色のマントを羽織っていて、金色の鎧を装着している。髪の毛は逆だっていて、眉毛がギザギザに曲がっている。まるで稲妻のようだ。髪の色と眉毛の色まで金色で、鍛え上げられた鋼のような肉体をした男だ。腕も神殿の柱みたいに太い。眼力もあっていかにも強そうだ。まさか、この人もこの連中の仲間？

「おい。どうなんだ？」

怪訝に思いどう答えようか迷っていると、せっつくように男が聞いてきた。とりあえず答えて様子見しようかな。

「——そうですけど、あなたもこいつらの仲間ですか？」

「仲間？　ふむ。組織の一員が仲間だって話なら、そうかもしれないがな」

彼が答えたけど、そ、組織？　もしかしてこいつら裏でどこか危険な組織と繋がっていたのだろうか？

正式には認められていない「裏ギルド」と呼ばれるもので、盗賊ギルドや暗殺ギルドがあると聞くけど——。

「言っておくけどスイムにも手は出させないし、お金だってお前らなんかには渡さない！」

「スピィ～♪」

僕の発言を聞いてスイムが頬ずりしてきた。可愛いけど、今はこの男を警戒しないと――。

「手を出す？　それに金か。つまりこの連中は、お前を恫喝していたってことでいいのか？」

「え？」

あれ、仲間にしてはその質問はおかしいような……？

「どうなんだ？」

更に確認するように聞かれてしまった。どうもここは素直に答えた方がいい気がする。

「あ、はい。そうです。それで返り討ちにしたのだけど、これからどうしようかなと思って」

「あぁ、なるほどな。わかったわかった」

そう僕に答えると男は連中に近づき、縄を取り出して見事に縛り上げてしまった。凄く手際がいい。

「よし、とりあえず行くか」

「えっと。あの。行くって？」

「決まってるだろうが。冒険者ギルドだよ――」


縛った彼らを引きずるようにしながら屈強な男が進む。何か話した方がいいのかなとも思ったけど、とてもそんな雰囲気じゃなかった。

「うわぁ～大きい～」

途中シャボン玉で遊ぶ子どもたちを見た。石鹸を利用した遊び道具だね。泡がぷよぷよ浮いているよ。すると前を歩く男がシャボン玉に目を向けていた。

「えっと。シャボン玉が好きなんですか？」

「――フンッ。別に、昔遊んでやったなと思い出しただけだ」

遊んでやった？　誰とだろう？　気になったけど、それ以上何も言わず男は前を歩き、冒険者ギルドまで戻ってきた。来る途中はかなり目立っていたし、引きずられた痛みで全員一度は目を覚ましたけど、この人が縛ったまま地面に叩きつけて再度意識を奪ってしまった。そして一緒にギルドの中に入ると――。

「あれ？　どこに行ってたんですかギルドマスター！」

僕たちに気がついたフルールがそんなことを叫んだ。僕も驚いて彼を見る。

「なんだ？　何か顔についてるか？」

「いいえ、その――」

いやいや、まさかギルドマスターだなんて思わないし。僕も実際にギルドマスターを見るのは初めてだったから、全く気がつかなかったよ。凄そうな人だなというのは肌で感じたけどね。

「全く。突然ギルドから消えたと思えば。どうしてネロくんがギルドマスターと一緒に？」

「えっと。偶然出会って」

フルールが困ったような顔で聞いてきた。どうやらギルドマスターは誰にも知らせず出てきてしまったようだよ。

「こいつらがネロを恫喝し、強盗行為を働いたようだ。一応ネロの言葉が本当か調べておけ。大丈夫だとは思うがな」

フルールに説明しながら時折視線が僕に向いていた。

「こいつらは牢屋に入れておいて、準備ができたら尋問だ。間違いなかったら冒険者登録抹消の上でそれ相応の報いを受けさせる。そして罪人として引き渡す手続きに入ってくれ」

更に話が続きギルドマスターがフルールにそう命じた。対応が早い――。

「ネロは引き続き、フルールに経緯を説明してくれ。それと話が終わったら、後で俺の部屋に来い。じゃあな」

「へ？」

「スピィ？」

ギルドマスターはそれだけ言い残し階段を上っていってしまった。

何か圧倒されて返事もできなかったけど、僕が後でギルドマスターの部屋に？

「本当驚いたわね。フラッと出ていくのはわりとあったんだけど――」

あぁ、勝手にいなくなるのは別に初めてじゃないんだね。

「確かに魔石を見に来て色々聞かれたんだけど、ネロくんと早速会っちゃうなんてね――」

フルールも目をパチクリさせていた。魔石って森で倒したあの植物が保有していた石のことを言ってるのか。

「とにかく言われた通り話を聞くわね」

「あ、はい」

僕はフルールに事の経緯を話して聞かせた。

「本当にそんな奴らが冒険者にいるなんて。恥ずかしい限りよ……」

僕の話を聞きフルールは情けないような呆れたような、そんな顔で声を細めた。

「ごめんねネロくん。でも冒険者はそんな奴らばかりじゃない、というか本当そんなの極々一部だからね！」

「う、うん。それはわかってるよ」

「スピィ」

顔を近づけて失望しないでと言わんばかりにフルールが説明してくれた。それについては僕自身が冒険者だし、よくわかってる。

「それにしてもあいつ。ガイにあれだけやられたのに、よりによってネロくんを狙うなんてね」

「え？　ガイがどうして？」

フルールの言葉に驚いた。ガイとあの男に何かあったのかな。

「あれ？　前に言わなかったかな？　ルガはネロくんが追放されたことを聞きつけて、あなたを馬鹿にする発言しながらガイのパーティーに入れてくれって言い寄ってたのよ」

そうだったのか……あ、でも言われてみれば何かフルールが話してくれていたような？　考え事をしててあのときはあまり聞いてなかった。

「ガイはそれを断ったんだけどね。そのときに、ネロくんを馬鹿にしたことに対して随分と憤慨していたのよ。それが意外だったんだけどね」

「え？　ガイが？」

その話にもびっくりした。追放された僕についてそんなことを言うなんてね。

「とにかくマスターが連れて戻った以上、もうあいつらは冒険者として、いえ人として終わりよ」

「はは――」

ぷりぷりしながらフルールが言い放つ。人として終わりとは中々手厳しいね。

「さて、話は終わったしマスターに呼ばれてるのよね。その前にさっきの依頼分の報酬を渡しておくね。それとネロくんが倒したのは魔獣だったわ。かなり危険度の高い魔獣でね。アグラフレシアンというのだけど、報奨金が出てるから、魔石の買取分との合計で、二〇〇万マリンになるわ」

「二〇〇万⁉」

驚いた。元の依頼が五〇万マリンだから、あのアグラフレシアンという魔獣が一五〇万マリン分ということになる。

「それぐらい凶暴な魔獣だったってことね。討伐報酬は七〇万マリン、魔石の買取り分で八〇万マリンよ」

魔石の価値もかなり高かったということだね。

「これだけあればしばらく暮らしていくには問題ないよ」

「スピィ～♪」

スイムも何だか嬉しそうだ。撫でてあげると、更に喜んでくれた。フルールも一緒に撫でてくれる。

「さて。報酬もカードに入金したし、マスターの部屋まで案内するわね」

ギルドマスターの部屋……当然僕は初めて入ることになる。なんかちょっと緊張してきた。見た目もだけど、怖そうな人だし……。

「スピィ～？」

「う、うん。大丈夫だよ」

スイムが心配そうに顔を上げるような仕草を見せた。だから自分に言い聞かすように返事したよ。

「マスターの部屋は二階にあるからついてきてね」

フルールの後ろについて階段を上がる。ここを上がるのも実は初めてだったりする。

二階について廊下を少し歩いた先がギルドマスターの部屋だった。どっしりとした構えの扉で、見てるだけで緊張する。

「マスター。ネロくんを連れてまいりました」

「入れ」

どことなく重たい声が中から聞こえてきた。入って正面に広い机が設置されていた。そこには革製の椅子に腰を掛け、両肘を机に乗せ値踏みするように僕を見てくるギルドマスターの姿があった。

「ご苦労。お前は下がっていいぞ」

「――はい。それじゃあネロくんしっかりね」

ギルドマスターに言われ、僕に声を掛けた後フルールが退室した。まさか二人っきりにされるなんて、ますます緊張してきたぞ。

「改めて、俺がこのギルドのマスター、サンダース・トールだ。まぁ大体マスターと呼ばれることが多いがな」

そうなんだ。それなら僕もそう呼ぶようにしよう。

「僕はネロといいます」

「ネロだけか？」

お返しに僕も名前を伝えるとサンダースが確認するように聞いてきた。

——前はアクシスという家名があったけど、追放されてからそっちを名乗ることは許されてない。だから下の名前だけということになっている。

「はい。ネロだけです」

「——そうか。ま、どっちでもいいんだがな」

そう答えた後、サンダースの視線がスイムに向けられた。

「で、そのスライムはお前のなんだ？」

「えっと。今の僕にとっては大事な友達です」

「スピィ〜♪」

僕が答えるとスイムが嬉しそうに頬ずりしてきたよ。

「——そうか。まぁ危険はなさそうだが、冒険者として管理はしっかりしておけよ」

「もちろんです」

マスターに釘を刺されたけど、そもそもスイムはとてもいい子だ。人を襲うようなスライムでもない。

「さて、雑談はここまでにして本題だが――お前どうやってあの魔獣アグラフレシアンを倒した？」

何か野獣のような瞳で聞かれたよ。どう、と言われれば水魔法でなんだけどね――。これについてどう答えるかなんだけど、やっぱり素直に伝えるしかないよね。

「僕が得たのは水の紋章です。だから魔獣も水魔法で倒しました」

「――本気で言ってるのか？」

サンダースの目つきが異様に鋭くなった。疑わしいと考え威嚇しているのかもしれない。

「本当です。水魔法は十分に戦える魔法なんです」

「スピィ～！」

答えた僕を擁護するようにスイムも鳴いてくれた。そうだ僕の戦いはスイムも見ている。

「――にわかには信じられない話だな。大体、どうやって水なんかで戦うんだ？」

僕とスイムの訴えにマスターも多少は聞く耳を持ってくれたようだ。これはいい機会かもしれない。

「マスター。実は――水は重たいんです。だから戦闘でも十分使い物になる」

そう僕はマスターに伝えた。この水の真実を――。

「水が重たい、だと？」

「そうです！」

マスターが怪訝そうに再確認してきた。僕は繰り返し、水は重たいという事実を伝える。

「ククッ、はは、あ～はっはっはっはっは！　これは驚きだ！　水は重いか。これは愉快だ！」

「そんな。僕は本気で言ってるんです！」

またた。やっぱりマスターも水が重たいという話は受け入れられないのだろうか？

「――そうか本気か。だがそんな突拍子もない話、聞くだけじゃとても信じられん」

うぅ、やっぱり駄目か――。

「本当にお前の言うことが真実だというなら、力で証明してもらうしかねぇな」

「え？」

てっきり聞く耳を持ってもらえないかと思ったけど、マスターが思いがけない提案をしてきた。

「小僧、俺と戦え。その上でお前の言う水が重いというのと、水魔法が戦闘において本当に使えるかどうかを見極めてやる」

「え？　えぇえぇぇえぇぇえぇぇえぇ!?」


どうしてこうなったのか……僕はギルドマスターのサンダースに促されて地下の訓練場につれてこられた。

ここには冒険者同士で模擬戦が行える闘技場も用意されている。

「スイムはそこで見ていてね」

「スピッ、スピィ～！」

闘技場の外側にスイムを控えさせて話をした。これは僕とマスターとの試合だからね。スイムも納得したのか見学に徹してくれるようだ。

「この闘技場には魔法が掛けられているからな。設定はマジモードだ。死ぬギリギリまで保護魔法は発動しない。だからまぁ死にはしねぇよ」

ギリギリって……何かとんでもないことを言われてる気がする。

「ちなみに俺は拳の紋章と雷の紋章――つまり複合持ちだ。よく覚えておくんだな」

複合属性――紋章を一つ以上持つタイプがそう呼ばれる。特に魔法属性の紋章と武系属性の紋章を持つタイプはハイブリッドと呼ばれ二つの紋章を組み合わせた強力な技を持つことも少なくない、というのは聞いたことがある。

ただ、そういうタイプは見るのも当然なら戦うのも初めてだ。一体どんな戦い方をするんだろう――。

「試合は戦闘不能になるか、もしくは場外に落ちた方の負けだ。最初の一発は撃たせてやる。お前は純粋な魔法系みたいだしな」

サンダースがちょいちょいと指を使って僕からの攻撃を促してきた。僕の力を侮ってそうだけど、相手はギルドマスター。こっちも遠慮なんてしてられない。

「それなら遠慮なく行きます！　水魔法・放水！」

杖を突き出し魔法を行使。杖から水が勢いよく放出された。サンダースは両腕を交差させてそれを防ぐ。

「ムッ？　ぬぉぉぉおお!?」

そのままサンダースが闘技場を後退していく。僕の放った水の勢いに押されているんだ。

「馬鹿な！　チッ！」

だけど流石ギルドマスターだけある。舌打ちしつつ横に飛び出し水の勢いから逃れた。うまくいけば場外まで持っていけるかと思ったけどやっぱり甘かったか。

「これでどうですか？」

「うるせぇ！　勝負はこれからだ行くぜ！　雷拳！」

サンダースが飛びかかってきて雷の纏った拳を放った。まともに喰らったらまずい！

「水魔法・水守ノ盾《みまもりのたて》！」

僕の生み出した水の盾にサンダースの拳が触れる。バチッと電撃が迸った。びっくりして思わず僕も飛び退いてしまった。しかも結構自信のあった盾なんだけど、拳の一撃で破壊されてしまった。こんなに威力が高いなんて――僕は視線をサンダースに向ける。

あれ？　なんかサンダースの動きが鈍った――。

「一体これは――」

どうやら僕の魔法を見て多少は動揺してくれたみたいだね。つまりこれがチャンス！

「水魔法・水鉄砲！」

サンダースの動きが一瞬止まったのを見逃さず魔法を行使。左手を突き出し指から水弾を連射。

「舐めるなよ小僧！」

だけどサンダースは全ての水弾を手で弾いてしまった。鉄の鎧だって破損するほどの威力なのに、やっぱりギルドマスターだけあってとんでもないね。サンダースは強い。僕の魔法がどれだけ通じるか。水の盾も拳の一撃で破壊されたし、水鉄砲も弾かれた。

「こんなしょっぱい攻撃で俺をどうにかできると思うなよ小僧！」

声を張り上げサンダースが両拳を握りしめて腰を落とした。な、なんだろう？　サンダースの全身から電撃が迸っていて嫌な予感がする。

「水魔法・水球！」

「雷剛拳！」

サンダースに向けて巨大な水の球が飛んでいく。一方で拳に雷を集めたサンダースが距離を詰め殴る、と電撃が迸り僕の作った水の球が破壊された。さっきの攻撃より威力が更に上だ。しかも電撃の効果でリーチが伸びてる。

「雷足飛び――」

サンダースが更に技を重ねる。僕の視界からサンダースが消えた。

「後ろだ小童！」

「そんな――」

とんでもない速さだ。目が追いつかなかった。

「水魔法・水守ノ盾《みまもりのたて》！」

「おせぇ！　旋風雷鳴脚！」

盾を出したけど完全に構築される前に、雷を纏ったサンダースの蹴りが飛んできた。体を旋回させての蹴りで雷も相まって威力が凄まじい。くっ、痛みが全身に襲いかかる。僕とサンダースの距離が強制的に引き離された。僕が吹っ飛んでるからだ。このままじゃ場外に――まずい。意識が遠のきそう。だけど駄目だ、僕はまだ何もできてない。

「水魔法・水ノ鞭！」

「何ぃッ!?」

魔法で透明度の高い鞭を生み出しサンダースに絡めた。サンダースと鞭で繋がり、場外まで吹き飛ぶのを食い止める。

「くそ、これも水だってのかよ」

床に残り何とか踏ん張った。サンダースに目を向け杖に魔力を込める。

「そうです、そして、僕にはまだやれることがある。水魔法・重水弾！」

僕は心のどこかで遠慮していたのかもしれない。だからこれを使うのを躊躇った。でもこの人相手に遠慮なんてしてたら、僕の魔法は認めてもらえない。今僕が行使できる最強の魔法で勝負を掛けた。

圧縮された水弾が杖から放たれサンダースへと突き進む。

「ぬっ！」

サンダースが目を見開く。鞭で縛られた状態だ。サンダースは逃げられない――。

「フンッ！」

なんて思っていたらサンダースが鞭を引きちぎった。圧倒的パワー――だけど水弾は既にすぐそこに迫っている。

「雷虎猛襲撃！」

そこでサンダースがまた別の技を行使。サンダースの肉体が放電したかと思えば雷の虎と化して突撃し、僕の重水弾と重なった。まさか、僕の魔法を抜けて一気に決めるつもりか。僕は身構えて水守ノ盾《みまもりのたて》を行使しようと準備する。

「ぐ、ぐわぁあぁあぁあぁあぁあああ！」

サンダースは水弾にぶつかると同時に悲鳴を上げて吹っ飛んでいく。よ、良かった。どうやらマスターの力でも僕の最大の魔法は抜けられなかったみたいだ。

そんなことを考えていたら、サンダースが闘技場の端を越えて飛んでいき場外に落ちてゴロゴロと転がった。

えっと、これ場外で僕の勝ちになるのかな？　でも、やりすぎだって怒られたりしないよね？　一応補助の効果が発動したのか、叩きつけられる寸前に青く輝いてはいたけどね。

「お、おいおいマジかよ。あいつマスターを倒したぞ！」

「あいつ水魔法しか使えない奴じゃなかったか？」

「信じられないわ。水だけでマスターがやられるなんて」

うん？　何か方々から沢山の声が……改めて見るといつのまにか訓練場に多くの冒険者が集まってきていた。戦いに夢中で全く気づいてなかったよ。

「スピィ～スピィ～！」

「スイム！」

闘技場の外からスイムが胸に飛び込んできた。勝利を祝ってくれてるみたいだ。

「あ〜〜〜くそ！　負けた負けたーーー！」

そして耳に届くサンダースの絶叫。獣みたいな大声だよ。

「全くよぉ」

サンダースは頭を掻きむしりながら闘技場に戻ってきた。えっと。今のでダメージないの？　魔法の補助があるとはいえ、確かギリギリまで補助の魔法は発動しないって話だったし全く効いてなかったとは思えないけど。

「まさかやられるとは思わなかったぜ。なんなんだあの水魔法は？　とんでもねぇ。俺じゃなかったら死んでたぞ」

「そ、それはごめんなさい」

「ま、試合だから謝ることじゃねぇよ。お前のために用意しておいた薬を自分に使うなんてな」

あ、なるほど。倒れたときに薬を飲んだんだ。ということはやっぱり僕の魔法は効いていたんだ。

「あの、それで僕の魔法は合格ですか？」

「あぁ、そんなのは最初の魔法を見たときから決まってたぜ。信じられない話だが確かにあの水の勢いはこれまでの常識を覆すものだった」

あ、そうなんだ。て、それなら無理して試合を続ける必要なかったんじゃ――。

「あなた、凄いじゃない！」

サンダースの発言に苦笑していると、元気そうな女の子の声が耳に届いた。

顔を向けると金髪金瞳の女の子が駆け寄ってくる。雷のような癖のある髪型が特徴的な少女だ。あれ？　でも目つきの鋭さとかどことなくマスターに近いものも――。

「なんだエクレア見てたのか」

「見てたわ。まさかパパに勝てる子がいるなんてね」

「え？　ぱ、パパ～⁉」

「スピィ～！」

僕とスイムが同時に驚いた。でも、そう言われてみれば目つきとかサンダースに近いものを感じたのも納得だ。

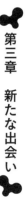

第三章　新たな出会い

「こいつはエクレア。俺の娘で、まぁ、見てわかると思うが冒険者だ」

「よろしくね」

サンダースから改めて娘の紹介を受ける。僕に挨拶してくれたエクレアは、背中に鉄槌を担いだ女の子だ。

結構小柄なんだけど、持っている武器はかなり重そうだね。

そしてなんというか、胸部も中々重そうな……うん。つまり大きい。

「――お前どこ見ている？」

「い、いえ別に！」

「スピィ～？」

サンダースに射抜くように睨まれ詰問された。す、鋭い。

慌ててごまかしちゃったけどスイムが肩の上で、なになに～？　と聞くように鳴いていた。

気持ちを落ち着かせるためにスイムを撫でる。

「スピィ♪」

スイムもご機嫌だ。僕も平常心を取り戻す。

「……フンッ。トール家の血筋か、うちは雷の紋章持ちが多くてな。こいつも例にもれず雷持ちだが俺と同じで複合属性なのさ」

「へぇ。凄いんだね」

改めてサンダースがエクレアについて教えてくれた。複合属性持ちはただでさえ珍しいのに、親子揃ってなんてね。

「ふふん。私は雷と槌のハイブリッド属性なのよ！」

エクレアが得意顔になる。重そうな鉄槌を所持しているのも紋章の影響なんだね。

「そういうわけだ。娘もこれで気が荒い方だからな。下手なことしたら潰されるぞ」

サンダースが僕に警告するように言ってきた。それは怖い――。

「もうパパってば。大丈夫だよ私は怖くないからね♪」

「はは――」

微笑んで、そうアピールしてくるエクレア。鉄槌を振り回す姿が想像できないぐらい良い笑顔だ。

「とにかく、お前の力が本物なのはわかった。水の威力もな」

サンダースがそう伝えてきた。どうやら試合のおかげで魔法について理解を得られたらしい。

「良かった～。なら水が重いのも――」

「待て。お前の魔法は理解したが、今後それはあまり他言するな」

やっと水の真実を知ってもらえるかと思えば、サンダースから口止めされてしまった。

「それはどうして？」

「――ま、一旦俺の部屋に戻るか」

「なら私もいい？」

サンダースが部屋に来るよう促してきた。エクレアも同席したいって目をキラキラさせている。

「いや、なんでお前が？」

怪訝そうにサンダースがエクレアに聞いた。確かにエクレアは飛び入りで話に参加してきたようなものだもんね。

「私、この子に興味湧いちゃった。ねぇ、君パパとの話が終わったら私とデートしない？」

「は、はい？」

「スピィ？」

僕が、どうして一緒に来たがるのかな、なんて思っていると、この子なんだかとんでもないことを言い出したよ！

「なるほど――どうやらお前とは、別の意味でもしっかり話し合わないといけないみたいだな」

サンダースが拳を鳴らし空気が異様に重くなった。凄いプレッシャーを感じる。

僕からは何も言ってないのに……。

「もう！　パパすぐ力に訴えるんだから。そういうところ駄目だよ。それに、私だってもう子どもじゃないんだからね！」

ゴゴゴッと、とんでもない威圧を撒き散らすサンダースをエクレアが叱咤した。この人にここまで言えるあたり流石娘だとは思うけど、こっちに飛び火しそうで怖い……。

「――俺からすればお前はまだ子どもだ。大体、お前こいつのことなんて何も知らないだろうが！」

サンダースが語気を強めて言った。確かに、そう言われると僕も、初対面でなんであんな誘いを受けたのかとても謎だ。

本当だとしたらとても光栄ではあるんだけどね、って、うわ！　またサンダースに睨まれた！　心の中読まれているの⁉

「あら、私だって冒険者の端くれよ。パパとの戦いを見れば、自分にとって必要な相手かそうでないかがわかるわ」

サンダースの圧が高まる中、なんか凄いこと言われている気がする。必要に思われるのは嬉しいことなんだろうけどね。

エクレアは可愛いし、近くにいるとなんか凄くいい香りが――。

「それに、この子もなんだか可愛いし！」

「スピィ～♪」

すると、エクレアが肩に乗っているスイムを撫でた。スイムも喜んでるね。

「この子、名前あるの？」

エクレアが僕にスイムについて尋ねた。

「スイムっていうんだ」

僕にとってかけがえのない存在となっているスイムに、興味を持ってくれるのは喜ばしいことだよ。

「へぇ～。スイムちゃんよろしくね！」

「スピィ～♪」

エクレアに挨拶されて、スイムが嬉しそうにプルプル震えている。最初の目つきでちょっとキツそうなイメージもあったけど、話してみると親しみやすい子だね。

「とにかく、いいでしょパパ？　今後のために大事なことよ！」

「駄目だ駄目だ！　デートなんて許さん！」

エクレアが改めてサンダースに許可を取ろうとする。

だけど、僕とのデートには大反対といった様子だ。肝心の僕は何も言えず、オロオロしているよ。

「いいじゃない、別に。大体、デートといっても一緒にダンジョンに潜ろうって話だし」

「どこだろうとデートなんて、は？　ダンジョン？」

「ダンジョンだよ？」

エクレアの返しにサンダースが目を丸くさせた。それにしても、デートと言うから僕も驚いたけど、ダンジョン……そうか、ダンジョンの話だったんだ。でも、それって――。

「お前、それデートじゃなくてただのダンジョン探索だろうが！」

「そうとも言うわね」

サンダースが僕の思ったことを代弁してくれた。エクレアはあっけらかんと返事していたけど。

「はぁ。もう面倒だ、行きたきゃ好きに行ってこい」

デートの真実を知って気が抜けたのか、結局サンダースが折れた形だね。

「やったぁ！　だからパパだ～い好き♪」

「ば、馬鹿野郎。とにかく行くぞ」

許可を貰ったエクレアが喜んでサンダースの腕に飛びついた。

するると、ちょっと顔を赤くさせてサンダースが歩いていく。やっぱり、父親は娘には弱いんだね。親か――。正直、僕にはあまりいい思い出がないから、仲がいいのはちょっと羨ましいかな――。

「どうしたの？　早く行こっ？」

「ふぁッ！　う、うん！」

エクレアが僕の顔をのぞき込んできて驚いたよ。凄くドキッとした。改めて見ると、凄い美人なんだよねエクレアって。

とにかく、僕は改めてサンダースの部屋に向かった。

「何度も往復させて悪いな」

「いえ。問題ないです」

部屋に通されて、サンダースが謝ってくれた。僕としては、ギルドマスターに会えただけでもいい経験だし問題ないけどね。

「そうか。ま、お前の実力はわかったからな。そういえば今はランクいくつだった？」

マスターが僕のランクを確認してきた。エクレアが見ている中、まだ低ランクなのはちょっと恥ずかしいけど素直に答える。

「Eランクです」

「じゃあ今日からDな」

「え！」

いきなり昇格を告げられて驚いた。こんなあっさり決まるものなの？

「やったね、ネロ！　これで私と一緒だよ♪」

「スピィ〜」

エクレアが僕の昇格を喜んでくれた。この口調、彼女はとっくにDランクだったみたいだね。僕の昇格でスイムも嬉しそうにしてくれているよ。

「でも、本当にいいのかな？」

「いいに決まってんだろう。魔獣を撃退した上に、この俺に勝ったんだからな」

そういえば魔獣退治もあったか〜。でも勝ったと言っても。

「あの勝負、マスターが本気だったとは思えません」

「馬鹿言え。あの場では俺もマジでやったさ。本気の殺し合いと試合形式じゃ、また違うがな」

ニヤリ。とサンダースが獰猛な笑みを浮かべた。背中に悪寒を感じたよ。

「それよりもだ。水のことだが、さっきも言ったが口外するなよ。エクレア。お前もだ」

「わかったわパパ。でも、水が重たいなんて信じられないわね」

サンダースがエクレアにも釘を刺していた。あぁ。やっぱり、みんな大体そんな認識なんだね。

「確かにな――ネロ。お前は軽く考えているかもしれないが、水には重さがない。これまでそれが常識だった」

サンダースが噛みしめるように言った。そうなんだよね。僕としてもちょっと前まではその認識だった。

「そのことなんですが、今思えば川に入ると抵抗を感じたりしますよね。僕も当時は特に疑問に思ってませんでしたが、水が重いってわかるとその意味も理解できました」

「川には水の精霊がいる。だから、水に入ると悪戯でそうなる。それがこれまでの全てだ。教会でもそう伝わっている」

サンダースが答えた。確かにそうだね。思えば、神父も水の精霊の悪戯だって言っていたし。

「あ、もしかして、ネロの魔法って実は水の精霊が協力してくれているとか？」

「いや、水の紋章だけだとそれはないだろう。精霊使いはまた別だしな」

エクレアが僕の魔法について憶測を述べるけど、サンダースに否定された。

精霊については、僕も違うんじゃないかと思っている。賢者の紋章のこともあってなおさらね。

「とにかく、俺がお前に外で話すなと言ったのは、余計なトラブルに繋がりかねないからだ。常識を覆すというのは、それぐらいリスクが高いことなんだよ。だからわかったな？」

「は、はい」

サンダースが念を押す。僕としても厄介事はゴメンだしね。だから、そこは納得することにした。

「わかればいいんだが。それにしたって、お前の水魔法は異質だ。一応聞くが、授かったのは水の紋章なんだよな？」

「あ、え～と――」

そこを問われてしまい、答えあぐねてしまった。サンダースの目がキラリと光る。

「――違うのか？」

す、凄い圧を感じる。とても誤魔化せる雰囲気じゃない。でも、いい機会かも。どうしようか迷っていたし。

「実はそうなんです。自分でもよくわかりませんが、突然右手に別の紋章が浮かび上がってきて」

「別のだと？」

「え？　でも何もないよね？」

サンダースの蟀谷がピクリと蠢く。隣ではエクレアが僕の手を取って不思議そうにしていた。エクレアの手が、や、柔らかい。いや、そうじゃない！

「その、どうやら僕の紋章は、他の人からは視えないみたいなんだ」

エクレアに触られて、若干固まりそうになりながらも答えた。途端に空気がヒリつく。

「視えないだと？　おい！　その紋章ってまさか黒い紋章か！」

するとサンダースが勢いよく立ち上がり、凄まじい形相でこっちを見下ろし聞いてきた。えっと、黒い紋章？

「いや、黒くはないです。青白い紋章で……」

そう僕が答えるとサンダースが目を丸くさせる。

「黒く、ないのか？」

「はい。えっと、一応名前があって、賢者の紋章というらしいです」

サンダースに紋章のことを伝えると、首を傾げ再び席に着く。

「なんだそりゃ？　聞いたこともないぞそんな紋章」

「マスターでもご存知ない紋章なんですね」

もしかしたら、ギルドマスターなら何かわかるかもと思ったけど、そんなに珍しい紋章なのかな。

「私も知らないわ」

「キュ～♪」

スイムを撫でながらエクレアが言った。スイムってば既に大分懐いているね。

「その賢者の紋章が現れたのは、どうしてだ？」

「それが、いまいちわからなくて。どうやら水の理を知ったから浮かび上がったらしいのですが」

サンダースは僕の話を信じようとしてくれているみたいだね。ただ、何故と言われると答えるのが難しい。とりあえずわかる限りで伝えたけど。

「水の理か……なるほどな」

「ねぇねぇ、その紋章で何か変わったことは？」

サンダースが考える仕草を見せ、エクレアからは紋章について聞かれた。変わったことか……。

「水の威力は上がっている気も……。それと、何か魔法が閃きやすい気がするんだ」

エクレアの質問に答える。サンダースが目を細めて追加で聞いてくる。

「そういえば、さっきも色んな魔法を見せてくれたな。他にもあるのか？」

「はい。この紋章が浮かぶまでは、使える魔法は二つだけでしたが、これが浮かび上がってから追加で十個ほど閃いて――」

サンダースの質問に答えると、顔色が変わりギョッとした様子で聞いてくる。

「十個だと!?　おい、それはどれぐらいの期間の話だ？」

「えっと、ここ数日の間です」

「はぁあぁあぁあぁああ!?」

問いかけに答えた途端、サンダースにかなり驚かれた。やっぱり多いかな？　自分でも賢者の紋章を授かってから妙に閃くなと思ったけど。

「凄すぎよ！　私も早い方だって言われたけど、それでも最初の閃きに一ヶ月掛かったし、そこからも三ヶ月かかったのよ！」

エクレアが興奮した様子で教えてくれた。早い方でもそんなに掛かるんだね。確かに、僕もちょっと前までは全く閃かなかったし。

「俺だって、この年でやっとあの雷虎猛襲撃を閃いて六個目だ。しかもそれだってかなりレアなんだぞ？　一つか二つで終わる奴も多いし、四つも閃いたら上等だ」

エクレアに続いてサンダースが呆れたように言った。そ、そう聞くと確かに規格外なのかな？

「全く。とんでもねぇよ、お前は。まぁ、とにかくそれなら、ますますＤランクで問題ねぇよ。既にフルールにも伝えているから、ギルドカードの内容は書き換えてもらえ」

魔法について考えていたあと、サンダースからそんなことを言われた。なんにせよ昇格は嬉しい。

「昇格させていただきありがとうございます」

「別に、お前の実力を評価しただけだ。それよりさっきの話忘れるなよ」

「わかりました」

こうして、僕とサンダースとの話は終わった。すると、キュッと僕の手を握る柔らかい感触――。

「パパの話が終わったなら、今度は私とだね」

僕の手を握ったのはエクレアだった。可愛い子に手を握られるなんて、なんか熱くなってきたよ！

「え、えっと」

「おい、ちょっとスキンシップがすぎねぇか！」

サンダースが怒鳴るのも気にせず、ニコッとエクレアが微笑みかけてくれた。顔から火が出そうなほどに熱くなっている。しかもサンダースに凄く睨まれているし。

「おい、ネロ。言っておくが娘におかしな真似したら――」

「し、しませんしません！」

凄みを利かせて釘を刺されてしまった……いや、絶対そんなことないと思うけどね。そもそもこんな可愛い子が僕なんて相手するわけないし。

「ごめんね。パパってば普段は強面で通しているのに、私に対してだけあんななのよ。最初、冒険者になるのも反対されてたぐらいなんだから」

「ははは――」

エクレアが困った顔で教えてくれたけど、気持ちはわからなくもない。エクレアは可愛いし、親なら危険な目にあって欲しくないと思うものなのかも。

「それで考えてくれた？　デートのこと？」

「いや、ダンジョン探索だよね？」

顔を傾けながらデートという名目で聞かれた。だから僕はそこだけ訂正した。こんな可愛い子と本当にデートだったら凄くハッピーな気持ちになれたかも――その代わり、父親から雷が落ちそうだけどね……。

「うんうん。ダンジョンはやっぱり冒険者の憧れだもんね」

「スピィ～？」

エクレアが目を輝かせて言った。スイムが、そうなの～？　といった感じで頭を動かして鳴いた。

「でも、どうして僕を？」

ちょっと気になったので聞いてみた。水の紋章を持っている僕はすぐに水属性だってわかってしまう。だからこれまでも相手してくれる人はほとんどいなかった。

「それは、あなたが私の理想そのものだからよ！」

「え、えぇえぇえぇえ!?」

「スピィィィイ！」

僕が驚くとスイムも一緒になって驚く。それにしても、理想が僕だなんていきなりすぎだよぉ。

「そんな、理想だなんて――」

何かくすぐったいような気持ちになって、自分でも奇妙な動きになっているのがわかった。

「そう。ネロこそが私の理想の魔法の使い手だったのよ！　だから一緒にダンジョンに行こう？　ね？」

「え？」

エクレアが僕をじっと見て改めて誘ってきた。あぁ、なんだそういうことなんだね。

うん、そりゃそうだよね。僕の見た目が理想的なわけないし。あれ？　でも魔法って……。

「えっと、僕が扱うのは水魔法なんだけど」

「もちろん、知っているわよ。だからこそ理想なの！」

そ、そうなんだ。これには驚いたよ。まさか水が理想と言ってくれる人に出会えるなんて。

でも、そんなこと言ってくれる子にこれから先出会えるかわからない。ガイだってパーティーは組んでくれたけど、水属性そのものには期待されてなかったし。

「ね、お願い。一緒に」

エクレアが両手を合わせて再度お願いしてくれた。もう僕の心は決まっている。

「うん！　一緒に行こう！　僕も誘ってもらえて光栄だよ」

決心してエクレアの申し出を受けた。彼女も目をパチクリさせていたけど。

「や、やった！　嬉しいよネロ！　一緒に頑張ろうね！」

すぐに両手を握って喜んでくれた。なんか凄く照れくさいけど、僕にも改めて仲間ができた、そんな気がしたんだ。

「ところで、ダンジョン探索の場所は決まっているの？」

エクレアからダンジョン探索に行きたいと聞いているけど、そのためには目的のダンジョンを決める必要がある。

「うん。ここから北東にある山にね、できて間もないダンジョンがあるの。まだ最初のボスも倒されてないらしいんだよね」

最初のボス——。ダンジョンには階層がある。基本は地下に向かうタイプが多いけど、中には塔のようなタイプもあるらしい。

どちらにしても、ダンジョンは基本そのときの最下層か最上層にボスが出る。そのときのというのは、ダンジョンはボスを倒すと何度か階層が増える傾向があるからだ。

つまり、ダンジョンは最初の攻略だけでは終わらない。階層が増えた後はまた最深部に別のボスが現れる上に、より強力な敵も増えていく。これをダンジョンが成長するというんだ。

もちろん、その分見つかる宝もより良いものになっていくんだけどね。

ただ、ダンジョンも無限に階層が増えるわけじゃなくて成長限界がある。成長限界に達した状態でボスを倒したらダンジョンは崩壊する。

ダンジョンは成長すればするほど攻略が難しくなるから、見つかって間もないダンジョンは僕たちみたいなDランク冒険者にとっては狙い目だ。

「じゃあ探索許可を貰っておかないとね」

ダンジョンは誰でも自由に入れるわけじゃない。基本的には冒険者専用で、攻略難度によってもある程度制限される。

「うん。じゃあ受付に行こう。パーティー登録もしないとだし」

「え！　パーティー……組んでくれるの？」

エクレアからのパーティー発言に少し動揺してしまった。僕からお願いしたり探してもらったりすることはあっても、相手から積極的にパーティーを組もうと言われたことないから――。

「一緒にダンジョン攻略に行くんだし当然よ。それに私にとって理想のパートナーなんだよ？　だからこれからも一緒に組んでくれると嬉しいのだけど駄目？」

エクレアが顔をのぞき込んで聞いてきた。その仕草はずるい――。こんなのいいよと言うしかないじゃないか。

「も、もちろん。組んでくれるなら僕も助かるよ！」

「やった♪　スイムともこれで仲間だね」

「スピィ～♪」

エクレアがヒョイッとスイムを持ち上げてから抱っこした。スイムが嬉しそう。あとちょっとだけ羨ましい――て、何を考えているんだ僕！

とにかく、エクレアとパーティーを組むことも決まったし、フルールに申請を出しておこうかな――。

「良かった～。一緒にパーティーを組んでくれる仲間が見つかったのね」

新しくパーティーを組むことになったとフルールに報告したら、自分のことのように喜んでくれたよ。フルールはやっぱりいい人だよね。

「しかも相手がエクレアちゃんとは驚いたわよ。マスターの娘さんがね」

フルールが感慨深そうに顎を上下させる。やっぱりマスターの娘だけあって名前は知られているみたいだね。

「最近、ソロになってネロくん苦労しているみたいなのよ。本当よろしくねエクレアちゃん」

ははは、フルールってばまるで僕のお母さんみたいだ――実際の家族とはいい思い出ないんだけどね……。

「もちろん。それに凄く頼りにしているのよ。さっきのパパとの試合も凄かったし」

エクレアが興奮した口調でフルールに教えていた。正直、今でも勝てたというのが信じられないんだけどね。

「試合？　え？　ネロくんマスターと試合したの⁉」

「は、はい。成り行きで」

「えぇぇえぇぇえぇぇえぇぇえぇぇ⁉」

話を聞いたフルールに凄く驚かれた。そういえば、試合するときに一階を通ったけどカウンターにいなかったんだ。だから知らなかったんだね。

「マスターと戦うなんて体は平気なの？」

「大丈夫です」

僕の体をまじまじと見ながらフルールが言った。とても心配してくれているみたい。

「ふふん。ネロってば凄かったのよ。試合でパパに勝ったんだから」

「えぇえぇえぇぇえぇえぇえぇ⁉」

またフルールが仰天していた。マスターに勝つってそれぐらい驚かれることなんだね。

命の奪い合いではないとはいえ、普通は簡単なことでもないし、そう考えたらやっぱり本気じゃなかったんじゃないかな？　って気もしないでもない。

「そういえば、ネロくんの昇格手続きも済ますよう通知が来ていたのよね。でも、それを聞いたら納得するほかないわね」

そうだった。今日から僕はEランクじゃなくてDランク冒険者になるんだ。エクレアはもうDランクだったみたいだけどね。

「それと、マスターは次のCランク試験も受けさせるみたいなこと言ってたわね。流石に早すぎな気もするんだけど……」

Cランク試験――。Dランクまでと違い、Cランクは冒険者ギルドの管理局が主催する試験となる。試験は一年に二回あって各エリアで試験会場が分かれる。Cランク試験は各ギルドから推薦された冒険者が集められて行われるんだ。だからDランクまでの常識は通用しない。

その試験に僕が……。

「その試験、私も推薦される予定よ！　ネロが推薦されるなら一緒に受けられるかもね」

話を聞いていたエクレアが嬉しそうに教えてくれた。思わず僕も確認してしまう。

「え？　そうなの？」

「うん♪」

「スピィ〜♪」

エクレアがニコッと微笑んだ。スイムも喜んでそうだよ。試験が何かわかっているかはともかくね。

「どちらにしても次の試験、受付期間はまだ結構残っているからね。これからの仕事次第でどうするか変わってくると思う。だから浮かれてミスしたりしないようにね」

人差し指を振りながら、釘を刺すようにフルールが言った。確かに、昇格直後に油断してミスをしてしまう冒険者も多いと聞く。

「うん。ありがとうフルール。心配してくれて」

「ふふッ。何かネロくんって、弟みたいで放っておけないのよね」

はは、弟みたいか。そうなるとフルールはお姉ちゃんってことかな――確かにこんな姉がいたらもっと良かったかもね……。

「ネロくん。折角エクレアちゃんとパーティーを組めたんだから、しっかりね」

「……」

「ネロくん聞いている？」

「え？　あ、ごめんなさい！　ちょっとぼーっとしちゃって」

危ない危ない。つい別なこと思い出してしまったよ。

「大丈夫？　もしかして疲れている？」

「いや、大丈夫だよ。それよりエクレア。ほらダンジョンのこと」

フルールに心配されてしまって申し訳なく思う。だからなんとなく話を変えたくてエクレアにダンジョンについて振った。

「あ、そうだったね。フルール、私たちダンジョン攻略に行きたいの」

ダンジョン探索の許可を貰うため、エクレアが話すと、フルールが興味深そうに聞いている。

「へぇ。早速ダンジョンに。それでどこの？」

「ここから北東にあるサザン山にある――」

エクレアが目的のダンジョンをフルールに伝えた。サザン山ならここからそんなに遠くはないね。

「なるほど。最近見つかったダンジョンね。まだ攻略されてないし二人なら丁度いいかもね」

「うん！　そうだよね」

どうやらエクレアが選んだダンジョンは、今の僕たちが攻略するのに最適な難易度のようだね。

「ネロくんもダンジョン攻略の経験はあるものね」

フルールが思い出したように聞いてきた。ガイたちと一緒のときの話だ。

「うん。ガイのパーティーに所属していたときだから、そのときはあまり役に立てなかったけどね」

「え？　ガイってあの勇者の紋章持ちの？」

フルールから聞かれたことに答えると、エクレアが横から質問してきた。勇者の紋章を持つガイのパーティーは結構有名だから、それで興味を持ったのかな。

「うん。一年間パーティーを組んでたんだ。今は、その、抜けてしまったけどね」

追放されたとはなんだか言えなかった。フルールもそこは訂正しようとしない。気を遣ってくれているのかも。

「そうだったんだね」

「はは。ガッカリした？」

なんとなく、エクレアの気持ちを探るような質問になってしまった。我ながら小さいなと思う。

「え？　どうして？　むしろ良かったと思っているよ。そのおかげでこうしてネロとパーティーを組めたんだし。あ、でも良かったは不謹慎かな？」

エクレアが、あちゃ～と何か失敗してしまったような素振りを見せて頭を上げた。その様子に、僕はなんとなくおかしくなった。本当に小さいことを気にして馬鹿みたいだ。

「ありがとうエクレア。気が楽になったよ」

「ん？　よくわからないけどネロがそう言うなら良かったよ。改めてよろしくね」

エクレアが右手を差し出してきた。だから僕も握り返す。ようやくパーティーを組めたんだって実感が湧いてきた。

「う～ん、なんて初々しいのかしら！　はぁ、私ももっと若ければ」

「いや、フルールさんも十分若いですよね」

「そうよ！　確かまだにじゅ――」

「ん～ん～！」

エクレアが思い出したように口にするけど、フルールが咳払いしたから最後までは聞けなかった。

「とにかく、ダンジョン攻略の申請は受け付けたからいつでも潜って大丈夫よ。だけど無茶はしないこと。ボスも無理そうだったらすぐに戻ってくるのよ」

フルールに釘を刺された。確かにダンジョンは危険も一杯だからね。僕だけの問題じゃないわけだし、しっかりしないといけないね――。

（これからダンジョンにですか。これはいい話を聞きましたぞ――）

騒がしい酒場の中、一人の男がほくそ笑んだ。席を立ち会計を済ませ店を出る。

「黙って脇に逸れろ」

「…………」

しばらく歩いたところで、彼に近づいてきた男が背中にナイフを押し当て命じてきた。

「――わかりました」

命令に従い脇に逸れ、男はひと目のつかない路地裏まで歩かされた。

「へへっ、いい身なりしやがって。たんまり金を持っているんだろう？　命が惜しければさっさと、グッ!?」

他に人がいないことを確認した後、金を要求する男だったが、突如体が仰け反る。恫喝されていたはずの男が、瞬時に後ろに回り込み背中に突きを見舞ったからだ。

「やれやれ、この程度で私をどうにかできると本当に思ったのか？　随分と舐められたものだな」

今度は逆に、彼が男の喉にナイフを当てた。

「このまま首を掻っ切ることは簡単だがな」

「ヒッ、ゆ、許してくれ！　こんなに強いなんて思わなかったんだ！」

「……フンッ。お前、仲間は他にいるのか？」

「はい？」

「さっさと答えろ。殺すぞ」

「ヒッ、い、いるよ。俺みたいな奴は何人も。悪い奴は大体仲間だ！」

　答えを聞き、ほう、と男が関心を示す。

「そうか。貴様金に困っているんだろう？　だったら、命を助けてやる代わりにちょっとした仕事をしてもらおうではないか――」


「ダンジョン攻略には明日の朝から行こうと思うけど、大丈夫？」

「うん。それなら準備しておくね」

　エクレアからの提案は、僕としては特に問題ない。ダンジョン攻略は長丁場になりがちだから流石に今から向かうのは厳しいもんね。

「そうね。私もしっかり支度しておく。それなら、ちょっと早いけど明日の朝六時に噴水前で待ち合わせでどうかな？」

「わかったよ。よろしくね」

「スピィ～」

「うん。スイムもよろしくね♪」

　エクレアはひとしきりスイムを撫でた後、またね、と挨拶して帰路についた。マスターの娘だから、今住んでるのも当然サンダース家の屋敷になる。一方で、僕も準備は必要だね。

「おや、ネロじゃないか。実はそろそろまた水をお願いしようと思っていたのだよ」

僕は教会に寄って神父と話した。どうやら依頼を出してくれる予定だったようだ。

「それなら丁度良かったです。実は、新しくパーティーを組むことになって明日ダンジョン探索に向かうので、戻るまで少し時間がかかるかもしれないんです」

「スピィ～」

事情を話すと、神父は両手を広げて笑顔を見せてくれた。

「ほう。もう新しい仲間ができたのだね。その肩のスライムも新しい出会いなのかな？」

「はい。森で見つけたスライムでスイムといいます」

「スピッ！」

僕が紹介すると、スイムも張り切った様子で鳴き声を上げた。

「ふむ。なるほど。別れがあれば出会いもある。君にも辛い時期があったのだろうが、その見返りに幸福が訪れているのだろう。これも神の思し召し――」

神父が僕のために祈りを捧げてくれた。明日はダンジョン攻略だから嬉しいね。

「神父様。必要な分があれば水を入れていきますよ。それとは別にお願いなのですが――」

僕の分にも回復魔法を込めて欲しいとお願いした。神父は快く引き受けてくれた。ダンジョンに潜ることもあっていつもより多い三六本を納品。それとは別に生命の水を四本作ってもらった。

「助かりました」

「これぐらい問題ないよ。いつも君にはお世話になっているからね。それじゃあこれ。サインしておいたから」

神父から達成書を受け取り、改めてお礼を伝えて教会を出た。

その後は道具屋に寄って、魔法のトーチと寝袋を購入した。ダンジョン内で寝る場合もあるからね。

後は市場で干し肉を買って、スイムもお腹が空くだろうからドライフルーツも買った。

それなりにお金は使ったけど、魔獣退治の報酬もあったし問題なかったね。

「じゃあ、宿に戻って明日に備えようか」

「スピ〜♪」

そして僕らは宿に戻り、お風呂に入った後、明日に備えて早めに寝たんだ――。


「スピィ……」

明朝。エクレアと約束した通り朝から噴水に向かう。六時の約束だから起きたのは五時だった。スイムはまだ眠いらしく、僕の肩の上で船を漕いでいる。そんな姿もなんだか可愛い。起こすのも可愛そうだから肩の上で眠っててもらおう。スイムには寝袋とか必要な道具を取り込んでもらってて、既にお世話になっているからね。

「ネロ〜」

噴水に僕が着くのとほぼ同時に、反対側からエクレアが駆け寄ってきた。

なんか、空気の美味しい朝に見るとまた違って見える。エクレアはショートパンツにシャツと胸当てといった格好だ。

動きやすさ重視といったところかな。背中には昨日も背負っていた鉄槌が見える。

健康的な肢体が躍動していて、天然の可愛らしさを感じてしまうよ。

「フフッ、何かタイミングいいね。相性バッチリって感じ？」

「え？　あ、相性!?」

屈託のない笑顔でそんなことを言われて、僕はドキッとしてしまう。

「うん。ダンジョン攻略にはチームワークも大事だもんね」

のぞき込むような姿勢でエクレアが答えた。あ、そういう意味ね。いや、そりゃそうだよね。何を考えているんだ僕は。

「スイムもおはよう。って早いからまだ眠いかな？」

「うん。ちょっとウトウトしている感じかな」

「スピ……ィ――」

細い声で答えるスイム。その様子にエクレアが口元をムズムズさせた。

「はぁ、もう朝から癒やされるぅ」

スイムを撫でて喜ぶエクレア。

「あはは。とりあえずスイムはしばらく肩の上で眠らせてあげようかなって」

「それなら私の肩に乗ってもらってもいい？」

エクレアがぐっと拳を固めてお願いしてきた。スイムもエクレアに懐いていたから問題ないかな。

そっとスイムをエクレアの手に移動させると、そのままエクレアは自分の肩に優しくスイムを乗せてあげた。

「それじゃあダンジョンに向かおうか」

「うん♪」

「スピィ……」

そして、僕たちは町を出て徒歩でダンジョンに向かう。

「街道沿いから山に入るわね。街道では魔物とあわないかもしれないけど、山では獣系の魔物が出てくるようだから気をつけないとね」

エクレアが注意を呼びかけてきた。街道は比較的危険の少ない場所に設けられるからね。

ダンジョンまでは、僕たちの足で一時間程度で着く予定だ。冒険者の感覚で言えばわりと近い方だ。

街道を進んでいる間は魔物に出会うことなく、平穏だった。途中雑談を挟んでね。

「そういえば、パパがネロに変なことされたら言えだって。私に何かあったら手配書を回すなんて言ってたのよ。ネロがそんな真似するわけないのに本当心配性よね」

そんな話をされて、脳裏に雷を撒き散らしながら追いかけてくるサンダースの姿が浮かんだ。

もちろん何もするつもりないけど、誤解されただけでもとんでもないことになりそうだ……気をつけよう。

いよいよダンジョンのある山道に入る。ここからは魔物が出てくるかもだから注意しないと――。

「「「グルルルゥ」」」

と思ってたら早速出てきたよ！　こいつらはマウンテンウルフ。こういった山で出てくる魔物ではポピュラーな存在だ。

山肌に近い毛並みの狼といった様相で、もちろん魔物だけあって狼よりは凶暴だし攻撃性が高い。冒険者視点で見れば単独ならEランクで狩れる相手だ。

だけど群れの数によっては厄介になる。今回は四匹。この数となるとEランクではしっかりパーティーを組んでないと厳しい。

「ここは私に任せてもらっていい？」

「え？　一人で!?」

エクレアが前に出て鉄槌を手に構えた。女の子とは思えない勇ましさだけど、はい、わかりました、とはいかないいかな……。

「女の子一人を危険な目にはあわせられないよ」

「う～ん。じゃあ、危なそうだったら助けてね。スイムにはネロの方に戻ってもらってっと！」

僕の心配を他所に、スイムを僕に戻したエクレアがマウンテンウルフの群れに向かって飛び込んでいった。

それを認めた魔物たちが興奮状態に陥る。ちょ、流石にそれは無謀じゃ！

「武芸・雷撃槌《らいげきつい》！」

だけど、それは杞憂に終わった。エクレアの鉄槌がバチバチと放電し、着地の勢いに乗せて振り下ろすと同時に、周囲に電撃が撒き散らされた。

マウンテンウルフが悶絶しバタバタと倒れていく。これで勝負は決まった。

「えへへ、どう？　私もちょっとしたもんでしょう？」

いやいや、ちょっとしたどころじゃないよ！

「これが、私の槌の紋章と雷の紋章を組み合わせた武芸よ。どうかな？」

くるっと僕を振り返ってエクレアが問いかけるように言った。僕は素直に感想を伝える。

「いや、本当に驚いたよ。マスターも拳と雷を組み合わせていたけど、やっぱり複合紋章《ハイブリッド》持ちは凄いね」

サンダースの姿を思い浮かべながらエクレアを評した。マウンテンウルフはよく出る魔物ではあるけど、あの数を一度に倒せる使い手はそうはいない。

「スピィ～」

今の戦いで寝ていたスイムも目が覚めたみたいだね。エクレアに気がついて挨拶するようにプルプル震えているよ。

「おはようスイム」

「スピィ♪」

エクレアが挨拶を返して撫でてあげると、スイムがふるふると震えて応えていた。

「ネロにもアピールできて良かった。でもね、実は私、発見したの。私の力をより発揮できる方法」

エクレアがグッと拳を握りしめて語ってくれた。今のでも凄かったのにこれ以上って……興味が湧くよね。

「へぇ。凄いね。どんな方法なの？」

「フフッ、それは後の楽しみ」

聞いてみたけど、一旦はぐらかされた形だ。それだけとっておきの方法ってことなのかな。

「さてと、素材集をめていこうか」

マウンテンウルフのだね。肉は固くて食用に向かないけど、毛皮はギルドで換金対象になるんだ。

「ネロは解体できる？」

エクレアがナイフを取り出し聞いてきた。やっぱり解体用の道具もしっかり用意しているんだね。

「大丈夫。水魔法・水剣――」

僕の魔法で水を剣に変える。長さも調整してマウンテンウルフから毛皮を剥いだ。

「――やっぱりネロの水魔法は凄いよね。水の形を自由に変えられるなんて聞いたことないよ」

エクレアに感心された。確かに僕も、水にここまでの可能性が秘められているなんて知らなかったもんね。

「私、魔法の袋も持っているんだ。素材こっちで回収しておく？」

エクレアがそう提案してくれた。魔法の袋とは見た目以上に物が入る袋のことだ。

「魔法の袋持ちなんて凄いね」

「えっと、実は冒険者になったときにパパがプレゼントしてくれたんだ」

なるほどね。中々値が張る道具なんだけど流石ギルドマスターだね。

「それで素材の回収だけど、スイムの力があれば僕も可能だよ」

「え？　スイムが？」

「スピィ～！」

スイムが張り切って答えると、僕の肩から飛びおりて毛皮を体内に取り込んだ。

「え？　食べちゃった⁉」

「違うんだ。スイム」

「スピッ！」

僕が呼びかけると、今度はスイムが今取り込んだ毛皮を再び外に出した。

「すっご～い！　スイムってばこんな特技もあるんだね」

「スピィ～」

エクレアが興奮してスイムを評価してくれた。スイムは改めて素材を取り込む。

「凄い凄い。スイムって賢いし可愛いし特技もあって本当優秀な仲間だね！」

「スピィ～♪」

エクレアに褒められてスイムもまんざらでもなさそうだよ。

「そうだ。素材やダンジョンでお宝を見つけた場合だけど、とりあえず半々でいいかな？」

「そうだね。でもこの魔物はエクレアが退治したものだしエクレアの戦利品でいいよ」

「それは駄目。パーティーを組んだんだからしっかり分けていこう。もちろん、その分ネロにも期待しているからね♪」

エクレアが笑ってそう言った。やっぱりいい子だよね。凄く親しみやすいし。

「ありがとう。なら僕も頑張らないとね！」

張り切るポーズを見せてエクレアに答える。エクレアがフフッと可愛らしい笑顔を見せてくれた。ちょっとドキッとするよね。

「じゃ、行こうか！」

「うん。そうだね。いざダンジョンへ！」

「スピィ～！」

そして僕たちはダンジョンへの歩みを再開させた。

それから先はこれといった魔物にも出くわすことなく、いよいよダンジョンの入り口に辿り着いた。さぁ、いよいよ攻略開始だ！

ダンジョンの入り口はわりとポピュラーなタイプ。山の岸壁にぽっかりと開いた穴って感じだ。

これも場所によって、神殿の入り口みたいになっていることもあれば、形が城だったり塔だったりすることもあるらしいね。

「ちょっと、緊張してきたかも」

「うん。初めて入るダンジョンはドキドキするよね」

ダンジョンは各地にある。既に攻略され成長限界を迎えて消えていったダンジョンも多いけど、定期的に生まれるからね。

そしていよいよ、僕たちはダンジョンの中に足を踏み入れる。

「中は結構明るいね」

「うん。ダンジョンは比較的明るいことが多いよね」

ダンジョンは普通の洞窟と違って明かりが確保されている場合が多い。ただ場所によって急に暗くなることもある。

これも罠の一種と考えられているけど、そういうときのために魔法のトーチなんかを持ってきているんだ。

「わりと一本道な感じ。一層だからまだ簡単かな」

エクレアの言うように複雑な分岐もないね。

ダンジョンは基本的に下層に行けば行くほど難しくなる。つまり、まだ浅い階層のうちは危険は少ないんだ。

「そうかもしれないね。あ、でも歩くならできるだけ壁沿いを意識した方がいいかも」

「え？」

僕の話を聞いてエクレアが不思議そうな顔を見せたそのとき、カチッという音がして壁から矢が発射された。

「危ない！」

「キャッ！」

「スピッ！」

咄嗟にエクレアに飛びついて矢を避けた。そのまま地面に転がってしまう。矢は受けずに済んだけどスイムとエクレアの怪我が心配だよ。

「ふぅ、危なかった。大丈夫？」

「う、うん――」

「スピィ〜」

エクレアもスイムも怪我はなさそうだけど、あれ？　エクレアの顔が赤い――て、しまった！　思わず押し倒すような格好に！

「ご、ごめん！」

「い、いいよ。だって庇ってくれたんだし」

まずい！　と思ってすぐに飛び退いた。確かに矢から助けるのが目的だったけど、とはいえやっぱり失礼なことしちゃったかも。実は怒っているんじゃ……。

「ありがとうね。ネロがいなかったらいきなり怪我をするところだったよ」

微笑みを浮かべてエクレアがお礼を言ってきた。良かった、気にしてないみたいだ。

ただ、僕はなんだか照れくさくなってしまって視線を逸らしてしまう。

「でも、こういうことなのね。普通に歩いていると罠に掛かることが多いから、壁際を意識した方がいいんだ」

「う、うん。そうなんだよ。何はともあれエクレアが無事で良かった。じゃ、じゃあ行こうか」

エクレアの言っている通りなんだけど、なんだか顔が熱くて気の利いた返事ができなかったよ〜。

「うん！」

「スピィ〜♪」

エクレアが笑顔で返事してくれた。スイムも怪我がなくて良かったねと言ってくれているようだよ。

そして僕たちは一層の探索を続ける。

「そこの壁、ちょっと気になるかな――水魔法・放水」

しばらく一本道が続いて、違和感を覚えたから魔法で勢いをつけて放水すると、壁から槍が飛び出した。

「ネロってば凄い。もしかしてダンジョン慣れしてる？」

ダンジョンの罠を上手く暴いていくと、エクレアが目を丸くさせて聞いてきた。う～ん、確かにダンジョン探索自体は初めてじゃないしね。

「前のパーティーにいたとき、色々教えてもらったんだ。それでかな」

ガイたちのパーティーにいたときに、何度かダンジョンに潜っている。今持っている杖はそのときの戦利品だ。ガイはダンジョンの罠を見つけるのが得意だったんだ。フィアがガイは性格が捻くれているから、罠を仕掛ける相手の気持ちがわかるんだね、なんて皮肉を言っていたっけ。

でも、そのおかげでなんとなく、僕も罠のある場所がわかるようになった。しかも今は水の魔法も強化されている。上手く使えば、離れた場所からでも今みたいに罠があるか確認できるんだ。

「分かれ道だね」

「うん」

一層をしばらく探索していると、途中途中で分岐が現れ始めた。今回はこのまま直進するか左に折れるかといった分岐だ。

単純な分岐だけど、浅い階層とはいえ簡単な罠はあるし油断できないね。

「ネロはどっちがいいと思う？」

「う～ん――」

　エクレアから意見を聞かれた。僕の方がダンジョンに慣れていると思われたのかも。

「――じゃあ左に行ってみようか」

「うん。じゃあそっちね。何が出るかな～」

「スピッスピィ～♪」

　エクレアもスイムもワクワクしている感じだ。ダンジョン探索を楽しんでるみたい。

　でも、間違ってたらどうしようってちょっと不安もあったり……この場合の間違いというのは、危険なトラップがあったり、歩き回った挙げ句行き止まりだった、みたいな場合。もちろん、そういった経験もダンジョン探索の醍醐味だけど、それで何かあったら目も当てられない。

　特にエクレアは何があっても男の僕がしっかり守らないと！

「ネロ、間違いないかとか気にしないでいいからね。それに何かあったら私がネロを守ってあげる」

「えっと……」

　今守ると決めたばかりなのに、エクレアから逆に守ってあげると言われてしまったよ。

　なんだか恥ずかしくなってきた。

「ネロは魔法タイプだしね。壁役は任せてよ！」

　エクレアが自分の胸をドンっと叩いた。揺れが……いやどこ見ているの僕！

　それにしても……確かに僕は水の魔法師になるから、戦士タイプのエクレアがこう言うのも必然なのかなぁ。そんなことを思いながら歩いていると、前方に魔物の姿が現れた。

「来たね。このダンジョンで初めての魔物だ――」

「「「ヂュヂュッ！」」」

「こいつらラットソルジャーだね」

ダンジョンで最初に現れたのは、二本足で歩くネズミといったタイプの魔物だ。

このラットソルジャーは小柄だけど、人が扱うような武器と防具を装備している。

ただ見る限り質はそんなに良くないね。三匹のラットソルジャーはそれぞれ短い剣、弓、片手斧といった武器で鎧は革の鎧だ。

「これは、丁度いい相手かも！」

すると、エクレアが何かを思いついたような顔で声を張り上げた。丁度いいって何がだろう？

「ネロ。今度はあなたの魔法を見せてもらってもいい？」

そして、今度はエクレアから戦闘を託された。外ではエクレアが戦ってくれたしね。もちろん僕が戦うのに問題ない。

「ならやるね。水魔法・水槍連破！」

杖を掲げると水の槍が連続発射され、目の前のラットソルジャーを貫いた。やっぱり防具もそこまで質がよくなかったからあっさり倒せちゃったよ。

「こんな感じだけど、あれ？」

振り返るとエクレアが目を丸くさせていた。

「ちょ、パパと戦ったときに見てはいたけど、どうして水にそこまで破壊力あるのよ！」

「あはは……」

気持ちの高ぶった声でエクレアが叫んだ。感心しているようだけどちょっと不機嫌にも思える。

「何か、僕まずいことしちゃった？」

「そういうわけじゃないけど……そうね。今度お願いするときは、もうちょっと抑えるというか、可能なら相手に水だけ掛けてもらってもいい？」

媚びるようにエクレアがお願いしてきた。そんな顔されたら嫌だなんて言えないよぉ。もちろん言うつもりもないけどね。

「わかったよ。じゃあ次は水飛沫で対応するね」

「うん！」

「スピッ！」

エクレアが笑顔に戻った。スイムも肩の上で元気に返事している。

倒したラットソルジャーはそのまま放置することにした。持っている装備にも目を引くものがないし、これといった素材も持ってないんだよね。

ダンジョンに出る魔物は放っておくと勝手に消える。ダンジョンに取り込まれているというのが現在の考え方だ。

そして僕たちはそのまま直進する。先は壁があって行き止まりになっていたけど、なんと宝箱が一つ設置されていた。

「やった！　お宝発見だね。ネロ」

「うん。でも罠が仕掛けられている場合もあるから注意が必要だね」

ダンジョンの宝は喜んでばかりもいられないんだよね。まだ一層だしそこまで強力な罠はないと思うけど。

「それなら私が開けるね」

「大丈夫？」

「こう見えて体は丈夫だから心配しないで」

体が丈夫――重そうな鉄槌を軽々と振り回す姿を思い出して納得してしまった。

「開いた。特に罠はなかったわ。これは何かな？」

宝箱に入っていたのは、緑色の液体の詰まった細長い瓶だった。

「これは解毒薬だね。持っていれば安心かも」

「やった。ならこれは私が持っておくね」

そう言ってエクレアが解毒薬をしまった。動きはエクレアの方が素早いから、いざというときエクレアが持っていた方が役立ちそうだしね。

「行き止まりだけど宝があったから、こっちは当たりだったね」

「そうかもね」

「スピィ～♪」

エクレアから僕にスイムが移って機嫌良さそうに鳴いた。うん、僕にもスイム成分は必要だ。

そして来た道を戻って直進する。それからも分岐がいくつかあったけど、他に魔物に出くわすこともなく、下層への道を見つけた。

急な坂になっているからわかりやすい。

「このまま行くと下層だね。魔物は下に行くほど強くなるから気をつけないとね」

「うん。でもネロがいてくれると安心だね」

エクレアはナチュラルにそんな台詞を口にする。もちろんあくまでパーティーの仲間としてって意味なんだろうけどね。

うん――？

「どうしたのネロ？」

立ち止まり後ろを振り返る僕にエクレアが声を掛けてきた。

「いや、何か視線を感じたような……」

「視線？　他の冒険者かな？」

エクレアが小首を傾げる。確かに、ダンジョンは一度に一パーティーと決められているわけでもない。他のパーティーとかち合うこともよくある話だ。

ただ僕たちは朝一番で来ているし、他にパーティーが来ていた様子もなかったからね。更に奥ならダンジョンに泊まる形で探索を続けている冒険者がいたりするかもだけど。

「ただの気のせいかも。先を急ごうか」

「うん、そうだね」

「スピィ〜」

少し引っかかりは覚えたけど、僕たちは次の層の探索を続けた――。


「ゲロゲロッ」

「ゲコッ」

「ゲロゲーロ！」

ダンジョンの二層で現れたのは巨大な蛙タイプの魔物ブロッガーだ。手が大きくて水掻きが備わっているけど、こいつらはそれを利用して器用にこちらの攻撃をブロックする。

「この手の魔物は大丈夫？」

「問題ないわ。それとネロ。お願いね」

どうやらエクレアはこの手の魔物に忌避感はないようだ。栄光の軌跡ではセレナが苦手としてたけどね。他にも爬虫類系が駄目だった。

「よし、それなら水魔法・水飛沫！」

エクレアから言われたように魔法で水を掛けてやった。でも威力は期待できないんだよね。それにブロッガーは水に忌避感がない。この程度、喰らっても怯みもしないよ。

「これでいいの？」

「上出来よ。まぁ見てて。武芸・雷装槌！」

エクレアが武芸を行使すると、鉄槌から電撃が迸った。そうか槌に雷を付与したんだね。

「さぁ行くわよ！　はぁあぁあぁあぁあ！」

エクレアが鉄槌を振り下ろす。あれ？　でもそこには敵はいないはずだけど――。

「「「ゲコゲコゲローーーー！」」」

それなのに、魔物たちは何もないところで電撃を受け倒れてしまった。ピクピクと痙攣しているし、これって一体？

「やったわ！　やっぱり雷は水と相性が良いわ！」

え？　雷が水と？

「驚いたよエクレア。でも今のってどういう意味？」

気になって僕はエクレアに聞いてみた。エクレアが得意顔で教えてくれる。

「ふふん。これはね、水に私の電撃が伝わって相手が感電したのよ。つまり水は雷を通して威力を高めるのよ！」

「えぇぇぇえぇ！」

「スピィ!?」

それは衝撃的な事実だった。水に雷が通るなんて……あれ？　つまり――。

「もしかして僕をパーティーに誘ったのって？」

「うん。ネロが水魔法の使い手だったからよ。私の雷の力をより引き出せるのは水の紋章持ちだと思ったからね」

あ、なるほど。そういうことなんだね。なんか凄く得心がいったよ。

同時にちょっとだけ残念にも、いやそれでも水属性を買ってくれているんだから喜ばないとね。

そんなことを考えていたらエクレアがジトッとした視線を僕に向けてきた。

「ネロ、もしかして私が水属性なら誰でも良かったと思っている?」

「え、えと……」

エクレアに聞かれすぐに答えられなかった。今まさに考えたことが見透かされたみたいで、ドキッとしたんだ。

「あぁ! やっぱりそんなこと思ってたんだ! えいえいっ!」

「ほへっ!?」

エクレアが僕の口を摘んで引っ張り出した。何で!?

「言っておくけど、ネロだから私も安心して頼めたんだからね。パパとの戦いを見てネロの水魔法に感動を覚えたの。水だから誰でもいいなんてことないんだよ。ネロだから組みたかったんだからね」

ぷく～っと頬を膨らませてエクレアが訴えてきた。僕のために怒ってくれたんだ。

「ありふぁと、ふぁと、いっふぁんふぁなして」

「むぅ、仕方ないわね」

「スピ～」

エクレアが指を放した。ふぅ、結構ヒリヒリする。力あるよねやっぱり——。

「ありがとうエクレア。そして、ちょっと後ろ向きな態度をとってゴメンね。エクレアが僕の魔法を評価してくれて嬉しいよ」

「ふふん。わかればよろしい。ネロはね、本当に凄いんだから。もっと自信持っていいんだからね」

僕が凄い、か——水属性だから、これまでは諦めていたところもあった。それは事実。でも、水の理を知って賢者の紋章を授かって、僕の魔法は変われた。

だから、きっともっと自信を持っていいんだね。もちろん自惚れは禁物だけど。

自分の両手を見ながら考える。水の紋章と賢者の紋章。この二つのおかげで僕は救われた。

「でも、雷が水を通すってよくわかったね」

「うん。前に沼で武芸を使ったときにピンっと来たんだ——あれ？」

エクレアが説明してくれるけど、途中で目をパチクリさせて僕の右手の甲をじっと見てきた。

「どうかした？」

「ちょっと見せて！」

「え？」

エクレアが僕の手を取って食い入るように手の甲を見ている。う、なんか照れる。

「やっぱり！　視えるよネロ！　君の言ってた紋章ってこれだよね！」

「え？」

嘘、エクレアにも僕の賢者の紋章が視え、た？

「エクレアにもこの紋章視えるの!?」

「うん！　視える！　バッチリ視えるよ！」

思わず僕はエクレアの手を取って飛び跳ねた。エクレアも一緒になってぴょんぴょんしている。

「あ、ご、ごめん！」

それに気がついてパッと手を放しちゃった。ヤバい、嬉しくなって露骨に接触しちゃったよ！　サンダースの形相が思い浮かぶ。

「なんで謝るの？　嬉しいならもっと喜ぶべきだよ！」

エクレアがムキになった感じに声を張り上げた。この子は本当に裏表がないなぁ。そこが凄く好感持てるよ。

「スイムもそう思うよねぇ？」

「スピィ〜♪」

エクレアがスイムを抱きしめる。なんか凄く埋もれている……いやだからそういうとこだぞ僕！

「はは、でも紋章が視えたのはびっくりだね」

「うん。でもどうしてかな？」

エクレアが不思議そうに小首を傾げた。あぁ〜確かに何か理由があるはず。

確か賢者の紋章は、賢い人に視えるとかそんな言葉が頭を過ぎったんだけど……。

「もしかしたらさっきの雷と水の関係かも。エクレアがそれに気がついて、僕の魔法で実際に効果を確かめたから――それで視えるようになったのかも」

あくまで憶測だけど思ったことを口にした。

「え？　そうなの？」

エクレアが不思議そうに聞いてきた。

「うん。恐らくそれでエクレアも水の理に触れた、とかかなぁ？」

更に考えを話す。中々断言はできないけどね。

「でも水が雷を通すなんて、あ――」

ふと思い出す。サンダースと試合したときのことを。

「どうしたのネロ？　顔青いよ？」

「いや、君のお父さんと試合したとき、水の盾で攻撃を守ったんだけど一撃で消えちゃったんだ。今思えば水が雷を通すからで――」

水の盾が僕から離れていたからまだいいけど、もし僕と接触していたらと思うと、背筋が凍りつく思いがした。これは僕も気をつけないといけないね。エクレアが仲間で良かった。

「そういうことね。確かに私もネロを巻き込まないように気をつけないとね」

そうだね。そこは僕も意識しておかないと。攻撃面では、僕の水でエクレアの雷がパワーアップするわけでそこは大事なところだけどね。

「じゃあ、折角だからもっと連携を高めていこうよ！」

「うん――そうだね！」

「スピィ！」

そして僕たちはダンジョン攻略に専念した。二層を終え三層も攻略できた。それほど規模は大きくないしうまく行けば今日中に攻略できるかも。

この間に魔物とも出くわしたけどエクレアと協力して倒した。牛系の魔物は肉が美味しいから途中で遅めの昼食を取ったよ。

何個か宝箱も見つけた。中身は宝飾品や金貨だ。どれも換金用だね。

「いよいよ第四層だね。最初の攻略だし多分次の層でボス戦だよね」

ダンジョンの多くは五層区切りだ。だからエクレアも次に期待しているんだと思う。

ボスを倒せば更に良い宝にも期待できるしね。

「「「グルルゥ――」」」

流石に四層ともなると敵も手強くなってくる。今対峙しているのはコボルト。二本足で歩く犬の頭を持つ魔物だ。ラットソルジャーみたいに武器や鎧を装備しているけど質はこっちの方がいい。盾も持っていて動きもどこかしっかりしている。

「はぁあぁああ！」

とはいえ流石エクレアは強い。コボルトが盾で防ごうとするけど鉄槌で殴られて盾が破壊された上、電撃を喰らってしまう。おまけに前もって水を掛けておいたからダメージ大だ。

「水魔法・水ノ鉄槌！」

僕も負けじと魔法でコボルトに攻撃。こっちは水の槌でコボルトを叩き潰した。

「やったねネロ！」

「うん」

僕たちは手を上げて叩きあった。パンっと心地よい音が広がる。

「スピィ～♪」

「ありがとうスイム」

コボルトは銅貨や銀貨を所持していた。これらは今はそのままお金として使うことはない。金貨もそうだけど換金してしまうのが当たり前になっているね。

「スイムってば本当にいい子いい子」

「スピッ！」

エクレアが愛でてあげている。スイムも嬉しそうでエクレアにもすっかり心を開いているね。

「ここも結構歩き回ったね」

結構広い階層とはいえかなり歩いたし、そろそろ次の階層に下りる道が出てくると思うけど。エクレアも気分的には僕と同じなようだよ。

「うん。そろそろ五層に下りられると思うんだけど――」

「た、助けてくれーーーー！」

そのとき助けを呼ぶ声が聞こえてきた。これって誰か他の冒険者だったり？

このぐらいの層なら例えばダンジョンで夜を明かした冒険者がいたとしてもおかしくはない。

悲鳴の聞こえた方に向かうと、ちょっとした広い空間に三人の冒険者がいた。

そして彼らが赤い毛をした熊と相対している。

「嘘、あれって魔獣レッドベア？」

その光景を見ながらエクレアが呟いた。魔獣、そんなのがこの迷宮に？

「そんな、魔獣なんてこの規模のダンジョンに出てくることないはずなんだけど――」

エクレアから聞いて不可解といった感情が言葉になって漏れた。

レッドベアは知らない魔獣だけど、エクレアの真剣な目に嘘はない。

「私も初めて見るけど、パパから聞いたことあるの。赤毛の熊型で赤い物を見ると興奮して手がつけられなくなる危険な魔獣だって」

そうか――確かにギルドマスターなら僕たちなんかよりずっと魔物や魔獣に詳しいだろう。エクレアがあの魔獣を知っていた理由がわかったよ。

「お、おいお前たち同業者だろう？　た、助けてくれよ！」

「怪我した仲間を見て、こいつすっかり興奮しているんだ！」

見ると一人、頭から血を流して倒れていた。出血を見てレッドベアが興奮したってことか。

「とにかく放ってはおけないよねエクレア！」

「…………」

エクレアに呼びかけた。だけど、襲われている冒険者とレッドベアを見るだけでエクレアは動こうとしない。

「エクレアどうしたの？」

「え？　あ、ごめん。そのなんか違和感が――」

「うわぁあああぁあ！　こっちくるな！　ひぃ、早く手を貸してくれ！」

エクレアどうしたのかな？　もしかして相手が魔獣だから緊張しているのかも――でもそうこうしているうちに襲われている三人の冒険者から悲鳴があがる。

「わかった、まず僕が行くよ！」

「スピィ〜！」

「あ、待ってネロ！」

エクレアの止める声が聞こえたけど、大丈夫。エクレアの不安を払拭するようレッドベアに向けて魔法を行使する。

「水魔法・水飛沫！」

「ガッ！」

水を浴びてレッドベアが怯んだ！　冒険者たちの間に割って入り魔獣と睨み合いになる。

「エクレア！　水は掛けたよ。これで君の技も通じやすくなるはず！」

「う、うん。わかった！」

どうやらエクレアも迷いを吹っ切れたようだね。

「はぁあああぁああ！」

エクレアが飛び込んできて雷を纏わせた鉄槌でレッドベアを殴りつけた。

「グォオォォッォォオオ！」

レッドベアが叫び声を上げ傾倒した。よし、魔獣にもしっかりエクレアの攻撃は効いている！　これなら――。

「スピィ！」

「チッ、この糞スライムが！」

「え？」

　スイムの声が聞こえて、かと思えば僕の肩からスイムがずり落ちた。そしてさっきまで倒れていたはずの冒険者がナイフでスイムを刺していた。これってスイムが僕を庇って――。

「おい！　何失敗してんだ！」

「スイム！」

　連中が声を張り上げるけど、僕にはスイムの方が大事だ！　てかなんでこいつらこんな真似を――。

「スピッ！」

　だけど、スイムは元気そうに鳴いた。よく見ると冒険者のナイフを受けた箇所は既に塞がっている。スイムの体はこの程度のナイフじゃ傷つかないんだ。よ、良かったぁ。

「ネロ！　何があったの？　これどういうことよ！」

　エクレアがこっちを見て叫ぶ。彼女もこいつらが僕たちを狙ってきたことに気がついたんだ。

「おい、あっちの女は厄介だぞ！」

「大丈夫だ。おいレッド！　これを見ろ！」

　男の一人がレッドと呼んだ魔獣に向けて赤い玉を投げつけた。いやそもそもなんでこいつらあの魔獣の名前を？　それってつまり――。

「魔獣もグルだったのか！」

「今さら気がついたのかよ、馬鹿が」

「グォォォォオォォォォォオオオ！」

僕が奴らに向けて声を張り上げると同時にレッドベアが雄叫びを上げた。

見るとレッドベアの瞳が真っ赤に染まり体も一回りほど大きくなった。まさかさっきの赤い玉で？

「はは、これでレッドは三倍強くなった。あの雷女でも今のレッドには勝てやしねぇよ。そしてテメェもここで死ね！」

こいつら――最初から僕たちの命が狙いだったのか。

いや、そういえばエクレアが怪訝そうにしていた。今思えばレッドベアの様子に違和感を覚えていたんだろう。

今思えば怪我をした冒険者がいる状態で魔獣を相手にしながら僕たちが来るまで無事だったのはおかしい――こんな単純なことに気がつけなかったなんて僕は馬鹿だ！

だけど、失敗を引きずっても仕方ない。今はこの連中をなんとかしないと――。

「はぁ。本当こんなの極一部だって思いたいのに。ねぇ確認だけど君たち冒険者なんだよね？」

「――答える必要あるか？」

僕が問うと、逆に聞き返された。これって、もしかして冒険者じゃない？

「お前は余計なことなんて知る必要ないんだぜ。どうせここで死ぬんだからな！」

「ま、あっちの女は持つようなら愉しませてもらうがな」

こいつら――チラッとエクレアを見てみた。強化したレッドベアは楽な相手ではなさそうだけど、気を引き締めたのかエクレアは上手く立ち回っている。

それなら僕はまずこいつらをなんとかしよう。どうやら僕が水属性だからって侮っているようだし。

「こいつを倒すだけで一人一〇〇万だっていうんだからちょろいぜ。死ね！」

一〇〇万？　一体なんのことだろう？　疑問に思っていると長柄の斧を持った男が攻撃を仕掛けてくる。他の二人が持っているのはナイフと鞭だ。

「水魔法・水守ノ盾《みまもりのたて》！」

目の前に盾が浮かび男の一撃を防ぎきった。

「な、なんだこりゃ！　こんなただの水に何で俺の武器が！」

男が驚いているけど水の理を知らなかったのが仇となったね。

「水魔法・水鉄砲！」

「ガッ！」

至近距離から行使したことで指から発射された水弾が纏めて男の腹に命中した。

鎧が砕け男がゴムボールみたいに飛んでいく。この魔法近接だと侮れない威力だ。

「な、なんだこいつ！　ただ水が使えるだけの雑魚じゃなかったのかよ！」

「し、知るかよ。とにかく二人でやるぞ！」

一人が鞭を振り回し、もう一人がナイフをチラつかせながら動き回る。

でもなんだろう？　鞭使いの方はあまり怖くない。動きも拙いし——もしかして紋章に適した武器じゃない？　可能性はあるね。鞭使いは魔獣を利用していた。だとしたらレアではあるけど獣使いの紋章持ちの可能性がある。話に聞いたことがあるだけで、見たことはないから手の甲にある紋章がそうとは断言できないけどね。

ただ、その可能性は高いと思う。だとしたら鞭を使うにしてもそこまで恐れることはない。どうやらあのレッドベアを使役するのがやっとみたいだから他に魔獣がいる心配はなさそうだし。

「どこ見てやがる！」

「スピッ！」

ナイフ使いが迫りスイムが注意を呼びかけてきた。こっちは間違いなく短剣の紋章持ちだろう。

「武芸・三方投げ！」

ナイフ使いが同時に三本投げつけてきた。正面が一本、残り二本は斜めに広がるような軌道。

「水魔法・水ノ鞭」

「な⁉」

水で鞭を顕現させナイフを全て搦め捕った。更に増やした鞭でナイフ使いを吹っ飛ばす。これでまず一人を無力化した。残ったのは鞭使い。だけどこいつは魔獣を扱うのがメインのはず。それなら本人は大して強くないはずだ。

「今、お前俺が弱いと思ったな？」

鞭使いから問われる。まさに今僕が思っていたことだ。

「だとしたら大きな間違いだぜ。俺にはこれがある！」

鞭使いが腕輪を取り出して装着した。腕輪には宝石が嵌まっているけどこれは──。

「スキル発動！　炎の鞭！」

「え？」

突如鞭から炎が噴出した。しかもスキル――まさか！

「その腕輪に嵌まっているのはスキルジュエル!?」

「はは。よくわかったな」

鞭使いが笑って答えた。スキルジュエル――ダンジョンでのみ手に入るとされている希少な宝石だ。スキルジュエルはミスリルなどの特殊な素材で作成された腕輪に嵌めることでスキルと呼ばれる特殊な効果が発動できるとされる。

確かスキルの効果は宝石の種類で変わるはず。効果が一番大きいのはSランクのダイヤモンド――あいつの腕輪に嵌まっているのは見たところサファイヤ。確かCランクだったはず。

とはいえ侮れない。あのジュエルのスキルは炎の鞭？　あいつがそう叫んだだけだから実際そうかはわからないけど、確かに鞭がメラメラと燃えている。

「行くぜ！」

鞭使いが鞭を振り回す。炎が追加されただけで厄介に思える。

「ははは、ただ燃えただけだと思うなよ！」

「くっ！」

「スピィ！」

スイムも怯えている。鞭を振るうと鞭から炎が広がる仕組みだ。その分間合いが広くなっている。

ただでさえリーチの長い鞭でこれは厄介――僕が水でなければね！

「水魔法・放水！」

「なッ、何ぃッ！」

魔法で水を放出し鞭に当てた。みるみるうちに火力が落ちていくのがわかる。

「残念だったね。水は火に強いんだ」

「ば、馬鹿なぁあぁあぁあぁああッ⁉」

男が叫んだ。仰天しすぎて顔が崩れたようになっている。

「馬鹿な！　火より水が強いだと！　そんなはずあるわけないだろうが！」

鞭使いが更に叫ぶ。瞳が揺れてかなり動揺しているな。

水は火を消せる。それ自体は常識的な話だ。だったら水は火に強いだろうと思うけど戦いとなると話は別となる。それはこれまでの経験で水魔法は戦闘には使えないという常識が根付いているからだ。だから戦闘で扱うような火が水に負けるなんて考えもしない。

だけど今の僕は違う。この水魔法で戦闘もそれなりにこなしてきた。今の力なら断言できる。そう――。

「水は火に強い！　水の鉄槌！」

「な、ぐわぁあああぁああ！」

水で生み出した槌に潰されて鞭使いも戦闘不能となった。

「これで三人とも無力化した！　エクレア！」

「武芸・雷神槌《トールハンマー》！」

「ウガァアアァアァアアアァアアッ⁉」

エクレアの状況が気になって見てみるとちょうどレッドベアが倒されたところだった。

こ、これは杞憂だったみたいだね。

「ふぅ。何だか急に動きが鈍くなって助かったぁ。あ、そっちも片付いたんだ。やっぱりネロの魔法って凄いねぇ」

エクレアが額を拭いながら戻ってきた。いや、魔獣を単身で倒せるエクレアが凄すぎる気も――ただ、今言っていたこと。動きが鈍く――そう考えたら……。

「やっぱりこいつ獣使いの紋章持ちだったのかも」

「獣使い？　あ、それで！」

エクレアも得心がいったようだよ。獣使いは使役している相手を強化できる。だからあの男の意識が途切れて強化が解け弱体化したんだろうね。

「途中までは手強かったしそう考えたらこの勝利はネロのおかげだね」

「スピッ！」

エクレアとスイムが僕を称えてくれた。なんとも照れくさい。

「でも、今の技なら強化状態でも倒せたかも」

「そんなことないよ。あの技は威力が高いけど最初に溜めが必要なの。レッドベアの攻めは強烈だし中々武芸にシフトできなかったんだから」

なるほどね。僕があの鞭男を倒したことで動きが鈍り溜めを作れたわけだね。

「とにかく勝利できて良かったよ。でもこいつらなんだったんだろう？」

「そうよね。何者かしら？　それに冒険者がこんな真似しているなんてちょっとショックね」

「スピィ～……」

エクレアが眉を顰めて言った。スイムも残念そうにしている。

「そこなんだけど、この連中もしかしたら冒険者じゃないのかも」

「そうなの？　だとしたら、あ、盗賊とか？」

エクレアの意見に頷く。可能性としてはありえる。盗賊にはもちろんダンジョン探索の許可なんて与えられないけど、犯罪集団がそんなの気にするわけもなく勝手に入ることも少なくないからね。

「だけど――なんでわざわざあんな真似したのかが謎なんだよね」

助けを呼ぶ振りをしたあたり他の冒険者をわざわざ呼び寄せていたってことになる。

――これってまさか僕たちを狙って？　いや、でもなんのために――そういえばこれで一〇〇万手に入るみたいなことを言っていたっけ。

というとはまさかエクレアを？

彼女はギルドマスターの娘だし何か企みがあって狙った可能性がある。

でも、なんだろう？　やっぱり引っかかるんだけど――。

「とにかく今はこの連中だよね。どうしよう？」

「そうね、縛った後、ギルドへの報告用に持ち物は回収して放置しておくのが一番ね」

「え？　でもそれだと魔物に狙われるかも」

「だとしても仕方ないわよ。わざわざ連れて歩くわけにもいかないし、こっちは命を狙われたんだしね。ダンジョンでそんな行為を働くぐらいなんだから覚悟はできているでしょう」

なるほど――エクレアはあのサンダースの娘だけあってそのあたりの考えは合理的だね。僕も見習わないといけないかな。

「私ロープ持ってきているからさっさと縛ってしまおうよ」

「その必要はありませんよ」

「え？」

奥の通路から声が聞こえてきた。聞き覚えのある声だった。直後ヒュンヒュンという音が聞こえてきて何かが横切ったかと思えば――僕たちを襲った三人の首が飛んだ。

「誰ッ⁉」

「スピィ！」

エクレアとスイムが叫ぶ。コツコツと足音を響かせて一人の男が姿を見せた。

この顔、僕は覚えている。執事服を身に纏い冷たい目をした――アクシス家に仕える執事の一人……。

「ハイルトン――なんでここに？」

「フフッ、覚えていてくれましたか。何、大したことではない。無能な塵を処分しに来たまでですよ――」

僕を？　どうしてこの男が……。

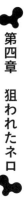

第四章　狙われたネロ

ハイルトンは、僕がまだアクシス家で暮らしていた頃に屋敷に仕えていた執事だ。

僕の紋章が発覚するまでは色々と面倒を見てくれていたが、僕が水の紋章持ちだとわかった途端手のひらを返したように僕に厳しく当たるようになった。

もちろんそれは僕の家族がそういう態度に出たからだ。使用人も僕を腫れ物を扱うように接していたから、ハイルトンの態度が変化したのも当然だったのかもしれない。

『お前のような無能がこの屋敷にいるだけで外聞が悪い。お前がどれだけアクシス家に迷惑を掛けているかわかっているのか？　もしアクシス家のことを思うのならお前自身の手でさっさと死を選ぶがいい』

ハイルトンは紋章発覚後、僕に対して常にそんな言葉を投げかけてきた。それもあって当時の僕は塞ぎがちになってたと思う。だけど屋敷を追放されることが発覚したとき、ある意味吹っ切れたと思っている。屋敷を出てしまえばハイルトンとの関わりもなくなるだろうと、そう思っていたから――。

「なんで今更――大体、僕はお前に命を狙われるような覚えはないのだけど」

ハイルトンから目を離さず僕の気持ちを伝えた。そんな僕をハイルトンは侮蔑の瞳で見てくる。

「おやおや。まさかそのような寝ぼけたことを口にされるとは。何故処分されるかもおつむの弱い水属性の塵には理解できないか？」

ハイルトンは大仰に両手を広げ語《かた》り部《べ》のように言葉を続ける。

「ならばはっきりと言ってやろう。貴様というアクシス家にとって恥でしかない屑が邪魔だからだ。故に私が自ら始末しに来たのだ」

――ハイルトンが僕を殺しに来たと断言した。まさか執事に命を狙われるハメになるなんて。

「ちょっと！　さっきから聞いていれば好き勝手言って、あなたネロのなんなのよ！」

「スピィ！」

エクレアが眉を吊り上げ叫ぶ。彼女の肩の上ではスイムも一緒になって怒ってくれているようだった。

「これはこれは。また可愛らしいお嬢様だ。お前のような無能がよくもこれだけの女を垂らし込めたものだな」

「な、なな、何言っているのよ！」

エクレアが顔を真っ赤にさせて怒った。当然だ。ハイルトンの言い方はエクレアの品位を貶める。彼女は僕を仲間に迎えてくれた心優しい女の子なのに。

「ごめんエクレア。このハイルトンは――僕が生まれ育った家で執事をしていた男なんだ。だから彼が言った非礼は僕が代わりに謝らせてもらうよ」

今は追放され関係が断たれたとはいえ元は僕が生まれ育った家の執事だ。全く責任がないとは言えない。

「え？　し、執事？　ちょっと待って。だったらどうしてネロを狙うような真似するわけ？」

「スピィ～……」

僕の説明を受けてエクレアとスイムが戸惑っている。ハイルトンは殺意を隠そうともしていない。

「それはこの男が無能な塵だからだ。アクシス家は魔法の名家。故にこのような無能をのさばらせておくわけにはいかない」

「――ちょっとまって。まさかと思ったけどアクシスってあのアクシス侯爵家のことなの？」

ハイルトンの話を聞きエクレアが目をパチクリさせた。やっぱりあの家はそれ相応に名前が知れていたんだ。

「うん――僕の生まれはアクシス侯爵家。だけどハイルトンの言うように家から追放された。だから今の僕は関係ないことになっている。それなのに何故だ、ハイルトン！」

追放されてから僕は家との関係を断っていた。連絡も一切取っていないし僕自身追放されてからはアクシスの家名を出したことは一切ない。

「色々手違いがあったというべきでしょうか。本来ならとっくに始末されていなければおかしいお前がいまだ生き残っているので、仕方なしに私が直々に伺ったのですよ。もっともまさか本当に私の手を汚すことになるとは思いませんでしたがね」

この言い方、やっぱり――。

「あの三人に僕たちを襲わせたのも、ハイルトン！　お前か！」

「フフフッ。その通り。しかし驚きましたよ。まさか無能な塵にやられるとは思いませんでしたから」

僕が問うとハイルトンは誤魔化すこともせず、はっきりと認めた。その上で雇った連中の死体に蔑むような視線を向けている。

「さっきからいい加減にしてよ無能無能って！　ネロの水魔法は凄いんだからね！」

「スピィ！」

ハイルトンが侮蔑の視線を向けてくる中、エクレアが僕の隣に立ち奴に向かって叫んだ。スイムも抗議の声を上げてくれている。

「――確かに一応はこの連中を倒したわけだしな。三流の盗賊相手とはいえ、多少使える魔法にはなったということか」

ハイルトンが片眼鏡を弄りつつ答えた。眼鏡の奥の瞳は酷く冷え込んでいる。

「そ、そうよ。ネロの水魔法は頼りになる。あなたたちの見る目がなかっただけよ！」

「スピッ！」

「エクレア、スイム――」

胸が熱くなった。エクレアとスイムが一緒にいてくれて、本当に良かったと思う。ただ――ハイルトンが不気味だ。僕は執事として仕えていたハイルトンしか知らない。戦えるかどうかもわかってない。

だけど、この目は本気だ。それだけはわかる。

「頼りになる？　見る目がない？　貴様――旦那様を愚弄するかぁあぁあッ!?」

ハイルトンが突如怒りの形相で叫ぶ。この男、執事としてあいつへの忠誠心は確かに高かったけど――。

「な、何よあんた突然。大体見る目がないのは確かでしょう！　実際、ネロの魔法は強いんだから」

「スピィ！」

「――そうですか。ならばますます看過できませんな」

エクレアもスイムも僕の力を認めてくれている。僕自身追放されたときと今では魔法の質は異なり強力になっていると感じている。

だけど、ハイルトンの態度は全く変わらない。

「ネロ、旦那様は貴様を無能とみなしたのだ。旦那様の言葉は絶対だ。ならば貴様は無能でなければならず無能なまま死ななければいけない。この世界に有能な水の魔法使いなど存在してはならないのだからな――」

ハイルトンは僕が無能だから殺すと言った。そしてエクレアとスイムがそれを否定したら、今度は僕が有能であってはならないから殺すらしい。本当につくづく身勝手な話だと思うよ。だけどあの男なら十分ありえるのかもしれない。

「有能な水魔法だから駄目だなんて、そんな馬鹿な話があっていいわけないじゃない！」

「スピィ！」

エクレアはハイルトンの言いぶりに腹を立てているようだ。スイムも一緒になって怒ってくれている。

「全く。わからないお嬢さんだ。今も言っただろう？　魔法の名門アクシス家が、当主ギレイイル・アクシス侯爵がそこの塵を無能だと判断したのだ。旦那様の発言は絶対だ。だからここで殺す。旦那様の判断に間違いなどあってはならないからだ。故にネロ貴様はここで死ぬ。私が殺す」

ハイルトンは本気だ。このままじゃエクレアやスイムを巻き込みかねない。ハイルトンの戦う姿なんて見たことないけど、正直イヤな予感しかしないんだ。

「待て！　僕を狙うのはわかった。だけどエクレアとスイムは関係ないはずだ」

「関係はある。お前のような塵と行動を共にした。残念だがそれが不運の始まりだということだ」

ハイルトンに僕以外を巻き込まないよう必死に伝えた。僕だけが狙いなら二人は逃しても問題ないはずだ。

だがハイルトンはそう考えていないらしい。僕と行動を共にしたからって巻き添えにはできない。

「エクレアはギルドマスターの娘だぞ！　手を出したらただでは済まない。僕だけならいくらでも相手してやるから彼女とスイムは逃がしてくれ。関わりのない話なんだから」

「は？　ちょっ、ネロ何言っているのよ！」

「スピィ！」

エクレアが眉を吊り上げ叫んだ。スイムも僕の判断を良しとしないらしい。だけど、駄目だ。これは僕の家の問題だ。それにハイルトンだってギルドマスターの娘と知れば――。

「ハハッ、何かと思えば。全く。これだから塵は浅慮で困る。何故わざわざ私がこのようなダンジョンを選んだと思う？　貴様も含めて殺したところでいくらでも事故で済ますことができるからだ」

くっ、こいつそこまで考えていたのか！

「なんならその連中の死体も利用できる。そいつらは冒険者の振りをしているが実際は盗賊だ」

やっぱり——冒険者という部分を濁していたから怪しいとは思っていたけどね。

「お前らを片付けた後、その死体の側に転がしておけば盗賊に襲われて相打ちにあったように見せることもできるだろう」

つまりこのダンジョンで盗賊に襲われあえなく死亡という筋書きにしたいわけか。

しかもハイルトンは冒険者ではない。恐らく僕たちとの関係を知られるようなヘマもしなければ街に来ていた痕跡すら残していないだろう。

「——エクレア。やっぱりここは、スイムを連れて先に逃げて！」

「馬鹿ァ！」

「ぐほぉッ!?」

え、エクレアに思いっきり鳩尾を殴られました。膝がガくんと折れてめちゃめちゃ苦しいです——。

「ネロはそれで格好つけているつもり？　冗談じゃないわ！　私もスイムもあなたの仲間よ！　そう思ってパーティーだって組んだ！　それなのにこんなときに逃げろって——ネロにとって私たちはその程度の存在なの!?」

「スピィ！」

エクレアが僕の頬を柔らかい手で挟んで怒ってきた。スイムもやっぱり怒っているみたいだ。

仲間、そう二人は仲間。だから僕の家のことに巻き込みたくなかった。だけど、それは結局僕の自己満足だったのだろうか――て！

「危ない！」

「キャッ！」

「スピィ！」

エクレアを押して地面に倒れる。背中すれすれを何かが通り過ぎていった。

これは、さっきあの盗賊の首を刎ねた――。

「私のチャクラムからよく逃げたものだ。全く。いつまでもくだらない茶番を見せられているのもたまらないのでさっさと殺したかったのですがね」

戻ってきた輪っかを指で受け止めハイルトンが言う。恐ろしいほどに血の気の通ってない目と声で。

「あぁそうそう。さっきから勝手に逃がすやら、逃げないやら言っておりますが、私は最初から全員逃がす気などありません」

片眼鏡を押し上げながらハイルトンが宣告してくる。

「全員仲良くあの世に送って差し上げますから後は地獄で仲良くやるといい」

そしてハイルトンがチャクラムに触れるとその数が四つに増えた。もともと四本が重ね合わさっていたのか。

「死ぬ前に一つ教えて差し上げましょう。私の紋章は投擲。あらゆる投擲武器を私は扱えるのですよ。武芸・操投擲！」

そしてハイルトンが殺気を込めて四本のチャクラムを投げてきた――。

ハイルトンが投げた武器。チャクラムというらしいけど、それが高速回転しながら迫ってくる。

それが全部で四本。それぞれが別の軌道で曲線を描きながら迫ってくる。

「水魔法・水守ノ盾《みまもりのたて》！」

水の盾で防御に回す。もちろん僕だけじゃなくてエクレアにも盾を用意した。

ハイルトンの投げたチャクラムが盾に当たり跳ね返った。水魔法でなんとか攻撃を防ぐことはできている。

「凄い、水ってこんなこともできるのね」

「キュピ～！」

エクレアが目を白黒させた。スイムはどこか誇らしげでもある。

「――これが水魔法だと？　信じがたいがやはり貴様を生かしておくわけにはいかんな！」

僕の魔法を見たハイルトンの目つきが変わる。しかも跳ね返したチャクラムが再び戻ってきた。

「くっ！」

「一度防いだぐらいでこの私の技を破れると思ったら大間違いだ」

チャクラムは何度も何度も僕たちに襲いかかる。エクレアとスイムにもだ。しかも軌道を微調整しながら。どうやらハイルトンの技は投げたチャクラムの動きを操作できるようだ。

「くっ！」

「ネロ！」

「スピィ！」

脇腹をチャクラムが引き裂いていった。僕の方の防御が疎かになりそこを狙われた形だ。

「貴様の魔法には驚かされたが、仲間に集中するあまり自分の守りが薄くなっては仕方ないな」

「そ、そんな、私たちのために——」

エクレアの顔が青ざめる。かと思えば、キッ、とハイルトンを睨みつけた。

「私は守られているばかりじゃないわ！」

エクレアが飛び出してハイルトンに近づいた。

「武芸・雷装槌！」

雷を纏わせエクレアがハイルトンに鉄槌を振り下ろす。

「なるほど。雷と槌の複合属性というわけか」

「え？　は、速い！」

速い——。エクレアの一撃をハイルトンがヒラリと躱してしまった。しかもハイルトンはそのまま壁に飛びつきそのまま静止した。

壁に足が貼り付いているんだ。これは一体？

ハイルトンは自分の紋章は投擲の紋章だと言っていた。武芸と扱っている武器から見てもそれは間違いはないだろう。

それなのにこの動きって——ハイルトンはそのまま壁を走り、死んだ盗賊たちの側まで移動した。その動きに合わせるようにチャクラムも奴の手元に戻る。

「どうやら私の方に分があるようだな」

「どうかな？」

僕はポーチから生命の水を取り出し飲んだ。この状況だと悠長にかけている余裕はない。薬は飲んでも効果はある。即効性は落ちるけど回復効果は患部だけじゃなくて全身に回る。

「ふん。回復薬か。だがそれもいずれ尽きる」

ハイルトンの言う通りだ。僕の手持ちは四本。生命の水は普通の回復薬よりも効果は高いけど、本数に制限がある以上、そうそう頼れない。

「お前たちにさらなる絶望を与えよう」

ハイルトンがニヤリと笑みを浮かべると、手持ちのチャクラムが炎に包まれた。あれも武芸なのか？　だけど既視感がある。ハイルトンはくるりと回転しながら四つのチャクラムを投げつけてきた。チャクラムから炎が尾のように生えているように感じる。あいつはこのチャクラムを自由に操作できる。水の盾でも防ぎきるのは難しい――。

「こんなの私が叩き壊してあげる！」

エクレアが勇ましい声を上げ鉄槌を振り下ろした。だけどチャクラムの動きは速い。鉄槌から逃れ軌道を変えエクレアの首に迫った。

「これでまず一人」

「スピィ！」

「させないよ！　水魔法・水ノ鞭！」

咄嗟に水で作成した鞭を複数伸ばした。鞭を絡め、チャクラムの動きを封じ込める。

「なんだと?」

ハイルトンが目を白黒させた。水の鞭が絡みついたことでチャクラムの炎も消えたからだろう。僕の水なら炎だって抑え込む。

「エクレア無事!?」

「あ、ありがとう助かった。うん、ちょっと火傷したぐらいだから」

火傷——鉄槌を避けたチャクラムでか。

「スピィ～」

「わぁ。ありがとうスイム。ひんやりして気持ちいいよ」

スイムはエクレアを心配して火傷した箇所に体を擦り付けた。スイムの体は冷たい。火傷を抑える効果があるのかもしれない。だけど——。

「……なんだその目は?」

ハイルトンが僕を見て顔を歪ませた。恐らく今の僕の瞳には怒りが滲んでいることだろう。

「僕の大切な仲間を傷つけた。絶対許さない」

「……欠陥品の分際でこの私に対してその口の利き方、許しがたいですな——」

ハイルトンの目に殺気が宿る。チャクラムは僕の鞭が絡みついて操作できない状況だ。

この男の武器は奪った。なのに全く戦う意志が削がれていない。

「私の武器がそれだけだと思ったら大間違いですよ」

ハイルトンがナイフを六本取り出し不敵に笑った。そうだった。ハイルトンの紋章は投擲。投げられる武器なら種類は問わないはずだ。

「爆投擲！」

ハイルトンがナイフを投擲してきた。投げられたナイフは直接僕たちには当たらず地面に命中し、爆発した。

「うわっ！」

「キャッ！」

「スピィ！」

突然の爆発に怯んでしまう。でも驚きはしたけど直接のダメージはない。

「取り戻しましたぞ」

「え？」

ハイルトンの声が背後からした。どうやら爆発に紛れて移動したようだ。しかも鞭で封じていたはずのチャクラムがなくなっている。

いや、ハイルトンが投げたナイフもだ。どうやら回収したらしいけど、一体どうやって？　何かがおかしい。ハイルトンは紋章が投擲だと言っていた。だけど行動が紋章に伴っていない。投擲系の技はわかる。だけどそれ以外の行動はどう考えても投擲とは関係ない。単純な身体能力と考えるには違和感がある。紋章がもう一つある可能性も捨てきれないけど、それにしても幅が広すぎる。

待てよ――そう考えると突然ハイルトンが使い出したあの炎……あれは確か僕が戦っていた盗賊の……。

「もしかして！　水魔法・水槍連破！」

僕はハイルトンに向けて水の槍を連射した。

「おやおや。どこを狙っているのですかな？」

ハイルトンは避けようとしなかった。僕の槍はハイルトンからは見当違いの方向に飛んでいるように見えたのだろう。

「そこだ！」

だけど槍はハイルトンの意識を遠ざけるためだ。僕の水の鞭がハイルトンの袖に命中。

「やっぱりか！」

「――ほう」

予想通りだった。ハイルトンの袖に隠れていたけど、鞭で袖を捲って腕輪が顕になった。

「あれはもしかして、スキルジュエル!?」

「そう。おかしいと思ったらやっぱりだ。ハイルトンは紋章以外にもスキルが使える」

「スピィ!?」

エクレアとスイムも驚いていた。スキルジュエルは貴重だ。それをまさか執事のハイルトンが持っているとは思わなかった。

「恐らくあの盗賊が持っていた腕輪を、ハイルトンが奪ったんだろう」

「それは大きな勘違いだ。奪ったのではない。私が貸し与えていたのを返してもらっただけだ」

貸し与えていた――そうか。元々はハイルトンの腕輪だったのか。どちらにしてもこれでわかったのは、ハイルトンは両腕に腕輪を嵌めているということだ。そうでないと最初から見せていたあの動きが説明できないからね。

「しかし、この私がスキルジュエルを装備していたとして、それが何か？　どちらにせよお前たちが不利であることに変わりはない！」

ハイルトンが再び縦横無尽に駆け回る。そうだ。ハイルトンの強さの秘密がわかったところでそれに対処できないと――。

「ネロ！　コンビネーションよ！」

エクレアが動き出し僕に呼びかけてきた。コンビネーション――そうか！

「放水！」

「なんだそれは？」

水魔法を行使。杖から水が噴き出るが、ハイルトンには当たらない。

「こんなもの避けてしまえばどうということはないですな。全く。がっかりですぞ。所詮水魔法などこの程度ということ」

放水はハイルトンには当たることなくただ周囲を水浸しにしていくだけだ。

「やはり旦那様の判断に間違いはなかった。水魔法などこの程度の代物。まさに失格者に相応しい弱々しい力だ」

「それはどうかしら！」

ハイルトンの横からエクレアが迫り鉄槌を振り下ろした。

「無駄です。あなたの動きは遅すぎる」

ハイルトンがヒラリとエクレアの攻撃を躱す。そのときエクレアの鉄槌から激しい光が迸った。

「武芸・雷撃槌《らいげきつい》！」

「フンッ。なるほど範囲攻撃ですか。しかし距離さえ取ってしまえば」

エクレアの攻撃をハイルトンは大きく飛び退いて避けていた。だが、パシャンっという音を鳴らしながらハイルトンが地面に着地した、そのときだった。

「な、がぁあああああぁぁああぁぁあああ！」

ハイルトンが悲鳴を上げた。エクレアが使った技は電撃を発生させる。そして電撃は水を伝わる――エクレアが発見した水の理だ！

ハイルトンがいくら素早くてもこれは避けられない！　僕たちの作戦勝ちだ。

「ぐぬぅうぅう！　がぁ！」

ハイルトンが感電し、これで勝ったと思ったのもつかの間――ハイルトンは額に血管を浮かび上がらせ、僕とエクレアを睨みつけてきた。

「そ、そんな。確かに電撃を浴びたはずなのに、これを耐えたというの⁉」

「スピィ！」

エクレアとスイムが驚いている。僕も一緒だ。正直言葉にならない。

「ハハッ、お前らを尾けておいて正解だった。電撃が水を通すなどそんな馬鹿なことがあるかと思ったが、念のために耐雷のスキルジュエルを装着しておいて助かった！」

ハイルトンが言う。これってつまりハイルトンに尾行されていたってこと？

そういえば途中で視線を感じたことがあった。あれがハイルトンだとすればダンジョンに入ったときから尾けられていたことになる。

なんてこった。だからハイルトンは前もって水と電撃のことがわかったんだ。それに雷に耐性がつくスキルジュエルを嵌めていた。見たところダメージが全くないわけじゃなさそうだから、レアリティの低いジュエルなのかもしれない。

だけど一発で仕留められなかったのは確かだ。最初はハイルトンも半信半疑だったから水と雷の連携に嵌まってくれたけど、次からは間違いなく警戒してくる。

「お前らは一つ間違いを犯した。それは今の一撃でこの私を殺せなかったことだ！」

ハイルトンがダンジョンの壁を蹴りながら縦横無尽に駆け回った。水に触れないよう、地上に留まらないでこっちを狙うつもりだろう。

「そんな――速すぎる」

「スピィ！」

エクレアもハイルトンの動きを捉えきれていない。エクレアでさえそうなんだ。僕が目で追いきれるわけもない。

「操投擲！」

ダンジョンの壁を蹴り跳ね回りながらハイルトンがチャクラムを投げつけてきた。四本のチャクラムが僕たちに迫ってくる。

「水魔法・水ノ鞭！」

水を使った鞭で再びチャクラムを搦め捕ろうと考えるけど既に見せた手だ。ハイルトンによって巧みに操作されたチャクラムを捉えきることができない。

まずい。このままじゃジリ貧だ。どうする？

「キャッ！」

「スピィ！」

「エクレア！」

チャクラムがエクレアの肩を掠めた。エクレアの白い肌から鮮血が飛び散った。スイムが慌てている。僕も思わず声を上げた。

「だ、大丈夫よこれぐらい。ハァアァアア！」

エクレアがハイルトンに向けて鉄槌を振り回した。だけど素早いハイルトンには当たらず壁ばかりを殴りつけている。

「ハハハハッ！　無駄だ無駄だぁッ！　貴様ら如きに私の動きは捉えきれん！」

ハイルトンが勝ち誇ったように笑う。悔しい――僕自身もうあの家のことは忘れたかったのに、折角ネロとして新たな人生を歩み始めたばかりだというのに、あいつはそれすらも許さないのか。

「しかしこの私にほんの少しとはいえダメージを与えたことは許されない。ネロよ。貴様という塵を排除することが目的ではあったが、少し趣向を変えるとしよう。貴様を殺す前にまずそこの女とスライムから始末してやる。貴様が後悔するほどに惨たらしくな！」

エクレアとスイムを？　こいつは何を言っているんだ？

僕を身勝手に追放したくせに。その上、折角できた大切な仲間を、友達を。――ふざけるな！　考えろ、僕！　こいつの動きを止めるには？

そうしないと僕の大切な人が、友達が――。

それにエクレアはギルドマスターであるサンダースの大事な娘なんだ。僕の家とは違う温かい家族に悲しみなんて似合わない。

サンダース――そうだ。あのとき、マスターと初めて会った後、ギルドに向かう途中で見たあれを利用すれば……。脳裏に浮かんだ、イメージが！

「閃いた！　水魔法・酸泡水浮《さんほうすいう》！」

僕は新たな魔法を行使し杖を翳した。杖から大量のシャボン玉が吐き出され、周囲にばら撒かれる。

「なんだ、これは？」

「シャボン玉だよ」

「は？」

ハイルトンが疑問に満ちた顔を見せる。まさかここに来てシャボン玉を浮かばせるとは考えなかったのだろう。

「これって――」

エクレアも目を丸くさせていた。シャボン玉は基本的にはハイルトンを中心にばら撒かれている。

僕はエクレアに目で訴えた。察してくれたのか、スイムを撫でながら彼女の動きが止まる。

「――やはり思った通り塵は塵ということか。こんなもので、目眩ましのつもりか！」

怒りに満ちた目でハイルトンが壁を蹴った。僕が放出したシャボン玉をただのお遊戯とでも思ったのか。だとしたら甘い。ハイルトンが動き出してシャボン玉に触れると、泡が次々と破裂していった。

途端にハイルトンの身から煙が上がる。

「ぐ、ぐぉぉぉぉぉぉおおお！」

雷と水のコンビネーションの威力を知ってからハイルトンは一切地面に足をつけることがなかった。だが、もうその余裕もない。破裂したシャボン玉から零れ出た強力な酸を受けては、どれだけスキルの力に頼ったところで耐えられない。

ハイルトンは無様に地面に落下した。片膝をつき、苦しげに呻いている。

「な、なんだこれは――貴様！　何をした！」

「大したことではないよ。お前の言う通り僕がやったのなんて強い酸性のシャボン玉を生み出したことぐらいだ。これだけで倒せるほどじゃない。だけど、今の僕には仲間がいる！」

「集中する時間は十分貰ったわ、ネロ！」

快活な声が耳に響く。とても頼りになる女の子の自信に溢れた声だ。

ハイルトンは電撃に耐性があるけど、完全に威力を殺せるわけじゃない。ならば、もっと強力な技を喰らわせれば、いくら耐性があろうと大ダメージは免れないだろう。

「これで決めるわ！」

鉄槌を構えたエクレアが動きの止まったハイルトンに迫る。

「や、やめろ、そうだ！　お前は見逃してやる。私に付け！　アクシス家がお前の家をサポートできるよう私が働きかけてやる！　だから！」

流石のハイルトンもこのままではまずいと考えたようだ。エクレアに対して寝返るよう言っていた。だけどそれはあまりに見当違いの発言だ。

「誰があんたなんか！　私はね。ネロをバカにされたことが一番許せないのよ！」

「スピィ！」

エクレアがハイルトンに向けて言い放ち、スイムも声を上げる。そしてエクレアの鉄槌が振り下ろされた。

「武芸・雷神槌《トールハンマー》！」

「ぐ、ぐがあああぁあぁああぁあぁああぁあぁあああぁあっ!?」

エクレアの鉄槌が直撃し、雷と打撃によるダブルのダメージでハイルトンが絶叫を上げた――これで遂に、やったか……。

エクレアの武芸が直撃したことでハイルトンの体からプスプスと煙が上がっている。

肌もところどころ焦げ付いているようだ。

「ぐっ！」

ハイルトンの片膝が崩れる。地面に膝をつき、苦しげな表情を見せた。あれだけのダメージを受けてもまだ意識があるのはとんでもないね。だけど、もう戦える体力は残ってないだろう。

「観念しろ、ハイルトン。これで終わりだ。いくらアクシス家とはいえ、これだけの犯罪行為に手を染めたらただでは済まない」

「カカッ、してやったりとでも思ったか？　塵はやはり考えが浅い」

ハイルトンに敗北を認めよと通達する。だけどハイルトンはこの期に及んでもまだこんなことを──。

「いい加減にしなさいよ。この状況でまだネロを馬鹿にする気なの！」

「スピッ！　スピィ！」

エクレアとスイムはハイルトンの態度が気に入らないようだ。ただ、気になる。まさか、まだ何か企んでる？

「馬鹿が。今回の件アクシス家は関係のないこと。この私が独断でやったことよ。貴様はこれで意趣返しができるとでも考えたかもしれんが甘かったな」

ニヤリとハイルトンが笑みを深める。そういうことか。

だけど、今の僕にとって大事なのは皆が無事でいることだ。

「くだらない。そんなの今気にしても仕方ないよ。別にお前がうちの命令があって来てようが来てまいが、ハイルトン、お前が罪を犯したことに変わりはない」

「そうよ。どっちにしろあんたは終わりってこと」

「スピスピッ！」

ハイルトンに向けてハッキリと言い放つ。それに追随してエクレアとスイムもハイルトンを見下ろし声を上げてくれた。

「私が終わり？　ククッ、だから貴様は甘ちゃんのカスだというのだ！」

ハイルトンが懐に手を入れて何か玉を取り出した。まさか、何かの魔導具!?

「水魔法・水守ノ盾《みまもりのたて》！」

とっさに盾を展開。エクレアとスイムも守るようにだ。そしてハイルトンが玉を地面に叩きつけると強烈な光が発生した。

「フンッ、今だけは見逃しておいてやる！　さらばだー！」

ハイルトンの声が遠ざかっていく。あいつ、目眩ましで逃げるためにこれを――。

「うぅ、眩しかった～」

「スピィ～……」

光が収まり目が慣れてきた頃にはハイルトンの姿がなかった。

やっぱり逃げられたか――結局残ったのは頭をなくした盗賊の死体だけだ。

「エクレア、スイム大丈夫？　ごめんね僕のせいで……」

目を瞬かせるエクレアとスイムに謝る。何か厄介なことに巻き込んだ上、散々な目にあわせちゃってちょっと申し訳なく思うよ、て何かエクレアの目が怖い。スイムからも妙な空気が――。

「ネローー！　もう！　もう！」

「わ!?」

え、エクレアに押し倒された！　僕の上に跨がる形でエクレアがポカポカと僕を叩いてきた。スイムも何かぴょんぴょん跳ねていて頭から湯気が吹き出ている。

「今も自分のせいだと思ったでしょ！　さっきも言ったでしょ、私たち仲間なんだからね！　パーティーを組んだんだから！　困ったときはお互い様なんだからね！」

「スピィ！」

エクレアとスイムに怒られちゃったよ。そうか、これが仲間なんだよね。

「ごめんねエクレアもスイムも――もう自分一人で決めようなんて考えないよ……えっと」

素直にごめんねと言えた。そして冷静になると何か今とんでもない状態じゃないかと思えてしまった。

「わかったならよろしい！　て、どうして顔が赤いの？」

「スピィ？」

「いや、その、そろそろどいて、くれると」

「え？」

エクレアに跨がられているのが急に気恥ずかしくなってきたけど、それに気がついたエクレアの顔もみるみる赤くなって跳ねるように立ち上がったよ。

「スピィ？」

「はは。おいで。心配掛けてごめんねスイム」

「スピィ♪」

エクレアが離れた後スイムを抱きしめて頭を撫でた。スイムの機嫌も直ったみたいで良かったよ。

でも、ハイルトンのことがあるよね。とにかくギルドには報告しないと――。

「く、くそ。あんな塵にこの私が手傷を負わされるとは――」

魔導具を使いネロたちから逃げ出したハイルトンは、帰路の途中も怒りが抑えきれずにいた。

「キキィ！」

ダンジョンを引き返すハイルトンの前にジャイアントラットというモンスターが姿を見せる。

大型犬程度はある巨大なネズミといった様相の魔物だ。群れで行動し獲物に襲いかかる。

「このハイルトンも見くびられたものだな！」

とはいえジャイアントラット自体はそこまで強くはない。手負いの獲物と見て襲いかかってきたが傷を負ったとはいえこの程度の魔物にやられる彼ではなかった。

チャクラムを投げつけたことで通路にジャイアントラットの死体が横たわっていく。

「くそが！　この私がこんな雑魚にまで狙われるとは、全てあの糞どものせいだ！」

途中の壁をガンガンと殴り片眼鏡を何度も直す。どうしてくれよう、どうこの落とし前をつけてやろうか、そんなことを考えながら足を進め続けた。

「殺気がこっちまでダダ漏れだぞ。ハイルトン」

ダンジョンの二層まで戻ってきたそのとき、彼に声を掛ける人物が現れた。ハイルトンは目を見開き、嬉しそうに口角を吊り上げる。

「はは！　これは僥倖《ぎょうこう》だ！　まさかここでお前たちに会えるとは。いいぞ！　よく聞け。殺すべき害虫はこの下にいる。今なら手負いの兎も同然。我々で追い詰めれば間違いなく始末できる！」

「――ほう。そうかい」

ハイルトンが彼らに協力を仰いだ。その目は狂気に満ちていた。一方で話を持ちかけられた彼らからもひりついた空気を感じた。

「それを聞いて安心した。俺たちはラッキーだな」

彼がそう言葉を返す。ハイルトンの眼鏡のレンズがキラリと光った。

「ははは。そうだろうそうだろう。そうと決まれば早速行動に移るぞ」

喜色満面で彼らに語りかけるハイルトン。これで今度こそ目的を達成できると興奮した様子だ。

「連中が戻ってくるならそのまま殺ればいいが、位置的にボス部屋に向かった可能性もある。そうなると面倒だが、道はわかっているから最速で向かえば――」

ハイルトンが拳を握りしめ強い口調で訴えた。そのときだ、鋭い音と共に影がハイルトンの腕を撫でた。

「――は？」

片眼鏡の奥の瞳を広げ間の抜けた声をハイルトンが発する。

肘から先が地面に落下し、ようやく彼の右腕が切られたことに気がついた。

「な、う、腕が、私の腕があぁぁあぁぁあ！」

叫び声がダンジョンに木霊する。左手で右腕を押さえようとするハイルトンだが、その瞬間には左腕も消えていた。

「あ、あああぁぁあああぁ！　畜生！　畜生！　どういうつもりだ貴様ら！　まさか、貴様、裏切るのか！　裏切るつもりなのか！」

ハイルトンは叫び憤慨してみせた。

「――裏切るも何も最初から仲間になった覚えなんてないさ」

冷たい目で言い放たれ、ハイルトンの目の色が変わり叫ぶ。

「き、貴様貴様貴様、貴様らぁああ！」

「うるさい――」

怨嗟に満ちた声が響き、ハイルトンの顔が炎に包まれた。

「ぎ、ぎゃあぁぁあああぁぁあ！　熱ィ！　熱ィイィイィィィィイイィィイ！」

ハイルトンが地面を転がり悲鳴を上げるが、その声も次第に弱々しくなっていった。生きてはいる。だが口と喉が焼かれ、もうまともに喋れないのだ。

「ハイルトン、良かったな。ここはダンジョンだ。このまま放っておいてもここに巣食う魔物がお前をしっかり食らってくれるさ。害虫にはお似合いな最期だろう？」

火傷を負ったハイルトンは憎悪の籠もった瞳で彼らを見た。彼らはハイルトンをそのまま放置し去っていく。

顔を焼かれ喉も焼けた。助けを呼ぶこともできない。だがまだ足がある。絶対に逃げ出してやる。そしてあの連中にも目にもの見せてくれる。その思いだけで入り口を目指すハイルトン。

その決意をあざ笑うように魔物の群れがハイルトンに目をつけた。ジャイアントラット――先程ハイルトンが雑魚と罵り片付けた魔物だ。ある程度の腕を持った冒険者であれば問題にもならない。

だが、手負いになったとき、その魔物は恐怖の対象となる。ジャイアントラットは獲物の食べ方が汚く、それ故にジャイアントラットに襲われると簡単には死ねない――徐々に徐々に生きたまま貪られ続けることになる。故に冒険者はこう口にする。死ぬにしてもジャイアントラットに殺されるのだけはごめんだ、と――。

ハイルトンの瞳が絶望に染まった。戦おうにも腕はない。叫ぼうにも声が出ない。残るは足だけだが蓄積されたダメージで思うように動かない。

そしてあっという間にハイルトンはジャイアントラットの群れに囲まれ飛びつかれた。全身に齧歯類特有の牙が突き刺さり、声にならない声を上げ苦悶の表情を浮かべた。

飢えたジャイアントラットは、噛みしめるように、獲物の肉体を削り取るように、少しずつ少しずつ捕食していく――。

――ポリ、ポリ、ポリ、ポリ……。

こうしてダンジョン内では久しぶりに餌にありつけたジャイアントラットの咀嚼音だけが長らく響き渡ることとなるのだった――。

ハイルトンとの戦いが終わり、僕たちは生命の水で傷を癒やし、今後のことを考える。

「このまま戻るよりは五層まで下りてボスを倒した方がいいと思う」

「そうだね。でもボスは大丈夫かな？」

ここはエクレアとしっかり相談しないとね。ダンジョンにはボス部屋があり、一度足を踏み入れるとボスを倒さない限りは基本的には出ることができない。

ただ唯一、ダンジョン脱出用のポータルストーンなど、道具を使えばボス戦でも逃げることは可能だ。ダンジョンでしか手に入らない特殊な石だから値段は張るんだけどね。

どちらにせよ今回は持ってきてないから挑むなら勝つのが前提となる。

「私たちなら大丈夫よ。ネロが持ってきてくれた生命の水のおかげで疲れも嘘みたいに消えたしね」

「スピィ～♪」

エクレアが両腕を曲げて平気だとアピールしてくれた。

生命の水に関しては回復魔法を込めてもらったおかげでもあるけどね。それとエクレアには僕が魔力を込めた魔力水を飲んでもらった。

エクレアは雷属性の武芸を発動した際に魔力も消費しているからね。

これでエクレアの魔力は回復したようで喜んでいた。

後は僕だけど、前提として自分で作った魔力水を僕自身が飲んでも効果は薄い。だけど魔力量は多いしまだ余裕がある。あと一層の攻略程度なら問題ないだろう。

「じゃあ攻略しちゃおうか」

「うん！」

「スピッ！」

スイムもどこか張り切っているね。念のため盗賊からは所持品を回収しておいた。もちろんギルドへの報告用としてね。頭がない死体を弄るのには忌避感もあったけどね……エクレアも手伝ってくれたけどいい気持ちはしなかったみたいだ。

気を取り直して四層を攻略し五層についた。ボス部屋のある五層は他の層に比べて構造が簡単だ。ボス戦がメインと言っても良い。

「ここがボス部屋の扉だね」

「うん。色々あったけどいよいよだね」

「スピィッ！」

エクレアが張り切っている。僕はちょっとだけ緊張していた。ガイたちのパーティーにいた頃はボス戦にも参加したけど、あの頃の僕はほとんど役に立ててなかった。

だけど今回はそんなことでは駄目だ。僕もしっかり戦闘に参加しないとエクレアの負担が大きくなるし、何よりそんな情けない姿を見られたくない。

「私とネロだったら絶対大丈夫だよ。だって私たち相性バッグンだもん！」

ぐっと拳を握りしめて僕に笑顔を見せてくるエクレア。相性——も、もちろん属性って意味で言っているのはわかっているつもりだけどね。

だけど信頼してもらっているなら僕もしっかり応えたいと思うよ。

「よし、覚悟も決まったし行こうか！」

「うん！」

「スピィ！」

僕とエクレア、そしてスイムで扉の奥のボスに挑む。重たそうな扉に手を触れると勝手に開いた。

中に入るとギギギィと重苦しい音を奏で扉が閉まり、ガチャッと鍵の掛かる音が聞こえた。

部屋は広い。戦うには十分なスペースだ。奥にも扉が見えるけどあれはここのボスを倒すまで開かない。部屋の中に魔法陣がいくつも浮かび上がった。これはボスが一匹ではなく他にも仲間を引き連れて現れるパターンか。

「ゲコォ！」

「「「「ゲロゲロゲロゲロッ！」」」」

現れたのは王冠を頭に載せた巨大なカエルと何も載せてない大きなカエル六匹だ。

「カエルタイプの魔物か――」

これは前のパーティーだったらセレナが青ざめてしまうような相手だね。

「ゲロゲロッ！」

王冠を載せたカエルが鳴くと他のカエルたちが飛びかかってきた。見るからに王冠のカエルがリーダーだろうね。

「こんな相手サクッと倒しちゃおう」

「うん。あ、でも油断は禁物で」

「もちろん。はぁあぁああ！」

エクレアがまず向かってきたカエルに向けて鉄槌で反撃した。だけど――鉄槌がカエルを捉えるも滑ってしまいまともにダメージが入らない。

「こいつらヌメヌメして嫌だ」

「ゲロッ！」

エクレアが怯んだところにカエルが舌を伸ばしてエクレアをベロンっと舐めた。

「ヒッ！」

エクレアがゾクゾクっとした顔を見せる。鳥肌も立っているようだ。流石にあの舌で舐められると気持ち悪いみたいだね。

「ゲコゲコッ！」

「スピィ！」

「大丈夫！　水魔法・水剣！」

僕は水で剣を作成しカエル二匹に切りつけた。ヌメヌメとした体は打撃だと滑ってしまうようだけど剣なら別だ。切り裂かれたカエルが地面を転がり粒子になって消え去った。ボス部屋に現れる魔物は死体が残らないんだ。よし、エクレアは、え？

「はぁ、はぁ……」

エクレアが苦しそうに身悶えていた。これは――。

エクレアは地面に膝を付けて苦しそうだ。顔色も悪い。あの症状は――。

「水魔法・水槍！」

弱っているエクレアにカエルが飛びかかり、僕は水の槍を撃った。カエルは槍に気がつき飛び退く。

「エクレア！　解毒薬だ！」

「あ、そ、そうか――」

僕が声を張り上げるとエクレアが懐から解毒薬を取り出して飲んだ。途中の宝箱で手に入れておいて良かったよ。こいつら毒持ちだったんだ。油断できない相手だね。

「私ったら情けない！　ネロ。こうなったらアレで決めちゃおう！」

アレ、そうか！

「水魔法・放水！」

僕は魔法で水を放出し、カエルたちの周囲を水浸しにしていく。中には放水を喰らって吹っ飛んでいったカエルもいて、なんか倒しちゃってたけど結果オーライってことで。

「準備できたよエクレア！」

「任せて！　武芸・雷撃槌《らいげきつい》！」

「「ゲコゲコゲコォォォオォォオオ！」」

エクレアが雷の逆った鉄槌で床を殴りつけると、電撃が水を伝って広がり三匹の大きなカエルが感電し倒れて消えた。

さて、これで残ったのは王冠を載せた巨大ガエルだけだ。ただこいつは本当にデカい。

見上げるほど大きくて飛び回るだけで厄介っぽい。

「ゲロゲロォオォオオ！」

他のカエルがやられて怒っているのがよくわかる。名前的にはとりあえず王様カエルってところかな。その王様カエルが飛んできた。この大きさで飛ぶのは本当にヤバい。

「逃げてエクレア！」

「ネロも！」

「スピィ！」

僕たちはバラバラに逃げた。王様カエルはデカくて跳躍も高い。だけどその分落下まで多少余裕がある。避けるのは問題ない。そう思っていたけど落下した瞬間部屋が揺れ、足が取られる。

「ちょ、揺れすぎ！」

エクレアも戸惑っている。そこに王様カエルが唾液を飛ばし、エクレアにバシャっと当たる。

「エクレア、大丈夫!?」

「うぅ、毒はなさそうだけどなんかベタベタするよぉ。うわ、足が――」

ヨダレまみれになったエクレアが顔をしかめている。しかもベタベタしているせいで足を取られているみたいだ。

それにしても――な、なんだろう。今のエクレアを見ていると凄くドキドキする。

「ゲコッ！」

て、そんなこと考えている場合じゃない！　王様カエルが舌を伸ばしてエクレアを狙ってきた。

「水魔法・水守ノ盾《みまもりのたて》！」

エクレアの正面に水の盾を生み出した。舌が当たって盾が砕ける。

威力が高い！　エクレアは唾液をなんとか振り払おうとしているけどすぐは厳しそうだ。

僕がなんとかしないと――でも振動で足を取られるのが厄介すぎる。

なんとか使える魔法――そういえばあの唾液も水といえば水だよね……。

「閃いた！　水魔法・粘着水！」

魔法で放出した水が王様カエルに掛かる。これはダメージを狙った魔法じゃない。どちらかと言えば意趣返しである。

「ゲロ⁉」

王様カエルが慌てている。そう、これは王様カエルが使ったようなベタベタした水だ。多分あのカエルのより纏わりつくから王様カエルは上手く跳べないでいる。

「動けるようになったわ。チャンスね！　武芸・雷装槌！　はぁあぁぁあ！」

恨みの籠もった鉄槌に雷を纏わせエクレアが加速した。王様カエルに叩きつけると感電したカエルが悲鳴を上げた――。

王様カエルが電撃で倒れる、と思ったんだけどカエルはギリギリで踏ん張った。

「ごめんネロ。ちょっと弱かったかも！」

エクレアが謝ってきたけど仕方ないよね。

「気にしないで。相手はボスなんだから簡単ではないよ」

「ごめんね。本当は雷神槌《トールハンマー》を使えればいいんだけど、あれは魔力も使う上、生命力の消費が激しくて一日二回が限度なの……」

エクレアがしょんぼりした顔を見せた。武芸には生命力を消費するのもあると聞いたけど、やっぱり威力の高い武芸はリスクも高いのか……。それにエクレアは雷の紋章もあるから魔力だって減る。強力な分消耗も激しいんだね。

「それならなおさらだよ。大丈夫。ボスは僕たちで――」

「ゲロロロロロロオオォオオォオォオオ！」

落ち込むエクレアを励ますように言葉を返すと、カエルが荒ぶったように鳴き出した。

かと思えば頬が膨らみパンパンになって湯気が漏れ出し、カエルの体色が赤く変化していった。

「このカエル、まだ何かある？」

「スピッスピィ！」

スイムもどこか慌てた様子だ。するとカエルが口を開けてなんと炎を吐き出してきた。

「うわわっ！」

僕は思いっきり飛び退いてなんとか炎の範囲から逃れた。

「エクレア！」

「大丈夫！　私も逃げたから」

エクレアが心配で声を掛けたけど平気そうだ。怪我もなさそうで良かった。とはいえ、まさかこんな攻撃をしてくるなんてね。王様カエルが再び大口を開く。同じ攻撃をしてくるつもりか。

「でも僕には水魔法がある！　水魔法・放水！」

王様カエルの吐き出した火炎に向けて杖から水を放出した。炎と水のぶつかりあい。

水の方が有利かと思ったけど、相手の炎の勢いも強い。そして互いに弾けあって双方が掻き消えた。

すると突然周囲に霧が発生した。これはまさかあのカエルの能力？

「ゲロゲロッ!?」

いや、突然の霧に王様カエルも戸惑っているようだ。

てことはこれって炎と水がぶつかってできたってこと？

霧は知ってたけど、それだと霧の発生源は水に関係しているってことに――ということは。

「驚いたよ、突然霧が発生するんだもん」

「スピィ！」

霧が薄れてきてエクレアとスイムが声を上げた。王様カエルも冷静になってきたのかこっちの様子を窺っている。これはかなり警戒しているようだ。でも、これなら！

「閃いた！　水魔法・水濃霧！」

僕が新しく閃いた魔法を唱えると王様カエルの周囲に霧が発生した。

「ゲロゲロゲロゲロォォォォオ！」

王様カエルが慌てている。視界が塞がれたからだろうね。

「今だエクレア。あの霧に向かって雷で攻撃してみて。エクレアは霧に巻き込まれないようにね」

「え？　う、うん。わかったやってみる！」

そしてエクレアが鉄槌を構えて飛び込み霧の手前で武芸を放った。

「武芸・雷撃槌《らいげきつい》！」

「ゲロォォォォォオォォォオッォォオォォォオォォオオオ！」

エクレアの鉄槌から迸った電撃が霧に吸い込まれていき、霧の中でバチバチバチバチと激しく電撃が駆け巡った。王様ガエルの断末魔の叫びが耳に届く。

「え？　これってどういうこと？」

王様ガエルに雷が通ったことでエクレアが目をパチクリさせていた。なので理由を説明する。

「うん。実はさっきの炎と僕の水がぶつかりあったことで霧が発生したんだ。それをヒントに閃いたのが今の魔法。つまり霧は元を辿れば水なんだ」

「水――あ、そうか！　だから電撃が霧を伝ってあのカエルをやっつけたんだね」

「スピィ！」

エクレアが閃いた顔で反応してくれた。流石理解が早いね。スイムもわかってくれたのかピョンピョン跳ねて嬉しそうだよ。霧が晴れた後にはもうボスの姿はなかった。代わりに宝箱が一つ出現していたよ。ボスを倒した後の戦利品って奴だね。

よし、これがエクレアとパーティー結成して初のボス退治だね。宝箱には何が入っているかな～？

ボス部屋で出現する宝箱にはトラップは仕掛けられてないと言われている。

実際ガイたちのパーティーにいた頃はボス戦後の宝箱に罠が仕掛けられていたことはなかったからね。

「ネロ、宝だよ！」

「スピィ～♪」

エクレアとスイムは宝箱を見てテンション上がったみたいだよ。スイムを抱えてくるくる回っているし。なんだろう、もう、可愛い。

とはいえ一応注意しながら宝箱をチェックする。

「罠は掛かってないようだね」

「うん。良かったよね」

「スピッ！」

罠がないと知ってエクレアとスイムも安心したみたいだね。もっともボス部屋の宝だからエクレアもそこまで心配してなかったようだけど。

「開けるね」

カチャッと音がして箱が開く。中に入ってたのは、あれ？

「これは――赤い魔石と宝石だね」

気になるのは宝石で、石の中心が淡く光っている。実はこれスキルジュエルに見られる現象だ。

「もしかしたらこっちの宝石はスキルジュエルかもしれないよ」

「嘘！　もしかしてラッキー？」

かなりの幸運だと思う。スキルジュエルは中々低層で出ることはないらしいからね。

「なんのスキルジュエルかは鑑定してもらう必要があるかな」

鑑定は特殊な道具を使うか鑑定師の紋章を持った人にしかできないとされる。

基本的にはギルドに専属の人がいるからお願いすればいいんだけどね。

「後はこの魔石だね。これもギルドに引き取ってもらう形かな」

「スピィ――」

僕とエクレアで相談しているとスイムが魔石を見て反応を見せた。なんだろう？　どこか物欲しげに魔石を見ている気がする。

「スイム。もしかしてこれ欲しいの？」

「――!?　スピィ～？」

スイムがくれるの～？　といった感情を滲ませてプルプル震えた。

「スイムってば本当可愛い～」

「スピィ♪」

エクレアもスイムにはデレデレだね。抱きしめられてスイムも嬉しそうだ。

「でもどうしようか？　スイムがおねだりしてくるのは珍しいんだけど」

「ならあげようよ。スイムにもお世話になっているし」

エクレアは魔石をあげてもいいと思っているようだが、僕も同じ気持ちだ。荷物を保管してくれて普段から助かっているしね。

「うん！　それならスイムに。はい」

「スピィ～♪」

エクレアがスイムを床に下ろして目の前に赤い魔石を置いてあげた。するとスイムが魔石の上に移動して――。

「スイム。もしかして魔石を食べているの？」

「スピィ～」

そう、魔石はスイムの中に取り込まれてしまった。いつもの保管とは違ってスイムの中に魔石が浮

かんでるのが見える。それもしばらくして段々と小さくなって消えてしまったんだけど——そのとき
スイムが一瞬だけピカッと光った。

「驚いた～、スイム大丈夫なの？」

「スピィ」

「大丈夫そうだね」

どうやら体調的にはなんともないらしい。でも魔石が好物だとは知らなかったね。

「スイム今後も欲しかったら言ってね」

「スピィ～……」

あれ？　何だろう。スイムが何か訴えたそうな……そういえば。前に手に入れた魔石にはスイムは
特に反応もしてないし普通に保管してたよね。

と、なると今回の魔石はスイムにとって特別だったということなのかな？

「何か今回の魔石には意味があるのかな？」

「スピィ～♪」

「スイムが喜んでるみたい」

エクレアがスイムを突っつきながら笑ってみせた。そうか……それが何か今はまだわからないけど
結果的にスイムが喜んでくれたなら良かったけどね。

さて、これで宝箱の中身も回収したし奥の扉を抜けることにする。

するとダンジョンが揺れだした。これはダンジョンが進化しているのかもしれない。

扉を抜けると右の壁にゲートが現れていた。更に正面には下に向かう階段。どうやら予想通り進化して次の階層が生まれたようだね。

「この下も気にはなるけど一旦出た方がいいと思う」

「うん。あの悪い執事の件も報告しないとだしね」

「スピィ！」

ハイルトンのことだね。確かに放っておけない。というわけで僕たちはゲートを使うことにした。くぐるとあっという間にダンジョンの外に出ることができた。

ゲートは僕たちが出てすぐに消えてしまったから次はまた一層から挑戦することになる。

さてと、とりあえず町に戻らないとね――。


――彼は昔は随分と泣き虫だった。両親から随分と期待され、毎日のように厳しい訓練をさせられる。

それが彼は本当に嫌だった。嫌で嫌で毎日枕を涙で濡らし続けた。

両親は彼にいつも厳しかった。だがそんな両親にも逆らえない相手がいた。その相手の前では鬼のように厳しい父でさえ、借りてきた犬のように大人しくなった。

彼はそんな父を見るのも嫌だった。そしてその家のことも――父親がその家では頭が上がらないことをいいことに彼もまたその家の子どもたちにいいように利用された。

だが、そんな中で彼に唯一手を差し伸べてくれた子どもがいた。その子は彼に唯一優しかった。他の子どもが彼を蔑視する中その子だけは彼の味方だった。

結局彼がその子と過ごせたのは僅かな時間だけであり、それからは両親が彼をその家に連れて行くことはなかった。

そう、それは彼がまだ幼い頃の記憶。きっと彼だけが覚えている大切な記憶なのだろう――。

第五章　黒い紋章

ダンジョンを出て僕たちは順調に町に戻ることができた。途中で全く魔物に出会うことがなかったのがびっくりだったけど、何か戦ったような痕跡が道中いくつかあったんだよね。

誰か他の冒険者が通って魔物と戦ったのかもしれない。魔物も強い人間がいるとわかるとしばらくその周辺に近寄らなくなることがあるからね。

「何とかダンジョン攻略できたね」

「うん。途中、トラブルはあったけどね」

「スピィ～」

スイムも安堵しているように思えるよ。ダンジョン攻略に関しては初対戦となるボスを倒した場合はギルドに報告する義務があるから、そのときにハイルトンのことも伝えることになるね。

戻ってくると空は茜色に染まっていた。はぁ、なんだか町に戻ってきたらちょっと気が抜けたかな。

いけないいけない、報告までが冒険とギルドでも言われているからね。

「ギルドに向かおうか」

「うん」

「スピ～」

三人で冒険者ギルドに向かうことにする。スイムはエクレアが抱えて歩いていた。

通りにはこの時間結構人が多い。人々の話す声も自然と耳に入ってくる。

「今日の夕食は何にしようかしら？」

「新しい本が欲しいな」

「最近景気はどうだい？」

「今回はここで仕事か」

「あぁ。大事な仕事だ、慎重にな――」

あれ？　僕はふと違和感を覚え後ろを振り返ってしまう。

「ネロ、どうしたの立ち止まって？」

エクレアが不思議そうに聞いてきた。ギルドに向かうと言っているのに逆方向を向いて立ち止まってしまったらおかしいなと思うかもしれない。

「う、うん。ごめん、ちょっと！」

「え？　ちょ、ネロ！」

「スピィ！」

それでも気になって仕方なかった。それはマスターの言っていたことを思い出したからだ。

「あ、あの！」

エクレアとスイムの呼び止める声を置き去りに、通りですれ違った二人の男性に走って追いつき声を掛けた。二人の内一人はローブ姿で細い目をした男性。もう一人はシャツにズボンといった出で立ちで鍛え上げられたガッチリとした体つきで鍬を肩に担いでいる。

「うん？　どうかしたかい？」

最初に反応したのは目が細い温厚そうな人だ。黒い髪が肩まで伸びている。

「なんだ若い魔法師か」

次に反応したのはガッチリ体型の鍬を担いだ男性。どことなく訝しそうにしていた。

「あ、その、実は自分紋章マニアで」

「は？　紋章マニア？」

声を掛けておいて何も考えてなかったことに気がついた。咄嗟に適当なことを言ってしまっている自分がいる。

「そ、そうなんです。それで今チラッと見えた紋章が素敵だなと思って。良かったら見せていただいてもいいですか？」

うわぁ我ながら酷い作り話だよ。初対面でこんなこと言われて普通に引かれるんじゃ……。

「はは。変わった子だね。だけど僕たちの紋章なんて何の変哲もない風と鍬の紋章だけどそれでもいいのかい？」

二人が前もって紋章について教えてくれた。確かにそれだけ聞くと普通なんだよね。

「あの、お、お願いします」

だけどそれでも気になって聞いてしまった。細い目の男性がニコリと微笑む。

「まぁいいよ。こんなもので良ければいくらでも見なよ。な、ガル？」

「……ふん」

そして二人があっさりと手の甲を見せてくれた。だけどそこには二人が言っていたように普通の紋章が刻まれている。

「今も言ったけど僕のはただの風の紋章さ。これがそんなに珍しいかな？」

確認するように細目の男性が聞いてきた。

「俺なんて鍬だぞ。農業にしか役立たない紋章だ」

もう一人の肉体派といった感じの男性は自虐的に答え肩を竦めている。

この二つの紋章――確かに珍しいタイプではないけど僕が知りたいのはこれじゃない。

「あ、ありがとうございます」

僕は一応お礼を言っておいた。その上で再度話を切り出す。

「あの、逆の甲も見せてもらっても？　気のせいかもしれないですがそっちにも何か見えたような」

そう。僕が見えたのが間違いじゃなければ確かにあるはず。だから確認したかった。

「うん？　いやこっちには何もないぞ？」

「あぁ俺もだ」

二人は断ることもなく、そう前置きした上で逆側の手の甲も見せてくれた。

そしてそこには確かに何も、ない？

「あれ……」

「ねぇネロ。いきなりどうしたのよ」

「スピィ」

僕が戸惑っていると追いかけてきたエクレアから声が掛かった。彼女の肩に乗っているスイムも不思議そうにしている。

「ごめんねエクレア。ちょっと紋章が気になったんだ。あ、おかげで参考になりました」

エクレアに謝罪しつつ、二人にもお礼を言った。それにしても見間違いだったかな？

「ま、別にいいさ。それにしても坊主。可愛い彼女連れで羨ましいな」

「え？　か、彼女!?」

「そ、そんな彼女だなんて」

「スピィ？」

いきなりそんなこと言われて慌てちゃったよ。エクレアも顔を真っ赤にさせて戸惑っているし！

「エクレアというのかい？　可愛い名前だねぇ」

「あ、えっと。そうなんです。彼女も僕も冒険者でそれでパーティーを組んでてその――」

二人からの不意打ちに僕も戸惑ってしまって返しがしどろもどろになってしまったよ。

「はは。なるほどなるほど。初々しいな」

「しかし二人して冒険者とは若いのに勇ましいもんだ。ま、今後も頑張るんだな」

「は、はい。ありがとうございます」

そして二人は僕たちに労いの言葉を掛け手を振って去っていった。

「その、エクレア。ごめん。気を悪くしなかった？」

「え？　いや、その、別にそんな、悪い――気も……」

悪い気もか……もしかしてやっぱり迷惑だったのかな……。

「それよりネロ。どうしてあの二人に声を掛けたの？」

「スピッ」

エクレアが話題を切り替えてきた。スイムも理由を知りたそうだ。

「実はちょっと気になることがあったんだけど気のせいだったみたい」

「そうなんだ。フフッ、ネロも結構早とちりよね」

「スピィ～」

エクレアがくすっと笑っていた。スイムも、そうなんだ～といった雰囲気を醸し出している。

う～ん早とちりか、確かにそうだったかもね。実はどちらかわからないけど黒い紋章というのがチラッと見えた気がしたんだけどね……。


「あの女がギルドマスターの娘。エクレアか」

「あぁ。今回のターゲットの一人だな」

二人組の男が場所を変え密かに話し合っていた。会話には先程声を掛けてきた少年と一緒にいた少女の名前も上がっていた。

「後は勇者の紋章を持つガイというのがそうだな」

「そっちはパーティーごとやる必要があるだろう」

二人の密かな話は続く。

「だがもう一人の魔法師――まさか俺たちの紋章が視えていたのか？」

「そんな馬鹿な。これは同じ紋章を持つ者同士にしか視えない。だがあいつの手にはあったのは無能な水の紋章だったぞ。まさかお前の能力みたいなのでごまかしているわけじゃないだろう？」

話しながら片方の男が怪訝そうな顔を見せていた。

「わからないが、念のため偽装しておいたのは正解だったかもな」

もう一人の男が右手の甲に指を添えると黒い紋章が姿を見せる。

「だがもし、これが視えるとしたら組織でも面倒なことになる。どうやらトール家のエクレアと行動を共にしているみたいだしな。一緒に片付けてしまうか」

「ハッ。ま、所詮水属性の雑魚だ。どうとでもなる。あいつも準備を進めているわけだしな――」

そして二人組の男は人混みの中へと消えていった――。


その足で僕たちは冒険者ギルドに戻ってきた。

「二人共おかえり。無事で良かった～。それで、初めてのダンジョン攻略はどうだった？」

説明するためにカウンターに向かうと、フルールは何故かちょっとワクワクした顔で聞いてきた。

ただ、今回の攻略は色々なことが重なりすぎて説明するのも大変かもしれない。

「実はただの攻略では終わらなくて……途中でアクシス家からの妨害が入ったのです」

元自分の家のことだけに、身内の恥を晒すようなものだけど放置してはおけない。僕とエクレアはダンジョンで起きたことを要約してフルールに聞かせてあげた。

「う、嘘。そんな危険なことがあったの⁉　それにアクシス家って、えっと。どうしよう頭がこんがらがるよ〜」

「おう。戻ってたのか。で、どうだった？　てかネロ！　おまえ娘に手ェ出してねぇだろうな！」

フルールが目玉をグルグルさせていると、タイミングよくマスターのサンダースが顔を見せてくれた。良かった、マスターにも説明しておいた方がいいとは思っていたんだ。

「もうパパ。それどころじゃなかったのよ。私ダンジョンで危なかったんだから！」

エクレアが若干苛立った顔で声を張り上げた。いや、でもその言い方ってなんか嫌な予感が……。

「……ほう。ネロ、ちょっと来い。娘についてお・は・な・し、しようか」

サンダースが拳をポキポキ鳴らしながら僕の首根っこを掴んだ。やっぱり誤解を受けた！　まずいこのままじゃなんだかよくわからないけどただでは済まないぞ！

「パパ。何を勘違いしているのよ！」

「スピッ、スピィ！」

ずるずると僕を引きずっていこうとするサンダースに、エクレアとスイムが誤解だとアピールしてくれた。サンダースが小首を傾げて口を開く。

「勘違いって、こいつがダンジョンで二人きりなのをいいことにお前を襲ったんだろう？」

「だから違うんだってば！　そうじゃなくて私もネロも襲われた方！」

「あん？」

そして僕たちはサンダースに言われてマスターの部屋で事情を話すことになった。

「はぁ……何か隠しているなと思ってたが。まさかネロ、お前がアクシス家の人間だったとはな」

「あ、いや。それは元で今は追放されてしまっているので……」

僕が家名を名乗らなかったのは、追放され、アクシスの名前を使うのは禁じられていたからだ。

向こうからしても、もう僕はいなかったことになっているわけだし、敢えて伝える必要もないと思ってたんだけどね……。

「まぁ冒険者ギルドはよほどのことがない限り過去の詮索はしない決まりだ。それ自体でどうのこうの言うつもりはねぇよ。だが追放しておいて殺しに来るとは穏やかじゃねぇな」

腕を組みサンダースが真剣な顔で語る。

「おまけにうちの娘まで狙うとはな。絶対に許しちゃおけねぇが——そのハイルトンって執事には逃げられたんだろう？」

サンダースに問われた。ここは素直に答えるべきだろう。

「はい……申し訳ないです」

「だから謝ることじゃねぇ。盗賊雇って襲ってきたのは向こうなんだろう？　で、その盗賊の所持品は持ってきたわけだ」

「はい。それは回収してます」

何かしら証拠になってくれるといいんだけど。

「わかった。じゃあそれは後で受付で預けておいてくれ。それとこれから調査部を動かして二人を襲った盗賊の死体がある場所に向かわせる。まぁ魔物に食われている可能性も高いが、何かしらアクシス家に繋がる物が見つかるかもしれねぇしな。当然冒険者ギルドからもアクシス家には追及させてもらうがな」

「流石。やっぱりパパはこういうときに頼りになるわね」

「へっ、別に大したことじゃねぇさ」

エクレアに褒められてサンダースもまんざらじゃなさそうだね。

「ただし、簡単ではないことも確かだ。娘狙われて頭にきているのも確かだが、アクシス家は魔法師の家系として名を馳せている名門だ。そう簡単に切り崩せるもんじゃねぇ。相手が素直に認めるとも思えないしな……」

確かにそれはそうだと思う。自分で言うのもなんだけど、僕が育ったあの家は兄弟姉妹含めて曲者揃いだからね――。

アクシス家は有力貴族の一つだ。自分が育った家だし、これは幼い頃から両親にも言われ続けた。それだけ様々な場面で顔が利くのも家の強みだろうね。冒険者ギルドとはいえ、アクシス家に刃を向けるのは容易でない……我が家ながらとんでもないよ。

「ま、まずは調査だな。とにかくこっから先はこっちに任せておけ。ネロ、お前は狙われている当事者なわけだしな。今後は身の回りには気をつけることだな」

「ネロのことは任せてよパパ！」

サンダースに注意を促されるとエクレアが胸を叩いて頼りがいのあるセリフを口にした。守られる方として見られるとは、なんだか男としてはちょっと情けなくも感じる。

「――エクレア。ネロとは今後もパーティーを続けるつもりなのか？」

「当然よ。パパだってこんなことでやめるなんて言ったら逆に怒るでしょ？」

エクレアからの不意打ちにサンダースが苦笑いを見せた。

「たく。そういうところは女房そっくりだな。あいつも負けん気が強くて譲らねぇ性格だからな」

「ついで頑固なパパの血も引いているしね」

えっへんと胸を張るエクレア。サンダースがやれやれと頭を擦った。

「ま、娘の言うことにも一理ある。そもそも冒険者なんてもんは危険がつきものだからな。だけどなネロ――わかっているな？」

「は、はい」

「スピィ？」

サンダースの眼力が凄い。エクレアに手を出したら許さんぞといった殺気さえも感じるよ。

もっともエクレアが僕なんて相手するわけないし、手なんて出したらその時点でエクレアに殺されそうだしね……。

「ネロってば何か失礼なこと考えてない？」

「そ、そんなことないよ」

「本当かなぁ～？　スイムはどう思う？」

「スピィ～♪」

エクレアがスイムを抱えて撫でながら聞く。スイムもエクレアに構われるのが嬉しいみたいだね。

「ま、こっちの話は以上だ。後はダンジョンのことがあるだろ？　受付で対処してくれるだろうさ」

「はい。それでは失礼します」

ハイルトン絡みのことがメインになったけど本来の目的はダンジョン攻略だった。

当然攻略した部分まではしっかり報告しないとね。

「あ、パパ。今日はネロとご飯食べてくるから夕食はママと二人っきりで仲良くね」

え？　と思わずエクレアを見た。夕食について初耳なんだけど……。

「う、うるせぇ。てか二人っきりでかよ！」

なんかサンダースの荒ぶる声が。僕を見る目も厳しいよ。

「スイムも一緒だも～ん」

「スピィ～♪」

サンダースの問いかけにエクレアがスイムを抱きしめて答えた。スイムもご機嫌だね。

「えっと。そんな話してたっけ？」

ただ食事の約束はしてなかったからエクレアに質問した。

「えぇ～？　折角パーティーを組んで初めてのダンジョン攻略したのに祝勝会もしないつもり？　ス

イムも一緒にご飯食べたいよねぇ？」

「スピッ♪」

エクレアがスイムを味方につけて僕に訴えかけてくる。うぅ、僕に向けてくる仕草がずるい。

スイムはスイムで可愛いし。

「ほら。スイムもこう言っているよ？　ネロ、来ないなら私とスイムだけで祝勝会しちゃうよ？」

「スピ～？」

スイムが一緒に行かないの～？　という空気を滲ませてこっちを見ていた。うぅ、なんだかズルいけど一緒に食事できるのはむしろ嬉しい……。

「じゃあ、報告が終わったら行こうか」

「やった♪」

「スピィ♪」

エクレアが笑顔になりスイムもプルプルと震えてご機嫌な様子だ。

「お前ら勝手に話を進めやがって」

「あ……」

そうだサンダースの目の前だった……。

「別に食事ぐらいいいでしょ？」

「……チッ、仕方ねぇか。だけどなネロ、わかっているな？」

「も、もちろんご飯を食べるだけですから！」

目の前でサンダースが拳をポキポキ鳴らしていた。下手なことしたら殺される……。

「じゃあパパはママと仲良くね」

「だから余計なお世話だっての！」

サンダースはエクレアのママとのことに触れられると照れくさいみたいだね。

そして僕たちは一階に戻ってフルールと話した。

「ダンジョンでいくつか戦利品があって、スキルジュエルっぽい宝石も見つけたんです」

「そうなの？　なら素材と纏めて鑑定に掛けるわね」

そして僕たちはスイムから取り出した素材やスキルジュエルを渡した。更に今回のダンジョンは僕たちが初攻略だけあって、特別報酬として一〇万マリン出ることになった。

ちなみにダンジョンを攻略するとギルドカードに記録される仕組みになっている。なんでも、ダンジョンに満ちている魔力の反応で攻略状況が記録される仕組みらしいんだよね。

「やったねネロ。これだけあればちょっとぐらい贅沢しても大丈夫だよ」

エクレアは夕食のことを言っているんだろうね。確かに食事代としては十分だと思う。

「フフッ、二人共随分と仲良くなれたようね。じゃあ素材とスキルジュエルの鑑定は——そうね、今日はもうこの時間だから明日の朝になると思うけどいい？」

確かにもう夕方だしね。ギルドとしても一番混雑する時間だからこれからすぐに鑑定は難しい。

「はい。よろしくお願いします」

「なんのスキルが付与されているか楽しみだね」

「スピィ〜♪」

僕が承諾するとエクレアがスイムに向けてそんなことを言っていた。確かにこういうのは何が出るか待っている間も楽しかったりもするもんね。

「それと、ダンジョンでのこともあるからね。町中では流石に大丈夫だとは思うけど、くれぐれも気をつけて。あまり遅くならないうちに切り上げることも考えてね」

「はい。わかりました。心配してくれてありがとう」

「ちょっと過保護な気もするけどね」

「何言っているの。特にエクレアはマスターの娘なんだからね。そういう目で見られるのは嫌かもしれないけど、どうしようもないことだってあるんだから」

「は〜い」

フルールから心配もされてしまったよ。でも、確かにそうだね。エクレアは僕を守ってくれると言っていたけど男として僕の方こそしっかり守ってあげないと。

「さ、とにかく今晩はいっぱい飲み食いしよう！」

「スピィ♪」

ギルドを出た後、僕たちは夕食を取るために店を探すことにした。

エクレアとスイムはどこかルンルンとした様子で一緒に歩いている。楽しそうな姿を見ていると、なんだか僕もウキウキした気分になってくるね。

ダンジョンでは僕の家の事情に巻き込んじゃった。エクレアは仲間同士困ったときはお互い様とは言っていたけど迷惑掛けちゃったのには変わりないし……うん。今日は僕の手持ちから出そう。

「あ、あそこなんてどうかな、ネロ？」

巷ではデートのときは男が支払うのが礼儀という話もあるようだし。いや、もちろんこれはデートではないけどね。でも、やっぱり余裕をみせるのもきっと男の甲斐性って奴だよね！

ま、女の子と付き合ったこともない僕にはまだまだよくわからないことではあるんだけど……。

「ちょっとネ～ロ！」

「え？　うわ！」

エクレアの顔がひょこっと目の前に現れた。

「もう！　どうしたのよ。ぼ～っとして」

「あ、いや。あはは、ごめんごめん、ちょっと考えごとしてて」

「スピィ？」

エクレアが腕を組んで呆れていた。スイムは首を傾げたような仕草を見せているよ。

「あ、もしかして――」

「う……」

もしかして今考えていたことを見抜かれたかな？　エクレアも結構鋭いところあるから……。

「街に戻ってきたときにすれ違った二人のことまだ考えているの？」

「え？」

エクレアから指摘されて思い出した。そういえばそんなことがあったよね。エクレアはそのことを考えていると思ってくれたのか。

「違うの？」

「い、いや実はそうなんだ。どうも気になってね」

誤魔化すようにエクレアの話に合わせた。でもそう言われると改めて気になってきたかも。

「う〜ん。私からは普通の二人に見えたけどね」

「あ、うん。冷静に考えたらやっぱり気にしすぎだよね」

エクレアが形の良い顎に指を添えて思い出していた。僕もなんとなく思い出したけど――そうだね、きっと考えすぎだ。

「そ・れ・よ・り。ねぇ、この店どうかな？　安くて美味しいって聞いたことあるんだ〜」

「へぇ。そうなんだ」

「スピィ〜」

スイムも興味を持ったようだね。店の名前は安食亭だ。確かに安くて美味しいならいいと思うけど、今日みたいな日にいいのかな？

「ここでいいの？　もっと高いところでも大丈夫だよ？」

「ネロはそっちがいいの？」

エクレアは本当にここでいいのかなと思って聞いたんだけど、逆に確認されてしまったよ。

「いや。僕はエクレアが好きなところでいいんだけど」

「いや、私だけじゃなくてネロも気に入った店がいいよ」

「あ、でも」

「スピッ♪　スピィ～！」

僕たちで話しているとスイムがピョンピョンっと店の近くまで跳ねていき、早く入ろう？　と言いたげに鳴いていた。

「プッ、ふふ、スイムには敵わないよね」

「はは、そうだね。じゃあ折角だからスイムの気に入ったこの店で食べようか」

「スピィ～♪」

改めてスイムを抱えて店に入る。中は結構広いんだけど混雑しているのか満席に近そうだ。

「お客様はお二人ですか？」

「えっと。僕と彼女と、あとこの子はスイムというのですが」

やってきた店員に聞かれたのでスイムも紹介する。スライムは駄目ってことはないよね？

「あら、ウフフ可愛い。もちろんペットも問題ないですよ～。ただご覧の通りかなり混雑してまして、可能なら五人掛けの席で他のお客様との相席をお願いできると嬉しいのですが」

スイムを突っつきながら店員が聞いてきた。

あぁなるほど。確かにこれだけ混んでると二人だけで席に着くのは厳しそうだ。

ただ、僕は別に構わないんだけどエクレアはどう思うかな？

「どうしようエクレア？」

「私は構わないわよ。混んでるときはお互い様だもの」

「スピィスピィ～」

うん。エクレアがそう言うなら問題ないね。

「はい。それなら相席でも構いません」

「わかりました。念のためもう一組のお客様にも確認してまいりますので」

あぁそっか。僕たちが良くても相手が駄目ってこともあるもんね。

「お待たせしました。相席でも問題ないようですのでどうぞこちらへ」

どうやら相手側も問題なかったようだね。そして店員に案内されて席に向かったのだけど。

「ではこちらの席で相席お願いいたします」

「はい。て、あれ？」

「ゲッ！　ネロ！」

「え？　嘘、ネロ!?」

「こんな偶然あるんですねぇ」

あはは……僕もびっくりだよ。まさか相席の相手がガイたちだったなんてね――。

「くそ、まさか相席がお前らだったなんてな」

「えっと。迷惑だったかな？」

席に着いた後、ガイはテーブルに肘をつきそっぽを向いて愚痴っていた。

追放されてからこれで会ったのは二回目かな。前は町から出ていけって言われたんだっけ。

「ねぇもしかしてネロの知り合い？」

するとエクレアが僕に耳打ちしてきた。あぁそっかエクレアは当然初対面だもんね。

「えっと。確かに知り合いなんだけどその……」

「私、ネロの元パーティーメンバーのフィアです」

僕がどう答えようか迷っていると、赤髪のフィアがエクレアに自己紹介した。わ、わりとあっさりだったよ。

「え？ それじゃああなたたちがネロの元々いた勇者パーティーの？」

「チッ……」

「あ、いや確かにそうなんだけど――」

エクレアが口元に手を添えて驚いたように言った。あぁ、間違ったことは何もないんだけどなんだか気まずい。

「フフッ、可愛い」

「スピィ～♪」

そしてスイムはセレナに頭を撫でられていた。ガイが舌打ちしながらもスイムをチラチラ見ている。

「あ、それでこの子はエクレアといって、今は僕とパーティーを組んでるんだ」

「へぇ。エクレアさんね。随分とネロと仲良くやっているみたいだね♪」

あれ？ フィアが笑顔で返事してくれたけど、な、なんだろう何故か悪寒が……。

「お客様。ご注文はお決まりでしょうか？」

「あ、うん。そうだね。ほら皆も久しぶりの再会だしエクレアは初めてだし、ここはお互い過去のことは水に流して楽しもうよ。水だけに！」

「「「………」」」

ヤバい！　思いっきり外した～～～～～！

「そ、そうだね、ネロは水の紋章だもんね！　うん。そういう意味なのね！」

しかもエクレアにはすぐに理解してもらえてなかったよ――。

「水に流すも何も、テメェは無能ってこと以外は何もしてないんだからもっと堂々としてろや！　いつまでもウジウジしてんじゃねぇぞ！」

「えぇ!?」

なんか怒鳴られたよ！　いや、ウジウジしているつもりはなかったんだけど。あと、ひそかにまた無能って言われているし。

「あのご注文は……」

「ではこの牛の一頭丸焼き、揚げ芋とジャイアントボア肉の豪勢尽くし、マウンテンパスタ、キングバードの三昧串焼き、それと――」

店員のお姉さんに再確認されセレナが淡々と注文を始めた。始めたんだけど――。

「――それとこのジャイアントパインの器カレーで」

「は、はぁ」

「いやいやどんだけ頼むんだよ！」

ガイが叫んだ。うん、気持ちはわかるよ。セレナの注文が本当とんでもないからね。

そういえばセレナは見た目のわりに凄くよく食べるんだよね……なんだか思い出してきた。

「それでは注文は以上でよろしいでしょうか？」

「いいえ。他のみんなも頼むと思うので」

「えぇ！　今ので全員分じゃないの⁉」

注文を取りに来た店員がとんでもない物を見るような目でセレナを見ていたよ――。

「スライムってのは果物が好きなんだな……」

「スピィ～♪」

ガイがスイムを見ながら呟いた。スイム用の注文は全部果物やジュースだからね。

「――でもここで相席になったのは丁度良かったかな」

料理がくる前にエクレアが真剣な顔でガイたちに顔を向けて切り出した。

「あなたたちなんでネロと別れたの？　それが本当納得いかない」

「キュピ～」

エクレアがガイに聞いた。そこ気にしてたんだ……。

「フンッ。ネロは使えないからパーティーから追放した。ただそれだけだ」

「え？　嫌だネロ、追放されてたの？」

あぁ、結局ガイの口から追放されたことが明かされてしまったよ。

「その、ごめんそうなんだ」

「別に謝ることじゃないけど、だったらなおさら納得いかないわ。どうしてネロを追放なんてしたのよ」

　エクレアが不機嫌そうにガイに聞いた。参ったな。ガイも苛立ってそうだし。

「エクレア、その……勇者パーティーにいたときの僕はまだ全然弱かったんだ。水魔法も戦闘では使えなかったし」

　とりあえずまずはエクレアを落ち着かせようとガイたちといた頃のことを説明した。

「だとしてもよ。ネロは気が利くし、ダンジョンでは罠もいち早く見つけてくれた。正直水魔法のことがあったからって――」

「役立たずだからだよ。そう言っただろうが」

　エクレアの話を全て聞く前にガイが口を挟んだ。

「ネロは確かに荷物運び程度には役に立った。だが戦闘ではただの足手まといだった。それにこいつだけいつまでたってもEランクから抜け出せねぇしな。だから切った。それだけだ」

「えっと。ビールお待たせいたしました」

　ガイが僕をそう評したのと同時に注文した飲み物が届いた。ビールはガイやフィアが頼んでいた。

　ジョッキを掴むとガイは呷るようにグビグビ呑みだしたよ。

「ぷはぁ。いつまでもランクも上がらねぇ雑魚に俺たちのメンバーは務まらないってことだ」

「あらそう。ま、そのおかげで私は頼りになるネロとパーティーを組めたからいいけどね」

　エクレアが僕の腕を取ってガイに伝えた。て、ちょっと。密着度が！

「……へぇ。今のネロってそうなんだ」

「え？　えっと。フィア、さん？」

何故かフィアの目が怖い。背後から炎が吹き出てそうな雰囲気すら感じるよ！

「それに今Eランクから抜けられないって言っていたけど、今のネロは私と同じDランクよ。Cランクの昇格試験にも挑戦する予定なんだからね」

「へぇ、凄いねネロ」

「スピィ」

エクレアが自慢げに発言した。セレナがスイムを撫でながら僕を褒めてくれた。

一方でガイの眉がピクッと跳ねて睨むように僕を見てくる。

「テメェがDランク？　しかもCランク試験かよ。チッ道理でダンジョン攻略に行けるはずだぜ」

「え？　僕がダンジョン攻略に行ったってよく知ってたね？」

「あ……」

ガイがどこかしまったみたいな顔を見せた。何故か隣ではセレナが呆れているようだけど――。

「そ、そういう噂が耳に入ってきたんだよ！　冒険者のそういった情報は自然と入ってくるもんだ」

あ、そうなんだ。確かにそう言われてみれば冒険者同士情報交換はよく行われるからね。

「それにそっちのエクレアさんはギルドマスターの娘でしょう？」

「あ、知ってたんだ」

「有名だもの。雷と鉄槌のハイブリッド。切れると雷より怖い、男が恐れる雷槌のエクレアってあなたでしょ？」

「あはは。男が恐れるかはわからないけど、あ、でも私もあなたのことは知っているよ。勇者パーティーのことは有名だし、確か気に入らない物はなんでも爆破する導火線のない爆弾娘のフィアって有名だものね」

な、何これ！　よくわからない間にエクレアとフィアの間に険悪な空気が滲み出しているよ！

「――プッ」

「フフッ――」

「あはははははッ」

あれ？　何かピリピリした空気に緊張してたのだけど、急にエクレアとフィアが笑い出したよ。

「あなた言うわね。私相手にそこまで言ってきたのはあなたが初めてかも。男だって私を前にすると大体萎縮するし」

「私もよ。パパのこともあって皆遠慮がちだったのよね。ネロは気にせず接してくれたけど、同性とここまで言い合えたの初めてかも」

「これはもう呑むしかないわね！」

「えぇ！」

「スピィ～」

なんかすっかり二人共意気投合したみたいだよ。エクレアまで一緒になってお酒を注文しだしたし。

「たく。大体お前に文句言えないのはどんな男でも問答無用で燃やして回っているからだろうが」

「え！」

「ちょ、ガイ、でたらめ言わないでよ！　燃やしたのはしつこく言い寄ってくる馬鹿だけよ！」

あ、でもそういう相手は燃やしているんだ。

「あ、でもわかるその気持ち！　断ったのに煩く近寄ってくるのって私も電撃で成敗しちゃうもん」

「そうだよね！　あいつらこっちが女だからって舐めているんだからさ」

なんかエクレアも一緒になって過激なことを……あの雷槌で殴られたらと思うとちょっとは気の毒に思えるね。

「二人共仲良くなれたみたいで良かったですね」

「スピィ～♪」

「チッ」

セレナがスイムを撫でながらエクレアとフィアを微笑ましそうに見ていた。ガイは相変わらず不機嫌そうな顔だ。でも、そんな顔ではあるけどなんとなく楽しんでそうでもあるよ。

「ガイも意地張ってないでスイムちゃんと触れ合ってみたらいかがですか？」

「スピィ～」

「は？　ば、馬鹿なんで俺が！」

セレナがガイにスイムを近づけた。ガイがなんだか慌てているよ。

「え？　ガイ、スイムのことが気になっているの？　それなら撫でてあげると喜ぶと思うよ」

「だから俺は！」

「スピィ～？」

テーブルを殴りつけて声を荒らげるガイだったけどスイムがピョンピョンっとガイの側に近づいていって、撫でてくれないの～？　と言わんばかりにプルプル震えた。

「――――チッ」

するとガイが人差し指を伸ばしてスイムをツンツンっと突っついた。

「スピィ～♪」

スイムはガイに構ってもらえて嬉しそうだよ。

「ぐっ、もういい！　柄じゃねぇんだよ！」

「あはは」

スイムに少し構った後、ガイがそっぽを向いて照れくさそうに叫んだ。その姿が面白くてつい笑いがこみ上げてきたよ。

「ガイってば恥ずかしがっているんだ。頬赤いぞ～？」

「うるせぇよ！　これは酒が入ったからだ！」

フィアにあげつらわれてガイが歯牙をむき出しに言葉を返した。やれやれ意地っ張りだね。

それからはしばらくみんなで食事を楽しんだ。なんといってもセレナが凄くて、あれだけの量の食事を次々と平らげていく。

これにはエクレアも開いた口が塞がらない様子だったよ。

「たく、あいかわらずよく食うな。金足りるかこれ……」

「あ、足りなかったら僕も出すよ」

「誰がテメェの世話になるかよ！　てかここは俺が出すからな！」

「えぇ！　いやいいよ悪いし！」

そもそも今足りるか心配してたわけだし……。

「フン……それにしてもお前がすぐにパーティーを組むとは。しかもダンジョン攻略か……一体どんな手を使ったんだ？」

ここに来て訝しそうにガイが聞いてきた。ガイの中では僕は弱いままなのだろう。

「別に。ただ水魔法を使いこなせるようになっただけだよ」

「水魔法なんて戦闘に使えねぇだろうが」

不満そうに口にするガイ。彼に限らず水魔法を戦闘面で評価してくれる人は、この前まで誰一人いなかった。

今でも一緒にパーティーを組んでくれたエクレアや訓練場で戦ったサンダースぐらいかなと思う。

「そんなことはないよ。要は使いようってことと」

だけど、ガイには少しわかって欲しかったのかもしれない。だから水魔法で戦えるって意味も込めてそう答えた。

「……チッ。その様子じゃもうここを出ていくつもりはなさそうだな」

目を細めつつガイが確認してくる。以前もそれ言われていたっけ。

「今の僕には大切な仲間がいる。だからここで一緒に頑張っていくよ」

もちろん必要であれば遠征したりはあるかもだけどね。基本はこの町だ。

「――強情な奴だ。ま、いいさ。俺ももう出てけなんて言わねぇよ」

そこまで言った後、ガイが残ったビールを一気に呑み干した。

「チッ、呑みすぎたな。おいもう出るぞ」

そしてガイが席を立つ。

「え？　もう出ちゃうの？」

フィアが目を丸くさせた。まだエクレアと呑んでいたいのかもね。

「たりめぇだ。いつまでも追放した奴と仲良しごっこできるかよ」

「え？　まだ追加したかったのですが」

「お前はどんだけ食う気だよ！」

はは、セレナ、本当に凄い食欲……。


夜の町は喧騒に溢れかえっていた。魔法の力で町に水道が敷設されているように、町中では魔法の明かりが等間隔で設置されており、夜になると明かりを灯す。これにより日が落ちた後でも気軽に出歩ける人が増えた。

「よぉ姉ちゃん。暇なら俺たちと遊びに行かない？」

「おいおい、いきなりナンパかよ。へへ、すみませんねこいつ大分酒入ってて」

二人の男が道行く女に声を掛けていた。女は胸のパックリ開いたドレスを身に纏っており、見目麗しくスタイルも良い。その扇情的な様相もあり、道行く男の注目を集めていた。

「あら？　私を愉しませてくださるの？」

「お、おお！　おお！　いくらでも愉しませてやるぜ！」

「え？　マジ？　成功しちゃった？」

最初に声を掛けた男が鼻息を荒くさせもう一人は意外そうに目を白黒させている。すると女は蠱惑的な笑みを浮かべ空を眺めた。

「――月が綺麗」

「お、おおそうだな。確かに遊ぶには最高の満月日和だ！」

「おいおい満月日和ってなんだよ」

そんなやり取りをしていると女がニコッと微笑む。

「こんな夜は、気が狂いそうになるほど興奮する。そうでしょう？」

「うほっ、もちろん。さっきから俺の息子も興奮しっぱなしだぜ！」

「ば、馬鹿！　折角成功しかけているのに、すみませんね。こいつ馬鹿で」

「私の目を見て――」

欲情する男を諌める片割れ。すると女が二人に目を向けてそんなことを言い出した。男たちが思わずその瞳に目を向ける。

「おお、なんて綺麗な瞳だ。綺麗な――」

「あ、あぁ確かに、すい、こまれそうな――」

「フフッ――」

瞳を見た男たちは突然口を閉ざし、その場に立ち尽くした。女は二人を放置して通り過ぎていく。

その直後だった――。

「「グォオオォオッォォオオオォオオ！」」

「う、うわ、なんだこいつら！」

「おい何か暴れているぞ！」

二人組の男が狂ったような声を上げ、周囲の人々を襲い始めた。騒ぎを耳にして女が笑みを深める。

「うふふっ、もっともっと愉しみましょう。今宵は何人狂うかしらね――」


「とにかくもう戻るぞ」

「えぇ！　嫌よぉ。エクレアちゃんともっと話したい～」

「うんうん。私もフィアちゃんと話したいもん！」

ガイが席を立とうとするとフィアが文句を言った。やっぱりまだエクレアと一緒に呑みたいようだ。

「チッ――だったらネロ。フィアはお前に任せる。おい、俺らは先に戻るからな」

ガイにフィアを託されたよ。僕にそんなこと言うなんて意外だな。酔っ払っている影響かな？

「オッケー！　良かったねエクレア！」

「うん。フィア♪」

「スピィ～」

それはそれとしてどうやらフィアはエクレアとすっかり仲良くなれたみたいだね。

「……ネロ。フィアはしっかりお前が送ってやれよ」

「え？　あ、うん。そうだね」

「言ってなかったが、フィアはギリギリまでお前の追放には反対だったんだ。その意味、わかるな？」

え？　そうだったの？　突然ガイがそっとそんなことを伝えてきて驚いたよ。でも何故かって――。

「あ、もしかして魔力水が足りなかったとか？　だったら言ってくれれば――」

「ちげーよこの馬鹿！　スライムの角に頭ぶつけて一〇〇回死ね！」

「スピィ!?」

えぇ！　なんでそんなこと言われているの僕！　なんか怒っているし大体スライムに角はないよ！

スイムもちょっと驚いているし。

「もういい。行くぞ！」

「もう、仕方ないですね」

こうしてフィアを残してガイとセレナが店を出た。エクレアはフィアと話ができて嬉しそうだよ。

なんか二人が仲良くなれたのはちょっと嬉しいかな――。

「たく、あの鈍感馬鹿が――」

ガイとセレナは店を出てから大通りを歩いていた。ガイがネロのことを思い出したようで悪態をつく。その様子をセレナが微笑ましそうに見ていた。

「でも元気そうで良かったですね」

「――お前は良かったのかよ？」

優しそうな目で語るセレナ。するとガイがボソッと呟くようにセレナに問いかけた。

「良かった、というと？」

セレナはガイの問いかけに小首を傾げる。

「だから、お前だってネロのこと気にしてたんだろうが。別にパーティー組んでるからって無理に俺に合わせることなかったんだぞ？」

するとセレナがピタッと足を止める。

「……なんだ。やっぱり戻るのか？　だったら俺は先に帰る――」

「痛ッ！」

セレナの様子を見て口を開くガイだが、彼女はスタスタと近づいて来てガイの脛に蹴りを入れた。

「えい！　えい！」

「いて！　いてぇ！　な、なんだ突然」

「あなたもネロのこと言えませんね」

ニコッと微笑むセレナ。ガイは何故か背筋が冷たくなる感触があった。

「えい！　えい！」

「痛！　だからなんなんだお前は！」

今度は杖でぽかぽか殴られ怯むガイである。

「くそ、わけわかんねぇ」

結局二人で帰路につく。セレナの機嫌が悪くなりガイは頭を抱えていた。

「たく、何が気に入らないんだよ」

「プイッ」

セレナがそっぽを向き、どう対処してよいかわからなくなるガイ。そのときだった。正面から鍬を抱えた筋肉質の男がやってきてガイとすれ違う。

「フンッ！」

「クソがァ！」

振り向きざまにガイが剣を抜き、振り下ろされた男の鍬を受け止めた。

「てめぇ殺気をばら撒きすぎなんだよ」

「おっと。いかんいかん、このガルともあろう者が勇者を狩れるとあって少々興奮しすぎたか」

鍬を振り下ろしたガルの口角が不敵に吊り上がっていた。

「チッ、てめぇ何俺と似た名前してやがる。紛らわしいんだよ殺すぞ！」

そしてガイもまたガルを睨みつけながら目を尖らせるのだった――。


「マスター！　た、大変です！」

サンダースが山積みされた書類に目を通していると、フルールが息せき切って部屋に飛び込んできた。異常事態を伝えようとしているようだ。

「ネロの野郎、やりやがったな。やっぱり送り狼になりやがったか！　ちょっと出てくる」

腕まくりしサンダースが席を立った。フルールが慌てて反論する。

「いや、何を言っているんですか！　違いますしネロくんはそんな性格じゃありませんよ！　かなり鈍そうですし！」

「いや、お前の言い方も大概だと思うが、俺の娘のこと以上に大変なことがあるのか？」

サンダースがフルールに向けて問いかけた。どうやら今サンダースの頭は娘のエクレアのことでいっぱいなようだ。

「ありますよ！　これだから親バカは！」

「俺一応ギルドマスターなのに言い方酷くない？」

フルールの忌憚のない意見にサンダースがキョトンとした顔を見せた。確かに遠慮がない。

「いや、そんな親バカトークを繰り返している場合じゃありません。街中で暴徒が暴れていてギルドに応援要請が来ているんですよ！」

「なんだと？　なんだ、盗賊崩れでも入り込んでるのか？　一〇人か二〇人か？」

「それどころじゃありません。数百、いや一〇〇〇人に届く勢いでどんどん暴徒化している人が増えているんですから」

「――なん、だと？」


「で、てめぇは誰だ？　いきなり危ねぇ真似しやがって！」

ガイが剣で鍬を押しのけるとガルが大きく飛び退いた。そのまま数歩後ろに下がりガルが笑い混じりに語る。

「ハハッ。そんなもの貴様が知る必要はない。どうせここで死ぬのだから、な！」

ガイの問いかけに、ガルは答える様子もなくその場で鍬を振り下ろした。もちろん距離が開いた以上、攻撃の届く距離ではない。

「は？　何やってんだテメェ。まさかこんなところで畑でも耕すつもりか？」

ガルの鍬が地面にめり込むのを認め、小馬鹿にしたようにガイが言った。

「はは、そのまさかさ」

「何？」

ガルのそのままの答えにガイが目を細めた。

「見てガイ！　今鍬を入れた場所から、は、畑が！」

「なんだと？」

セレナが緊迫した声を発する。ガイが確認すると、確かにガルが鍬を入れた場所を中心に、人が一人収まりそうなほどの畑が生まれていた。

「マジで畑かよ。テメェどういうつもりだ？」

怪訝そうに問うガイ。そこへ一組の男女が足を止めガルに声を掛ける。

「おいおいおっさん、こんな町中で野良仕事かよ。何考えてんだ？　そんなに畑仕事したいなら他でやりやがれ」

「ちょっとやめなって」

「いいから黙っとけって。今からこの馬鹿に常識ってもんを教えてやっから」

連れの女が止めるも男は拳を鳴らしガルを威嚇し始めた。

「おい馬鹿！　そいつから離れろ！」

調子に乗って文句をつける若者にガイが警告した。男はガイに目を向け睨みを利かせ口を開く。

「あん？　なんだテメェ。揃いも揃ってあんま調子に乗っていると、このおっさんと一緒にボコっちゃうよ～？」

「ははは」

粋がる若者が喋っているとガルが小馬鹿にしたように笑い、ヒョイッと彼を片手で持ち上げた。

「な、おっさん何しやがる！」

「良い肥料が手に入った」

「は？　痛ッ！」

持ち上げた若者をガルが畑に投げ入れる。若者は表情を歪めた。

「おっさん突然何を、え？　ヒッ、お、俺の体が！」

「嘘！　アポ！」

彼女と思われる女が、畑に飲み込まれていく若者を見ながら名を叫んだ。アポの体が底なし沼に嵌まったが如く、畑の中に沈み込んでいき、あっという間に畑に飲み込まれてしまった。

「う、嘘、アポが。アポ――ヒッ！」

「てめぇはさっさと逃げろや！」

アポが畑の中に消え動揺する女にガルが目を向ける。短い悲鳴を上げる彼女に逃げるよう促すガイ。女が踵を返し逃げ出そうとする、がその足にシュルシュルと何かが絡みついた。

「え？　何これ根？　い、いやぁあああぁあああ！」

叫び声を上げる女は根によって無理矢理畑の中に引きずり込まれていく。

「クソが！」

ガイが駆け出し彼女に手を伸ばすが、畑から大量の根が伸びてガイの体にも巻き付こうとしてくる。

「ガイ！」

「くそが！　うざってぇ！」

セレナの叫びで剣を抜いたガイが絡みついた根を切り飛ばした。

「たす、け、て――」

だが、そのときには既に女は畑の中に飲み込まれていた。助けを呼ぶ声だけを残し全身が畑の中に沈んでいく。

「くっ！」とガイが呻く。その様子をニヤニヤと見続けるガルであった。

「あ～あ可哀想に。無能勇者のお陰で、未来ある若者二人が畑の肥やしにされちまった。なぁお前これどう責任とるつもりかな？」

「テメェ！」

「なんてことを――」

ガイが叫びセレナも憂いの表情を浮かべ呟いた。そんな二人を認めつつ、ガルが声を大にして語る。

「なんだ？　俺に責任転嫁するつもりか？　おいおい勘弁してくれよ。勇者パーティーだなんて偉そうにしておいて、民間人も守れないお前らが無能なだけだろう？　自分の無能さを棚に上げて逆ギレたぁみっともない」

「あなた。何を言っているのですか！　今の二人を殺したのはあなたではありませんか」

セレナがガルに対して非難の声を上げた。だがガルはニタニタとした笑みを浮かべ答える。

「当然だろうが。俺はそのために来ているんだ。俺からすればお前らやこの町の塵連中を排除できれば、それで勝ちなんだよ。だがお前らは違うだろう？　仮にも勇者なんだからしっかりと守ってみせろよ。そんなこともできない奴らが勇者気取りとはちゃんちゃらおかしいぜ」

悪びれた様子を全く見せず、ガルはただ二人を見下し続けていた。

「な、何を言っているのこの人」

「チッ、イカれた野郎だ。だったらテメェをぶっ殺して終わりにしてやるよ」

「できるのか、お前みたいな無能に？　ははは！」

一笑いしガルが腰に吊るした袋を弄った。中には種が入っていたようで畑に無造作に蒔き出す。

「何を呑気に種蒔きなんてしてやがる！　勇魔法・大地剣！」

ガイが地面に剣を突き立て魔法を行使。ガルの足元から巨大な剣が突き出るが、後方に飛びのいた。

「ハハッ。種を蒔けばどうなる？　そう、眼が出て！」

ガルが叫ぶと畑からギョロリと眼が出てきた。更に畑から目玉のついた芋が飛び出す。

「そして凶悪な作物が育つ。これが俺の紋章『凶作の開拓者』の力だ――」


「ところで～エクレアってネロのことどう思っているのぉ～？」

「ブッ！」

「スピィ？」

ガイとセレナが帰った後は、残ったフィアがエクレアとお酒を酌み交わし楽しそうに笑い合っていた。女の子同士息が合うと話も弾むようで僕は聞き役に徹していたんだけど、突如フィアがエクレアにそんなことを聞き出したんだ。

いやいや、どうってどういう意味!? 思わず吹き出しちゃったよ!

「ネロは、その、い、今の私にとってかけがえのないパートナーよ!」

「ふ～ん。そうなんだ。良かったね、ネロ。ここまで言ってもらえる仲間ができて」

横目でフィアが僕に言ってきた。ま、まぁそこまで言われるともちろん悪い気はしないし、嬉しい限りなんだけどね。

「フィアはどうなのよ。前のパーティーで一緒だったんだし、ネロとはどうだったの?」

「え? 私、私は……結局追放に同意しちゃったしね」

エクレアに聞かれ、うつむき加減にフィアが答えた。もしかして僕が追放されたことを気にしているんだろうか……?

「えっと。なんかごめんね。変なこと聞いちゃって」

「ううん。そんなことないよ」

「あ、えと、ほら! 追放はされたけど、今はお互い元気にやっているんだし。おかげでエクレアとフィアは仲良くなれたし、それに僕はもう気にしてないからさ!」

「「…………」」

なんか微妙な空気になって僕も思わず口を出しちゃったよ。二人が沈黙し僕を見てきている。

ま、まずい、何か余計なこと言っちゃったかな!

「ププッ、もうネロっては相変わらずだね。なんか安心しちゃった」

するとフィアが吹き出して昔を思い出すように話をした。

「うん。ネロはこうでなきゃね」

「スピィ〜♪」

エクレアがスイムを抱えながらそんなことを言った。う〜ん、二人から僕は一体どんな風に見えているんだろう？

「いいなスイムちゃん。私も撫でていい？」

「もちろんよ。スイムちゃんも喜ぶと思うよ」

そして二人してスイムを撫でる。スイムはみんなから愛されているね。

「お客様。よろしいですか？」

すると、店員が近づいてきて声を掛けてきた。何かあったかな？

「実は、先に出たお客様が代金を支払ってくれたのですがだいぶ多かったもので。もしお知り合いなら、お釣りを渡しておいていただけますか？」

それを聞いて驚いた。確かにガイがそんなことを言っていたけど本当に支払ってくれたなんて。

「えっと。それならフィアがいいかな？」

「うん。後で私が預かるね」

「良かった〜。ではよろしくお願いします」

店員が安堵して去っていく。

「その、僕たちの分は後で支払うから」

「そんなの気にしないで。というかガイがそうしたいのよ。あいつプライド妙に高いから、ネロから受け取って帰ったりしたらまた機嫌悪くなっちゃう。だから今晩は奢らせておいて」

フィアが苦笑いして伝えてきた。う～ん、ガイならありえるか……そう言われてしまうとフィアに迷惑を掛けるのもね。

「それならネロ。今度の機会に逆に私たちで出そうよ。それなら文句はないでしょう？」

「う～ん、そうだね。ならそれで」

エクレアの提案に乗った。確かに奢られっぱなしってわけにもいかないし、いい落とし所だと思う。

「あはは……うん。一応伝えておくね」

苦笑気味にフィアが答えた。ガイがそれで納得するかはわからないといったところかな。

「というか私、フィアにはまた会いたいし」

「嬉しい、私もだよ！」

フィアとエクレアはそれぞれ普通に名前で呼び合う仲になったんだね。ただ、僕を追放したガイが次も食事を一緒にしてくれるかなんてわからない、というのがあるんだけどね。

「ちょ、お客様困ります――キャッ！」

「おいお前何して、うわっ！」

あれ？　なんだろう？　なんか急に悲鳴が聞こえてきた。出入り口の方だね。

「「「「グォオォォオオォォオォオオ」」」」

「うわ、な、なんだなんだ！」

「こっちに来るな！」

「暴徒がなだれ込んできたぞ！」

一瞬にして店内がパニックに陥った。なんだか正気ではない目をした連中が店内で暴れ始めたからだ。中には武器を持って振り回している者まで！　これって一体どうなっているの――。

「ネロ！」

「うん！　水魔法・水ノ鞭！」

エクレアが立ち上がり声を上げた。その意味は僕にも理解できた。店内のお客さんに襲いかかっている暴徒を水の鞭で縛めていく。

「何これ。一体どうなっているの？」

「スピィ!?」

フィアとスイムも突然なだれ込んできた暴徒に驚きを隠せない様子だ。

店員も悲鳴を上げている。これは早くなんとかしないと。

「とにかく止めよう！」

「そうね。なら私の魔法で――」

「待って待って！　フィアはギリギリ、ギリギリまで待とう！」

フィアの魔法は店の中で扱うには危険すぎるからね――水飛沫の魔法で暴徒に水を掛けて回った。

その間にフィアには戦いではなく店内のお客さんや店員が逃げられるよう誘導をお願いした。

「よし、エクレア！」

「任せて！　武芸・雷撃槌《らいげきつい》！」

エクレアが床を鉄槌で叩くと、電撃が周囲に伸びて暴徒たちを感電させていった。意識が消失し、店内の暴徒が一斉に倒れていく。

「ふぅ。これでなんとか鎮圧できたね」

「凄い――これどうなっているの？」

一安心しているとフィアが不思議そうに聞いてきた。そうか、フィアは雷が水を伝わるって知らないもんね。

「雷と水って相性ばっちりなんだよ。だから水に乗せると効果が高いの」

「へ、へぇ、そうなんだ……うぅ、火だとこうはいかないよね……」

なんだろう？　エクレアの説明を聞いてフィアが肩を落としているけど――。

「フィアもありがとう。フィアのおかげで店のお客さんや店員も逃げ出すことができたんだし」

「え？　あ、そ、そう。ま、大したことないわよ」

僕がお礼を言うと腕を組んで強気なセリフを口にする。うん、やっぱりフィアはこうでないとね。

「これって、フィアもしかして……」

「スピィ～？」

あれ？　エクレアがスイムを撫でながら何か呟いているけど、何かな？

いや、それよりこの状況をまず把握しないと。

「店員さんも気になるし、一度店から出よう」

「うん」

「そうね」

「スピッ！」

スイムを肩に乗せて店から出た。すぐそこに心配そうにしている店員や神妙な顔の男性がいた。男性はもしかしたら店長なのかもしれない。

「お前たちのおかげで助かった。店長としてお礼を言わせてもらうよ」

「いえ、僕たちは冒険者ですから、これぐらい当然です」

「それより、店の鍵を外から掛けてもらえる？　暴徒が中で気絶しているから出られないようにね」

「確かにそうだな」

店長が扉の鍵を閉めた。シャッターもおろしてしまえば内側から出ることは不可能らしい。

「あの、実は外も大変みたいで、暴れまわっている人が沢山いるんです。もうどうしていいか……」

「え！　外にも!?」

店員の女の子が状況を説明してくれた。まさかそんなことになっているなんて。

「言われてみれば叫び声が聞こえてきているわね」

「見て！　向こうには火の手が！」

「スピィ！」

エクレアとフィアが緊迫した声を上げる。確かに相当な騒ぎになっているようだ。

「とにかく店長さんと安全な場所に避難を！　僕たちは他の様子を見てきます」

「は、はい。どうか気をつけて――」

店員の女性に注意を促し、僕たちは声のする方に駆け出した。

「何これ――」

「さっきまで平和だったのに……」

「ス、スピィ……」

目を疑うような光景だ。沢山の人が倒れている――暴徒化した人が暴れているのが見えた。ただ、彼らを押さえつけようとしている人もいる。格好からして冒険者だろう。衛兵の姿もあった。

「僕たちも手伝わないと――」

「あぁ！　いたいた！」

他の冒険者たちに合流しようかと考えていると、道の向こうから声を上げて駆け寄ってくる人がいた。

「あ、あの人は確か？」

「うん。戻ってきたときにすれ違った人だね」

そう、ローブを羽織った細目の人だ。だけど確かもう一人いたはずだよね――。

「いや良かった。探していたんですよ」

「僕たちをですか？」

あの細目の男性が駆け寄ってきて安堵した様子で言った。どうやら僕たちに用事があったようだ。

「えぇ、あ、前は言い忘れていたけど僕、ライアーといいます。それで、見ての通り突然人々が暴れだして、それで友達のガルが大変な目にあっていて、助けて欲しいんです！」

ガル、そうかもう一人の鍬を持った男性だね。

「――あなたその友達置いてきたの？」

すると、フィアが険しい目つきで問いかけた。確かに今の話を聞くに、彼が一人で来ていることを考えると、もう一人を置いてきたのかもしれないけど、緊急事態でどうしようもなかったのかな――。

「その、情けない話ですが。あ、ただ通りかかった冒険者に助けてもらったんです」

なるほど。そうだったんだ。確かに今も暴徒を止めようと動いている冒険者の姿があるよね。

「だけど彼らも暴徒を相手にするのは厳しいらしくて、応援を呼んで欲しいと言われて。自分も戦えればいいんですが……君には以前僕の紋章について話したよね？」

「えぇ。風の紋章でしたよね」

以前の話を思い出す。すると、ライアーが手の甲に刻まれた紋章を見せながら答えてくれた。

「そうです。だけど自分はそもそも戦いとか興味なかったので、紋章の力が使えないんです。そこであなたたちのことを思い出して――ですからお願いです！　友達を助けてください！」

必死に助けを求めるライアー。流石にここまで言われたら放っておけないよね。

「わかりました。案内してください！」

「スピッ！」

「はい！　こっちです！」

「急ぎましょう」

「……」

ライアーが先頭を走って案内してくれた。結構足が速いね。

「あの路地裏に入ります！」

ライアーが途中で折れて路地裏に入っていった。表通りに比べたら少し狭い通路だ。このあたりは空き家が多くて、人も住んでない寂しい場所だったはず。

だから暴徒の姿もあまりない。

「フィア、どうかしたの？」

エクレアがフィアに問いかけた。見るとフィアの眉間に皺が寄っていた。なんだろう？　何か気になることがあるんだろうか。

「あなた、どうして私たちがあのあたりにいるってわかったの」

フィアがどこか疑うような目で問いかけた。そう言われてみると、あの店にいるってよくわかったなとは思えるかな。

「――はは、わかりますよ。あなたは魔法師のフィアさんですよね？　ラッキーなことに助けてくれた冒険者というのは、今をときめく勇者パーティーのガイさんとセレナさんだったんです」

「え？　ガイが？」

どうやら僕たちより先に店を出たガイに助けてもらったようだね。

それなら店の場所をわかっていてもおかしくないか。でも、ちょっと違和感が……。

「はい。それでガイさんが教えてくれたんです。仲間が食堂にいるってね。頼りになる仲間だから呼んできてくれと――」

「二人とも止まって！」

「え？」

「何？」

「スピィ？」

フィアが突然叫び、僕たちが足を止めると、火球がライアー目掛けて飛んでいき着弾――爆発した。

「えぇ！　ちょ、フィア何を！」

「全く。かなわんなぁ。なんや突然危ないやないか」

え？　かなわん、なぁ？　それにやないかって――。

「ずっとおかしいなとは思っていたわ。だいたい、戦う力もなくて臆病風に吹かれて助けを呼びに来たなんて言っておいて、真っ先に前を走るなんて変でしょう？」

杖を向けてフィアが言った。爆発が収まった先には薄ら笑いを浮かべるライアーの姿があった。

「いやいや、それだけで疑われたんやな、かなわんで」

「いや、ていうか、なんなのよその口調……」

「スピィ……」

エクレアとスイムはライアーの急変ぶりに戸惑っているようだ。確かに口調も妙な感じだよ。

「そうかもね。でもあなた詰めが甘いのよ。言っておくけどガイはそんな簡単に助けを呼べなんて言わないし、まして頼りになる仲間だなんて絶対に言わない。あいつ性格捻くれているからね。断言してもいいわ！」

フィアが言い放つ。な、なんか酷い言われようだねガイ――。

ただ、そう言われて僕も違和感の正体に気がついた。ガイが僕を頼れと言うわけないし。

「それともう一つ。あいつはこの程度の暴徒に苦戦するほど弱くはない」

あ、それは確かにそうかも……勇者の紋章を持つガイはそれ相応に強い。

「ハハッ、なるほどなるほど、そこまでは頭回らんかったなぁ」

するとライアーが開き直ったように笑い出した。

それを認め、フィアが更に考えを述べる。

「そもそも私の魔法を避けた時点で、戦う力がないというのが嘘だとわかるけどね」

そう言われてみればフィアの言う通りだ。今の魔法を避けた動きは常人では不可能だと思う。

「――なるほど。やっぱ勇者パーティーは一筋縄ではいかんゆうことか」

そう言ってライアーが右手の甲を翳した。そこからは既に風の紋章が消えていて、代わりに黒の紋章がハッキリと浮かび上がっていたんだ――。

「そんな、さっきまでそこには風の紋章があったはずなのに」

思わず声に出てしまった。確かに僕もそれは確認していたはずなんだ。

「えぇ。それもごまかしだったんだ。でも、紋章が消えるなんてね」

「え？　消える？　えっと。黒い紋章が視えない？」

フィアに確認した。僕には確かにライアーの黒い紋章が視えている。

「黒い紋章？　視えないけど……」

「私には視えるよ。凄く禍々しい紋章」

「スピィ！」

どうやらエクレアには紋章が視えているらしい。これはやっぱり、僕の賢者の紋章が視えるようになった影響だろうか。そういえばスイムも反応している。

「――やっぱりあんさんにはこれが視えているんやな。しかし驚いた。そっちのエクレアはんにも視えているなんてなぁ。ま、どちらにせよわいらには邪魔や。全員始末させてもらうで」

「――ッ!?」

空気が変わった。ライアーの殺気が膨れ上がっていく。本気で僕たちを、殺すつもりなのか。

「――町の人がおかしくなったのもあんたの仕業ってことでいいのね？」

力のこもった声でフィアが問う。そうか――この状況で黒の紋章が刻まれた相手だ。町の騒ぎに関係していてもおかしくない。

「さぁ？　どやろか。ま、関係ないやろ。お前らはここで死ぬんやで？」

「そう簡単にやられるわけないでしょう！　爆魔法・爆裂破！」

ライアーの立っていた場所に爆発が生じた。フィアの魔法は爆発を引き起こす。

破壊力だけで見るなら、勇者の紋章を持つガイにも負けていない。

「おお、こわ。全く遠慮ないんやなぁ」

だけどライアーは魔法がくると読んでいたのか、後方に逃げていた。ダメージはなさそう。

「勘のいい奴ね。でも次は外さないわよ」

「へぇ。随分と自信があるんやな。せやけど残念。その魔法わいも使えるんやで」

「は？」

ライアーの発言にフィアが怪訝そうな声を発した。フィアの紋章は希少だ。そうそう使える者はいないはずだけど——。

「なにそれ、はったり？」

「はは。実際にその目で見たらえぇ。言うておくけど、わいの魔法の方があんさんより強力やからな。爆魔法——」

ゾワッと悪寒が背中を走る。嫌な予感がする。

「みんな離れて！」

「爆裂破——」

大急ぎで後方に逃げると、僕たちが立っていた場所から凄まじい轟音が鳴り響いた。熱気と衝撃が駆け抜け、勝手に体が仰け反り飛ばされてしまう。

「くっ、みんな大丈夫？」

「スピィ……」

「な、なんとか」

「そんな――本当に私と同じ魔法が――」

エクレアもフィアも無事みたいだ。僕もかすり傷程度だけど――路地は大変なことになっていた。

左右に立っていた建物が破壊され道が無理矢理拡張されてしまっている。

しかも爆発が起きた地点には大きな窪みができてしまっていた。

最初のフィアの爆発も威力は高かったけどここまでではなかった。

「どや？　わいの力は？」

「はぁあぁあぁあああ！」

得意がるライアーに向けてエクレアが疾駆した。距離を詰めると手にした槌に電撃が迸る。

「中々やな。せやけどわいの動きはもっと速いで」

動きが速い――魔法だけじゃなくて体術も使いこなすってことなのか？

「関係ないわ！　武芸・雷撃槌《らいげきつい》！」

跳躍し振り下ろした鉄槌がライアーを捉える、かと思えば風のような素早い動きでエクレアの鉄槌から逃れてしまう。

「言うておくけどわいに電撃は利かへんで！」

鉄槌を振り下ろした直後地面を伝って電撃が放射状に広がった。ライアーも電撃を浴びるけど――

平然とそこに立っていた。

「う、うそ。どうして？」

「言うたやろ？　わいに電撃は利かへん。それだけやない。あんさんの技もわいは使いこなせるで。

今の技より強力なのをや」

「馬鹿言わないで。この技は槌と雷の合わせ技なのよ」

「それをわいは拳でやるんや。雷撃拳としてこうやってな！　武芸・雷撃拳《らいげきけん》！」

ライアーが地面を殴りつけると、エクレアがやったように、いやそれ以上の電撃が広がった。

「きゃ、きゃぁぁあああぁぁあ！」

「エクレア！」

「スピィ！」

電撃でエクレアが大きく吹き飛んだ。まずい。咄嗟に飛び出した僕は水の鞭を生み出し飛んできたエクレアを受け止めた。

けど、僕も大きくバランスを崩して地面に倒れることになった。でもクッションにはなれたかな。

だけどあいつ、フィアの魔法だけじゃなくてエクレアの技も使いこなすなんて、それが黒い紋章の力なのか……。

「エクレア、大丈夫？」

「あ、ありがとう、ネロ――」

エクレアはダメージあるようだけど、返事はできるし動くのには問題なさそうだ。

「はは、抱き合って随分と余裕やな」

「だ、抱き合っているわけじゃ――」

ライアーが呆れたように言ってきたけど、元はと言えばこの男の攻撃でこうなったことだ。

「早く戦闘態勢に戻った方がいいわよ」

「そ、そうね――」

フィアからも声が掛かった。確かにこのまま倒れているわけにはいかない。ただなんか声が尖っているような？

「それにしてもまさか本当に私の雷まで――しかも拳って、まるでパパじゃない」

立ち上がったエクレアが呻くように呟く。そういえばサンダースは拳と雷の組み合わせだった。

「私の爆属性も使ってきた。だけど、本当にそれを使いこなせるのかしら？」

フィアがライアーに問いかけた。どことなくライアーの力を察したような雰囲気を感じる。

「――どういうことや？」

「文字通りの意味よ。私には視えないけどそこに黒い紋章があるのは確かなんでしょ？　もしかしてその力って、私たちの魔法や技を真似る力なんじゃないの？」

え？　真似？　フィアの予測に驚いた。確かにフィアの魔法をあいつは同じ名前で使っていた。

「待って。だとしたら私の武芸は説明がつかないわ」

エクレアが疑問点を述べた。そう言われてみると、エクレアに関しては雷以外使用する武器が違う。

「それは多少のアレンジを加えて行使できるのかもしれない。威力もより大きくして。だけどきっとあなたは見たものと極端に違うことはできない！」

フィアが人差し指を突きつけ言い放つ。だけどフィアの予測を聞いてライアーは不敵な笑みを浮かべていた。

「ほんまにせやろか？」

「だったら他の魔法を使ってみたら？」

ライアーが薄笑いを浮かべながら聞き返し、フィアも挑発するように答えた。

心理戦に発展しているかのような様相――。

「それなら爆魔法・豪爆球といこか。巨大な火球がお前たちを襲うで。着弾したら大爆発や――爆魔法・豪爆球！」

ライアーは確かにこれまで見たこともないような魔法を行使した。

すると、彼が言っていたような巨大な火球がこっちに向かって飛んでくる。これはちょっと洒落にならないぞ、まともに当たったらヤバい！

「水魔法・重水弾！」

圧縮された水球が火球とぶつかり爆発、炎上した。熱風ののち煙が発生して一瞬視界が妨げられた。

路地裏、と言っていいかもうわからないけど、更に窪みが増えてしまった。

「こんな魔法、私は使えない――本当にあいつは沢山の魔法が使いこなせるの？」

ライアーの魔法を認めフィアが真剣な顔で疑問を口にする。だけど、今魔法を使ったライアーもまた眉間に皺を刻んで何かを考える様子を見せていた。

「――あんさんの水魔法。随分と強いな」

だけどすぐに薄笑いに戻り僕の水魔法を評した。

「せやけど、それかてわいはあんさん以上のが使えるんやで？」

「え？」

そしてライアーが言った。僕の水魔法が使えると。だとしたら更に厄介だ。

ただ、何故だろう。それは絶対に無理な気が、いや確信めいた思いがあった。

「いくで――水魔法・重水弾！」

ライアーが水魔法を使おうとする。だけど――何も出てこなかった。

「――どないなっとんねん」

それにどうやら彼自身が驚いているようだ。自分の紋章に目を向け悩んでる様子。

「どういうこと？　今あいつ水魔法も使えるって言ってたよね？」

エクレアが怪訝そうに口にした。確かにこれまでライアーが口にしたことは全て実現していた。

だけど水魔法はそうはいかなかった。

「わからないけどこれはチャンスだよ！　水魔法・水槍連射！」

とにかく相手が戸惑っている隙に魔法を行使、水の槍を連射した。更にフィアも後に続こうと杖を向ける。ライアーが明らかに動揺している今がチャンスだ。

「ムダや！　今障壁を張ったわいにはあらゆる攻撃が効かへんで！」

え？　障壁？

「爆魔法・紅蓮華！」

僕の槍が命中すると同時に激しい爆発が起きた。華が開くような爆炎が生じライアーが炎に包まれる。これで本来なら勝てている――そう思ったのだけど……。

「言うたやろ？　もうわいにはどんな攻撃も効かへんで」

「嘘でしょ――こんなの……」

エクレアが声を震わせる。ライアーは炎の中で笑っていた。怪我も一切負っていない無傷の状態で。

これが障壁の効果――。だけどなんだろう、あいつ、僕の水魔法が使えなかったり、何か違和感を覚えた。ライアーの力には何か特殊な条件があるのではないか――そんな気がしてならない……。

もしライヤーの言っていることが本当なら、僕たちにはどうしようもない。攻撃が一切効かない障壁なんてどう突破していいのかと悩むところだ。

「ほならそろそろ覚悟を決めてもらおうか」

「くっ、そんなの信じない！　武芸・雷装槌！」

鉄槌に電撃を纏わせてエクレアがライアーに迫る。

「はぁあぁあああぁぁ！」

そして鉄槌で殴る殴る殴る！　だけどライアーは涼しい顔で全く動じていない。

「僕だって！　水魔法・水ノ鞭！」

伸びた水の鞭でライアーを打つ――だけどやはり通じていない。

「無駄やと言ったやろ？　いい加減諦めるこったな。はな行くで」

ライアーが構えを取る。また何か技か魔法を使う気か！

――バチッ！

「――チッ！」

そのとき、ライアーが大きく飛び退いた。今攻撃に移ろうとしていたはずなのに確かに退いた。

でも、どうして？　それに今音が――。

「キュピ～！」

するとスイムがライアーに向けて飛び出した。

「待ってスイム危ない！」

駄目だ、スイムは戦える力なんて！

「スピッ！」

思わず声を張り上げた僕だけど、鳴き声を上げたスイムから液体が飛び出し、それがライアーに向けて飛んでいった。なんだろう？　妙にドロッとしてそうな――。

そしてライアーはまたも後ろに飛び退いた。今度は間違いない。そしてスイムの撃った液体が地面に掛かると同時に、なんと液体が燃え上がった。

「スイム。これって？」

「スピィ～！」

スイムが湯気を吹きながらプルプル震えていた。怒っているのかも。それにしても燃える液体なんていつの間にそんな技を覚えていたのだろう。

「凄いわスイム。こんな力があったのね」

「可愛いだけじゃないのね」

「スピィ～♪」

エクレアとフィアに褒められてスイムが喜んでいる。

だけど、今のはやっぱりおかしい。ライアーは間違いなくスイムの攻撃を避けた。

そして僕とエクレアの攻撃のときもだ。最初は自分で言っていたように僕たちの攻撃が効いてないようだった。だけど途中で明らかに怯んだ。そこには当然理由があるはずだ。

「二人共。ちょっと聞いて欲しい！」

自分だけで考えていても答えは見いだせない。だけど三人で考えれば。僕はかいつまんでこれまでのことをフィアとエクレアにも説明した。

「なんや、三人でこそこそしとるようやけど、わいがそんなのいつまでも待っていると思うなや。武芸・雷撃拳！」

ライアーが雷の拳で地面を殴る。電撃が伸びてくる！　するとまたもスイムが前に飛び出して電撃を一身に受け止めた。

「やったわ！　けったいな魔物倒したで！」

「スイム！」

ライアーが勝ったかのように声を上げる。僕も思わず叫ぶ。だけど僕の目に映るスイムは――。

「スピィ～？」

平然としていた。何かあったの～？　と言わんばかりの様子だよ。

「ど、どうなってるんや！」

「残念だったわね。そしてこっちの準備も整ったわ！　いくわよ。爆魔法・獄炎嵐昇天舞！」

フィアが魔法を行使した。だけど、何も起こらない。

「――なんやそれ？　なんもあらへんがな」

「くっ、しまった。魔力が足りないわ！　これまでの魔法で必要な魔力が――くそ！　巨大な爆炎で相手を飲み込む最終手段だったのに！」

フィアが膝から崩れ悔しそうに地面を殴りつけた。ライアーの口元が大きく歪む。

「それは残念やったなぁ。ま、どっちにしろわいには効かへんで。そしてもう一つ絶望的なお知らせや。実はわいもその魔法――使えるんや。当然より強力なもんがな！　いくで！　爆魔法・獄炎嵐昇天舞！」

そして意気揚々とライアーが魔法を行使！　その直後大爆発が――起きなかった。そう、何も起きなかったんだ。

「な、なんやて？　どないなっとんねん！」

ライアーが慌てた調子で声を上げる。かなり動揺しているみたいだ。

「はは、あはは！　本当見事に引っかかってくれたわね」

そしてフィアが立ち上がり。してやったりと笑顔を見せた。うん、やっぱりフィアは賢いね。これであいつの力がどんなものか掴めたよ。

「今私が言った魔法は真っ赤な嘘。そんな魔法は存在しないのよ」

「存在、しないやて？」

フィアが告げた真実にライアーの眉がピクリと反応した。

「そうよ。そして私はネロとエクレアにもそれを伝えておいた。だからあんたの言っていることが嘘だとわかり魔法も発動しなかった。このことから導き出される答えは一つ！」

指をビシッと突きつけフィアが言い放つ。

「あんたの魔法は嘘を真実に変える力よ。ただし条件付きでね」

僕の話を聞いたフィアの答えがそれだった。そう考えれば辻褄が合うこともあった。

なぜなら、ライアーは僕たちが見せた魔法以外については、自ら事細かくどんな魔法か説明していたからだ。冷静に考えて見れば何故わざわざそんなことをと思うけど、そこでフィアが導き出したのが奴の能力の条件――それは嘘が通用したときのみの真実化だ。つまり、僕たちがライアーの嘘を僅かでも信じたからこそ、恐らく本当かもしれないと思った程度でも、その力は発揮されるのだろう。

「なるほどなぁ……」

「もう観念することだね。それにお前の力にはもう一つ欠点がある。それはスイムのように人の嘘が通じない相手には効果が及ばないこと」

僕はフィアに追随するようにライアーに言った。ライアーは真剣な顔でこっちを見ている。

「くくっ、はっはっは。なるほどなぁ。やるやないか。褒めたるわ。確かにわいの紋章『正直な詐欺師』の力は大体そんなところや」

え？　あっさり認めた？

「認めたってことは観念したのね」

「スピィ」

エクレアが鉄槌を構えながらライアーに向けて言った。スイムも力強く鳴いている。

「観念？　馬鹿を言わんといてや――」

そう口にしたかと思えばライアーが腰に吊るした袋から黒い玉を取り出した。

「いくで！」

そして玉を僕たちに向けて投げつける。なんだ？　一体なんのつもり？

「逃げんでえぇのか？　それは魔法の爆弾やで！」

「は？　あんた馬鹿？　その能力はもう見切って――」

「確かにわいの力は嘘を本当に変える。せやけど、それが魔法の爆弾じゃないと本当に言い切れるんか？」

「え？」

それを聞いたとき、みんなの顔が強張った。これは――まずい！

「水魔法・水守ノ盾《みまもりのたて》！」

とっさに水で盾を生み出すと、玉は盾にぶつかり、そして爆発した。

「ハハッ、よう防いだもんやな」

ライアーが笑い出す。今のは危なかった。

「まさか、本当に爆弾？　それともこれは奴の力の影響なの？」

「わ、わからないけどごめん。私ちょっと本当かもと思っちゃった」

「それは僕もだよ。嘘だと思いきれなかった」

「そ、それは――」

フィアもばつが悪そうな顔を見せる。きっとフィアも僕たちと同じ気持ちなのだろう。

「はは、まだまだいくで」

ライヤーは今度は大量の赤い石を取り出して握りしめた。

「これは大爆発を引き起こす危険な魔石や。お前たちだって知っとるやろ？　魔石の中には厄介な効果が宿った特殊な物もあることを」

それは――確かに聞いたことはある。そういった危険なタイプは事前にギルドが教えてくれるわけだけど。

「これがその魔石や！　この魔石はこのあたり一帯を吹き飛ばすほどの威力があるんやで。さっきの魔法の爆弾とは大違い。せやけど、これはもしかしたら嘘かもなぁ。せやけど本当だったら――どないする？」

ニヤッと笑みを深めてライアーが頭上に魔石を放り投げた。これが本当だったらとんでもない爆発が――。

「答えは一つよ！　爆魔法・鳳戦爆火！」

フィアが魔法を唱えると空中で爆発が発生した。しかも爆発した場所から更に小さな火球がばら撒かれ魔石に当たると連鎖的に爆発が起きる。

これによって魔石は地上に落ちることなく空中で処理された。

「これで問題ないわね。嘘だろうと本当だろうと全て破壊すればいいんだから」

「チッ！」

フィアが言い放つとライアーが悔しそうに舌打ちした。そしてそこに隙が生まれた。このチャンスを逃さない！

「水魔法・重水弾！」

「し、しもうた！」

魔法が発生しライアーに向けて直進、そしてまともに命中した！

「これは、やったわね！」

「スピィ！」

エクレアとスイムが興奮気味に叫んだ。これで決着がついたか！

「――今のはちょっと焦ったなぁ」

だけど――立っていた。ライアーはその場に平然と……。

「え？　嘘、まだ、無傷――」

「スピィ!?」

エクレアが驚愕の声を上げた。スイムも驚いている。それは僕も一緒だった。でも、どうして？

「どういうことよ。私たちはあなたの障壁が嘘だともう知っている！　効果なんてないはず！」

「はは。せやな。確かにわいの障壁には少しだけ嘘があった。実際は魔導具に頼ってたんや。しかも耐久制限があるからスライムの攻撃にも少々焦って避けた。それが正解や」

耐久制限があっただって？　それがライアーの言う真実――。

「そんな都合のいいことあるわけないじゃない！」

フィアが叫ぶ。確かに都合がいい。ライアーも魔導具を揃えすぎと思わなくないし。

「何故そう思う？　わいの力が嘘を本当にする力だからでっか？　せやけど今確かに攻撃は防いでみせた。それやのに嘘や言い切れるんでっか？」

「う――」

フィアがたじろぐ。そうなんだ、少なくとも今の僕の一撃は確かにライアーが防いだ。そのせいで、いやそもそもそれが駄目なんだ！

「駄目だみんな！　こいつの言うことに耳を傾けちゃ！」

「そんなのもう遅いやろ――」

くっ、確かに聞いてしまえばどうしても疑心暗鬼に陥る。ライアーの言っていることが必ず嘘だとは思えない。

「けどな。もうわいも余裕がない。せやからこれで終わらせるで」

そしてライアーが袋から奇妙な箱を取り出した。

「これはわいの秘密の魔導具や。強力な破壊魔法が込められていてさっきの魔石なんぞ比べ物にならん威力や。お前らも含めてこのあたり一帯を全て消滅させる。本当はそこまでするつもりなかったんやけどなぁ。もう仕方ないで」

「それこそ嘘よ。信じるわけないじゃない！」

「これが嘘？　馬鹿言いなさんな。これは当然わいにもリスクがある。これ、つこうたらわいの防御も完全に消え去るんやで。もっともそれでもわいは生き残れるがな。後先考えない無様な手やけど仕方ない」

「だ、だからそんなの――」

「本当にこれが嘘だとあんたら言い切れまっか?」

「「――」」

「くっ、駄目だこのままじゃ!」

エクレアもフィアも黙ってしまった。嘘だと確信できない表情だ。これならたとえ本当だったとしても、そして嘘だったとしてもあたり一面瓦礫の山になってしまう。僕たちだって無事では済まない。

何か、何かあるはずなんだ。切り抜ける手が。

「こうなったら私の魔法で!」

「はっは。別にえぇで。そんなことしたらこの魔導具に誘爆するだけやけどな。結果は同じじゃや」

杖を向けたフィアだったけどライアーの話を聞いて引っ込めてしまった。これじゃあ下手に魔法を当てるわけにもいかない。

「私の武芸だって下手に使えないじゃない」

エクレアの属性は槌と雷。攻撃してもし衝撃を与えたら――あ!

「エクレア、――僕たちはいいパートナーだったよね」

「え?」

「はは。なんや諦めたんかい。ま、それが賢明やな。どうせなら好きな女と一緒に死んでやったらえぇやろ」

僕の発言にエクレアの短ぃ声、そしてライアーの煽るような声が重なる。

「ちょ、好きなって何よ！」

「水魔法・水飛沫！」

何かフィアが叫んでいたけど、ここは急がないといけない。僕は魔法の狙いを定めライアーにだけ水を掛け地面を濡らした。

「ブッ！　な、なんやこないな悪あがきしてからに！」

「ねぇ知っている？　水って雷を通すんだよ？」

「は？　何いうとるんや。そんな馬鹿な話あるわけないやろ」

「はぁあああぁあぁあああぁああ！」

僕のセリフでエクレアは察したようだ。雷を纏わせた鉄槌を片手にライアーに向けて駆け出す。

「なんやわかっとるんかい！　下手に衝撃を加えたら誘爆するで！」

「わかっているわよ！　だからこそここを！　狙う！」

「は？」

ライアーがキョトンとした顔を見せる。エクレアが狙ったのは彼とは離れた地面だったからだ。

「アホか、そんなもんなんの意味、が、グギイイイイイアァアアァァアアァアアアアアアァァアアアアァアァアアァアァアアァアアァアアアアアギイイイイィアアアアァアァアアッ！」

不可解な顔を一瞬見せたライアーだったけど刹那その表情が一変した。雷に撃たれたような絶叫を上げ――煙を上げながらそのまま倒れていった。

「残念だったね。雷は水を伝って相手を感電させる。その知識がお前にはなかった――だから防ぐことができなかった」

そう。もしあいつの言う攻撃を防ぐ障壁というのが嘘を本物に変えた力だったとしても、自分の知らない攻撃まで防ぐことはできない。

そしてたとえそれが本当だったとしても魔導具で防ぐことは不可能だ。だってそんなこと知っているのは僕とエクレアだけ。つまり感電を防ぐ術式なんて作れない――つまり僕たちの作戦勝ちだ！

「チッ、一体どうなってやがる！」

勇者パーティーとネロたちがそれぞれ黒の紋章使いと戦っている頃、ギルドマスターのサンダースもまた町の変貌に驚き自ら対処に回っていた。

「――雷剛拳！」

サンダースは凶暴化し襲いかかってくる暴徒相手に武芸で対応していた。もっとも拳を直接当てたりはしていない。あくまで拳から伸びた電撃でショックを与え気絶させるに留めている。

原因が不明な上、相手は街でこれまで普通に暮らしていた一般人だ。下手なことをして大怪我を負わせるわけにもいかない。かといって放置していても被害が増えるだけである。

故に電撃によるショックで意識だけ刈り取って回っているのだ。

「たく、調整も面倒だってのに――」

頭をガリガリ掻き毟りながらサンダースがボヤく。現在このあたりの大体の暴徒は鎮圧した。

「しかし原因がわからなければ根本的な解決になりゃしねぇ」

「た、助けてください！」

そのときだった。サンダースの耳に助けを呼ぶ女性の声。目を向けると随分と露出の激しいドレス姿の女性が走って近づいてきた。

「――どうした？」

「それが、突然みんなおかしくなってしまって――私も襲われてしまったんです。ですからどうか……」

「そうか、よ！」

駆け寄ってきた女に向けてサンダースが拳を振った。問答無用で顔面に吸い込まれていく拳だが、女が当たる直前に跳躍し拳を避けつつサンダースの背面に回り込んだ。

「ハッ！　助けを求めているわりにはいい動きしているじゃねぇか」

「――あなたひどい人ね。助けを求めて近づいてきた女に手を上げるなんて」

妖艶な笑みを浮かべつつ女が言った。サンダースが振り返り鼻を鳴らす。

「フンッ。助けてと言っているわりに声と表情に余裕があったからな。お前はもう少し演技力を磨くといいぞ」

「あら辛辣。けれどもしそれがただの勘違いだったらどうしたのかしら？」

指を突きつけサンダースが告げると女は色のある微笑みを浮かべ聞き返した。

「ギリギリで拳を止める技量ぐらいは持ち合わせているつもりだ。お前には必要なかったようだがな」

女に厳しい視線を向けながらサンダースが答えた。女は笑みを崩すことなく科《しな》を作りサンダースに微笑みかけた。

「あらそう。でも、私に気を取られてばかりでいいの？」

フフッと妖艶に笑った直後、建物の陰から飛び出してきた暴徒が一斉にサンダースに襲いかかる。

「あめぇんだよ！　旋風雷鳴脚！」

回転と雷を纏った蹴りで、襲ってきた暴徒を嵐のごとく纏めて吹っ飛ばした。地面に落ちた暴徒たちはしこたま体を打ちつけ意識を失っている。

「あらあら。随分と容赦ないのね。ただ操られているだけの一般人かもしれないのに」

「あぁ問題ねぇよ。そいつら全員冒険者だ。たく情けねぇ。これは不甲斐ないこいつらへの罰だよ」

目を光らせサンダースが答えた。女は一旦瞼を閉じ、髪を掻き上げ口を開く。

「流石は著名なギルドマスターといったところね。あの一瞬でそこまで判断できるなんて。その逞しさといい、そそられるわ」

「勘弁してくれ。俺の嫁は嫉妬深いんだ。お前みたいな奴でも何言われるかわかったもんじゃねぇ」

女の挑発的な発言にもサンダースは乗る様子がない。

「あら傷つくわね。これでも私モテるのよ？」

「俺は中身重視なんだよ。それで町の人間がおかしくなっているのはテメェの仕業か？」

そしてサンダースが本題に触れた。慎重に相手の様子を窺いながら出方を待つ。

「そう、だと言ったら？」

「多少強引でもとっ捕まえて連れ帰らせてもらうぜ。色々と話を聞く必要があるからな」

「それは厳しいかもしれないわね。だってあなたはもう私の目を見たもの。フフッ」

「なんだ、と？　グッ！」

確かにサンダースは女の目を見ながら話していた。そしてそれがどうやら決め手となったようだ。

頭を押さえ呻くサンダース。獣のような目つきで女を睨んだ。

「テメェ、これで町の連中を」

「驚いた。まだ話せるのね。でも、ダ・メ・よ。私、メンヘルの『狂い咲く瞳』からは逃れられない」

「グ、グァアァアァアァアアアアア！」

サンダースが咆哮を上げた。瞳が狂気に染まり荒ぶる息を抑えきれない様子だ。

「堕ちたわね。それなら適当に暴れていなさい。もちろんあなたは『深淵をのぞく刻』の処刑リストに入っているから、娘ともども後でしっかり始末させてもらうけどね。ウフフッ――」

そう言い残しメンヘルがその場から姿を消した。このサンダースの暴走は当然他の冒険者にも知れ渡ることとなり、町の人間を恐怖に陥れることとなる――。

ガイの目の前では、畑から勝手に飛び出てた薄気味悪い芋が勢ぞろいしていた。芽ではなく眼が生えたような存在であり、根が手足のように伸びている。

「どうかな？　この俺が育てた作物は。とってもいい出来だろう？」

「ハッ。テメェのように性格が捻くれてそうな芋だぜ」

笑って問いかけてくるガルに勇者ガイが目を尖らせて言い返す。

「ははは。性格のことはお前には言われたくないな」

「あん？」

「まぁ否定はできませんね」

ガルが嘲笑しながら反論し勇者ガイが不機嫌な顔を見せた。だが聞いていたセレナは性格については納得しているようである。

「お前どっちの味方なんだよ！」

「プイッ」

「くっ、なんなんだ！」

セレナは何かガイに不満がありそうだ。当の本人はそれがなんなのかさっぱり理解できてないようだが。

「はは、おふざけはここまでだ。さぁたっぷりと味わえ。俺の育てた芋をな！」

目玉のついた芋がガイに向けて一斉に襲いかかってきた。剣を構え向かってきた芋に向けて一閃、芋はあっさりと切り捨てられた。

「ハッ、何かと思えばただの雑魚じゃねぇ――」

強気な発言を見せるガイ。だが地面に落ちた芋から紫色の煙が立ち上る。

「ゴホッ！　テメッ、何だこれは！」

「ははっ。なんだ知らないのか？　本来芋には毒が含まれているもんさ。そして俺が育てた芋は特に毒性が強い」

咳き込むガイを眺めながらガルがほくそ笑んだ。畑から飛び出た芋は敢えてやられることで毒を周囲にばら撒くタイプだったようである。

「ぐっ！」

跪くガイの皮膚が紫色に変化していった。その様子にセレナの顔色が変わる。

「ガイ！　今治すからね。生魔法・解毒！」

セレナが魔法を行使。するとガイの顔色が再び良くなっていった。

「はぁ、はぁ、助かったぜ」

「はは、そういえばお前は回復魔法が得意だったな。へぇ……」

ガルが真顔でセレナを見やる。

「やべぇ！　逃げろセレナ！」

「はっはっは。悪いが遅いねぇ。一鍬掘り！」

ガルが畑に向けて鍬を振り下ろすと直線状に衝撃が駆け抜けた。

「アブねぇ！」

ガイがセレナを突き飛ばす。だがガイは避けるのが間に合わずまともに攻撃を受けてしまった。

「ガイ！」

天高く舞い上がるガイを目にしてセレナが絶望に近い声を上げげた。回転しながら落ちてきたガイに駆け寄り急いで回復魔法を掛ける。

「おお、向こうにもいい肥やしがいたようだなぁ」

「え？」

何かを眺めながら口にするガル。魔法で治療しながらガルの視線の先を見やるセレナ。そこで気がついた。直線状に駆け抜けた衝撃に沿って畑ができていたことを。

そして――。

「キャァアアア！」

「ひ、ひぃいい！　人食い畑ぇえええ！」

「やめろ！　離せ離せぇええ！」

そこに広がったのは畑から伸びた根が近くにいた人に絡みつき、畑に引きずり込む光景だった。

「皆さんその畑には近づかないで！」

畑に引きずり込まれていく人々を認め、セレナが声を張り上げた。人々に危険を知らせるためだ。

「ふ、ふざけるな！　街中で頭のおかしな奴らが暴れているのにこんなところで足止めされてたまるかよ！　俺は一人でも渡るぞ！」

「俺もだ！」

「こんなもの飛び越えればいいだけよ！」

「ダメです！　待って！」

セレナには何故人々が慌てているのかわかっていなかった。そして冷静さを失った人々は畑を無理矢理進もうとするが、足を踏み入れれば飲み込まれ、飛び越えようとしたなら根によって引きずり込まれていく。

「あっはっは！　いいねぇ。どうやら仲間がいい仕事したようだ。向こうから畑の肥やしがやってきてくれるぜ！　さぁ、いい感じに作物も育ってきたぞ！」

まず畑から巨大な大根が姿を見せた。やはり大量の目玉を持った足の生えた大根であり、足となった根の部分が異様に太く逞しい。その大根が葉を振り回し逃げてきた人々を襲い始めた。

更にかぼちゃ頭の異形も姿を見せる。こちらは口があり火を吐いてあたりを燃やしていく。

かと思えばパタパタと跳ぶキャベツやトマトも現れそれらがセレナに襲いかかる。

「ハッハッハ！　最高だ！　普段は食う側の人間が野菜に襲われ食われていくなんて、最高のショーじゃないか！」

「うぉおお！」

愉悦に顔を歪めるガル。そのとき勇者ガイが立ち上がり迫る野菜を切り裂いていった。

「ガイ！」

「――助かったぜセレナ。後は俺に任せやがれ！　こんなクソ野郎俺がぶっ潰してやる！」

「ハハッ。威勢だけはいいな、このエセ勇者が――」

強気なガイに向けてガルがどこかイラッとした様子を見せた。

そして――そこから一方的な戦いとなった。ガイはセレナを守りながら戦う必要があり、四方八方から攻めてくる化物野菜に対して防戦一方であった。

「どうした？　威勢が良かったわりに随分とボロボロじゃないか」

「畜生が――」

ガルが狡猾な笑みを浮かべた。視線の先ではセレナを庇うようにして血だらけになったガイが立っている。だがセレナも決して無事ではない。ガイ一人では無傷で守ることは叶わなかった。

周囲を鋭い牙の生えたキャベツやトマトに囲まれており、セレナのローブには血も滲んでいる。何箇所か噛まれたからである。更に顔色も相当悪い。かなり弱っている様子だが怪我の程度を考えると症状が重く感じられる。セレナに治療してもらい戦線に復活したガイだったが、ガルは彼の弱みに付け込み、育った醜悪な野菜を利用しセレナを中心に狙い始めた。その結果ガルに効果的な反抗の手段を発揮できずガイは傷つくばかりであった。

「やれやれ、勇者というのも実際大したことなかったな。この処刑リスト間違ってないか？」

ガルが大げさに頭を振ってみせた。あからさまな態度に出てガイを小馬鹿にし、狙いが勇者ガイであったことを示す言葉を口にした。

「はぁ、はぁ、処刑、リストだと？」

ガイが眉を顰めガルに聞いた。

「あぁそうだ。まぁ貴様らが詳しく知る必要はないさ。どうせ俺に殺されるんだからな」

ガルにはそれ以上答える気はなさそうだった。その必要がないと考えているようだが、ガイもただでやられるつもりはない。

「そう、かよ！　勇魔法・大地剣！」

声を張り上げガイが地面に剣を突き立てているとガルの足元から巨大な刃が飛び出した。だがガルは読んでいたが如くそれを避ける。

「ハッ、また馬鹿の一つ覚えみたいな魔法か」

「勇魔法・天雷！」

小馬鹿にするような態度を見せるガルであったが、そこにガイによる追加の魔法が炸裂。天から放たれた雷がガルを撃った。下を意識させて上からの雷。これにはガルも反応できなかったようだが
――しかし全身から煙を上げながらもガルは魔法に耐えていた。

「くそ！　効いてねぇのかよ！」

「残念だったなぁ。お前の体力が万全なら今のはやばかったかもしれないが、お前は俺の野菜に噛まれている。そいつらの好物は人の生命力や魔力――お前の肉体は着実に弱まっているんだよ」

ガルが得々と語ってみせた。ガイが唇を噛みセレナを見る。彼女が相当弱っている理由も得心がいった。もちろんガイとて危険な状況だ。

「さて、次はみんなが嫌うピーマンだ」

畑からボコボコ姿を見せたのは文字通りピーマンだった。血走った目玉が飛び出ておりその様相は醜悪そのものである。

「ピーマンは可哀想だよなぁ。苦いというだけで嫌われがちだ。悲しいよなぁ。だから怒っているんだぜ？　ピーマンはよぉぉぉぉぉぉお！」

ピーマンが一斉にガイに襲いかかる。

「クソが！　ピーマンは大嫌いなんだよ！」

そしてガイもまたピーマンが嫌いな中の一人だったようだ。迎え撃つ体勢を取るがピーマンは筒状の腕を構え細かい種を連射してきた。

「ぐっ、こ、こいつ！」

剣を振り回すもピーマンはガイの射程外から攻撃を仕掛けてくる。

「全く。勇者ともあろうものが無様だなぁ。いやぁもう勇者でもなんでもないか。さっきからパニックに陥って逃げてきている連中は、畑に引きずり込まれるか野菜に食われるかを指をくわえて見てる始末だ。何も守ることができねぇとは本当糞の役にも立たない勇者だ。しかも大事な女も守れない。情けねぇ情けねぇ情けねぇ情けねぇ」

自らの育てた野菜に苦戦するガイを眺め、嘲笑の言葉を次々とガルが投げつけていった。

ガイは攻撃を避けながらもガルを睨めつけ叫ぶ。

「ふざけんなテメェ！　野菜のカゲに隠れやがって。テメェがかかってきやがれ！」

「見苦しいねぇ。言い訳がましいねぇ。そんなにその女が大事か？　庇っているからお前がこっちに来られないだけだろう？　結局お前は自分に自信が持てない根性なしってことだ。俺を倒せば畑も消えるってのにビビって何もできねぇ腰抜けが――」

「それが聞きたかったぜ！」

ガルの言葉に反応し勇者ガイが飛び出した。瞬時にピーマンを切り倒し、その距離を詰めにかかる。

「一発で決めてやる！　武芸・勇心げ――あ？」

決死の覚悟で飛び出し最大の技で決めようとしたガイだったが、その動きがピタリと止まった。背中に何かが突き刺さっていたからだ。高速で飛んできたソレは――キュウリだった。

もちろんただのキュウリではない。先端が槍のように尖った凶悪なキュウリだ。

「かかったな馬鹿が！　お前みたいな奴はこうやって煽ればすぐに飛び出してくると思ったぜ！」

「ち、くしょう、が――」

ガイが前のめりに倒れる。それを見下ろし近づいてきたガルが頭をグリグリと踏みつけた後、ガイの髪の毛を引っ張り持ち上げた。

「さて、テメェを始末するのは簡単だが、その前に楽しいショータイムだ。見ろ、あの女を囲んでるのが何かわかるか？」

ガルに言われ虚ろな瞳をセレナに向けるガイ。ガルの言う通り球状の野菜がセレナを囲んでいた。

「……スイカ、だと？」

ガイが呟く。それは確かに見た目はスイカだった。ガルが不敵な笑みを浮かべ答える。

「あぁそうだ。スイカだ。もちろんただのスイカじゃねぇぜ？　あれは言うならば爆弾スイカ。その名が示す通り獲物の近くで派手に爆発するスイカだ。面白いだろう？」

ガルからスイカについて聞かされ勇者ガイがクワッと両目を見開く。

「やめ、ろ、やめろクソが！」

「あっはっは！　いいねぇその顔。散々勇者だなんだとチヤホヤされて調子に乗ってきたんだろうが現実は非情だねぇ。大切な女も守れず目の前で爆死するのを黙って見過ごすしかないんだからなぁ」

ガイはこれまでの強気な態度が嘘のようにガルに向けて懇願する。

「やめろ、やめてくれ、頼む、やるなら俺を殺しやがれ！」

「あぁ殺すさ。当然だろう？　だけどその前に仲間が死ぬのをせめて目に焼き付けておけって話だ。さぁカウントダウンだ。あと一〇秒、九、八、七、六、五――」

「畜生が！　くそが！　うぁあああぁあああ！」

「ははは、暴れたって無駄だ無駄！　さぁ後三秒二秒一――」

カウントが〇に近づきスイカが膨張し光り始めたそのときだった――畑に向けて大量の水が流れ込んできてスイカを含めた野菜を纏めて押し流していった。ガルの目が点になり、ガイの悲鳴も止む。

そして姿を見せる水色髪の少年の姿――。

「なんとか間に合ったね。ちょっとだけ荒っぽいことになったけど――無事かい？　ガイ」

「ぐっ、うぅうう、ネロぉぉおお！」

ライアーを倒した後は当然拘束した。ロープは近くから見つけてきた。

ライアーは信じさせた嘘を本当にするという力があるので、口に猿轡を噛ませたよ。

「後は一応荷物もチェックしておかないと――」

ライアーの服や袋を確認する。袋は見た目よりも多くの物が入る魔導具だった。

戦っているときに見せてきた魔石っぽいものや玉があったけど、他に気になるものとして砕けた人形が一つあった。

「これって身代わり人形じゃ……」

「身代わり人形？」

フィアの呟きが気になった。僕は初めて聞いた代物だったからだ。

「ダンジョンでたまに手に入る人形で、持っていると使用者がやられそうになったときに、どんな攻撃でも一度だけ身代わりに受けてくれるのよ。その代わり役目を終えたら見ての通り砕けるんだけどね」

「あ、そうか。もしかしたら僕が重水弾を当てたとき――」

フィアのおかげで気がつけた。正直あの魔法がどうして通じなかったのか疑問に思っていたんだけどこれで合点がいったよ。

「やっぱり本物の道具も混ぜていたんだね。抜け目ない相手だったよ」

「スピィ～……」

「そういえばスイムも危なかったよね」

エクレアがスイムを撫でながら言った。確かにスイムはライアーの電撃を受けている。

実はあれも不思議な点の一つだ。単純にスイムが純粋で相手の嘘に騙されないから通じなかったのかなと思ったけど、ライアーはスイムに電撃が通じなかったことに随分と驚いていた。

考えてみると理解はできる。ライアーの言っていた攻撃が通じないといった嘘はスイムには通用しない。言葉だけの説明でしかなかったからだ。

だけどライアーが見せた電撃は一見すると本物だった。それはスイムだって理解できたはずでそれならスイムにも影響が出てもおかしくなかった。

だからライアーは驚いていたんだろうね。もっともただの憶測だけど。

他には何かあるかな？　と袋の中を弄ってみる。この手の袋は通常持っている人間が出したいものを念じるだけで出せるんだけど、中身がわからない場合は適当に漁るしかない。

「あれ？　これって？」

「紙束？」

「スピィ～？」

そう、袋からは何かが記された紙の束が出てきた。人相書きと他にも説明書きがいくつか。これって——。

「処刑リスト……」

フィアが細い声で呟いた。緊張感の感じられる声だった。確かに上に処刑リストと書かれている。

これはつまり彼らがこのリストの人物を処刑するためにやってきたことを意味する。

「ちょ、ちょっと待って。これって！　パパじゃない！」

「それだけじゃないよ。信じられないけどエクレアの名前もある」

「スピィ！」

紙を一枚一枚捲っていくとサンダースとエクレアのことが記された紙もあった。エクレアに関しては情報がなかったのか人相書きはなかったけどサンダースの娘という情報が書かれていた。

「………」

そんな中、フィアが三枚の紙に真剣な目を向けていた。

「どうしたの？」

「これ――」

フィアが見せてくれた紙にはガイとセレナ、そしてフィアの情報が記載されていた。つまり――。

「勇者パーティーが狙われている！」

「うん……まずいよ。きっと今頃ガイも……」

僕が声を上げたタイミングでフィアが不安そうな顔を見せた。仲間が危ないんだから当然だね。

「それなら急いで探さないと！」

「え？」

僕がそう伝えるとフィアが目を点にさせた。

「探してくれるの？」

「当たり前じゃないか。ガイとは元々パーティーを組んでたんだし」

「スピィ～」

フィアの問いかけの意味はちょっとわからなかった。ガイやセレナが危険かもしれないんだしそれならぼやぼやしてられない。

「……ネロはガイのこと恨んだりしてないの？」

「へ？　なんで？」

まさかそんなこと聞かれると思ってなくてびっくりしたよ。

「だって追放したし」

「それは、仕方ないよ。当時の僕は確かに戦いの役には立たなかったしね。だからってそんなことで恨んだりしないよ」

正直な気持ちだ。ガイたちを恨んだことなんて僕にはないから意外な話だったりする。

「フフッ、そうだよ。ネロってこういう男なの。ま、だからこそ私もパーティーを組みたいと思ったんだけどね」

「スピィ～♪」

エクレアとスイムがそう言って僕を評価してくれた。なんだかこそばゆいな～――。

「――私はここに残るわ」

リストも見つけガイを助けに行こうという話になったところで、フィアがそんなことを言った。

「私、魔力がだいぶ減ってってね。それにこのライアーって奴を見張っとく必要があるでしょう?」

フィアが笑いながら言う。確かに一応縛ってはいるし猿轡も噛ませた。武器や道具類も奪ったから打てる手はないだろうけど、それでも黒い紋章という不気味な力の使い手だ。

誰も見張りがいない状態にして何かしらの手で逃げ出さないとも限らない。

「――それなら私も残った方が」

「いえ、エクレア。あなたは行って。だってネロの水を今一番活かせるのはあなただから」

フィアがエクレアの手を取ってから微笑んだ。

「フィア……」

「うん。それにネロも早く行ってあげて。なんとなくだけど今ガイに必要なのはあなたな気がする」

「……わかった。でも――うん。フィア口を開けて」

「こう?」

「水魔法・魔力給水――」

フィアの口に手を持っていき魔力の込められた水を直接喉に流し込んだ。コクンコクンっとフィアの喉が鳴る。

「ん、んぁ、美味、しい」

「ちょ、フィア何その顔ぉ!」

エクレアが拳を上下に振って叫んだ。えっと。なんかフィアの表情も恍惚としてるっぽいというか、いやいや何変な想像しているんだ僕！

「ほ、本当は瓶に入れるのがいいんだろうけど今は道具がないからごめんね」

「ううん。この方が、いい」

フィアが首を振って答えたけど、なんで？

「え？」

思わず聞き返すような声が漏れた。目の前のフィアの顔がみるみる赤くなっていく。

「あ、いや！　ありがとう！　おかげで魔力が回復したわ！」

良かった、フィアも少し元気になったようだ。それで体温が上がって赤くなったのかな。

「これなら大丈夫よ。だからもう行って」

「わかった。フィアも気をつけて！」

「こっちは任せてね！」

そして僕たちはガイを探すためにその場を離れた。

「――ね、ネロ。あのね。私も魔力がた、りないかな、て」

すると走りながらエクレアが僕にそんなことを言ってきた。

そっか、エクレアもさっきの戦いで結構武芸使ったもんね。エクレアは雷を発生させるから武芸でも魔力が減るようだし。

「わかった。なら口を開けて」

「う、うん――」

途中でフィアにしてあげたように僕の魔力水を注いであげた。

「ん――」

で、でもなんで皆して飲むときにそんな顔をするんだろう？　頬も赤くなっているし、そういう効果がもしかしてあるとか？

「ありがとうね。なんか元気が出た気がする」

「そ、それなら良かったよ」

「スピィ～……」

するとスイムも何かおねだりするように擦り寄ってきた。これはなんとなくわかったよ。僕はスイムにも水を与えてあげた。

「スピィ～♪」

スイムが機嫌よく肩の上でプルプルと震えたよ。その後甘えるように寄ってきた。

可愛い――だけど、今は急がないと……。

「おい！　向こうの通りに妙な畑ができているらしいぞ」

「なんであんな大きな通りに畑が……」

「今勇者が誰かと戦っているみたいだけどピンチだって――」

そのとき、暴徒から逃げてきた人々の声が耳に届いた。勇者――もちろんガイたちのことだろう。

「ネロ！」

「うん！　急ごう！」

「スピィ！」

そして僕たちは話にあった通りまでやってきた。そこにはあのライアーと一緒にいた鍬持ちの男がいた。確かガルって呼ばれていたはずだ。

そして遠目に見える捕まったガイの姿。更にスイカに囲まれるセレナ。て、スイカ？

『あぁそうだ。スイカだ。もちろんただのスイカじゃねぇぜ？　あれは言うならば爆弾スイカ。その名が示す通り獲物の近くで派手に爆発するスイカだ。面白いだろう？』

疑問に思っているとガルの声が聞こえた。ば、爆弾スイカだって⁉　そういえばあのスイカ、眼があるしどうみても普通じゃない。事情は詳しくわからないけどセレナが危険なのは確かだ。

「ネロ早く助けないと！」

「スピィ〜！」

エクレアの言う通りだ。スイムも慌てている。だけど距離が結構ある。走っていっても間に合うとは思えない。

このままじゃ……。どうするどうする。あのスイカを纏めて遠ざけることができたら。そう洗い流すように——そうか！

「閃いた！　水魔法・水守ノ盾《みまもりのたて》&水魔法・鉄砲水波！」

頭の中に浮かんだイメージを魔法にして放つ！　途端に水が激しく流れセレナを囲っていた爆弾スイカを押し流した。

遠くで次々と水柱が上がるのが見えた。スイカが爆発したんだろう。一方でセレナは盾で守ったから流れずに済んだよ。そのまま僕たちは彼らに向けて駆け寄りながら、ガイに向けて言葉を紡ぐ。

「なんとか間に合ったね。ちょっとだけ荒っぽいことになったけど――無事かい？　ガイ」

「ぐっ、うぅうう、ネロぉぉおお！」

ガイが嗚咽混じりの声を上げた。涙まで流している。あのガイがこんな顔を見せるなんて――それだけ追い詰められていたってことなのか。

「――どういうことだ？　お前らはライアーが狙っていたはずだ」

「悪いけどその仲間はもう倒したよ。だから覚悟を決めることだね！」

不思議そうな顔を見せるガルにはっきりと言い放った。さぁここからは僕の戦いだ。

とにかくまずは、ガルに捕まっているガイをまずなんとかする必要がある。

ただ距離はあるし水の鞭で引き寄せるには心もとない気もする。

「ライアーを倒しただと？　しかもあいつ水属性？　それなのに何故戦える――」

ガルは僕が水魔法なのに疑問を持っているようだ。黒い紋章持ちの間でも水属性は弱いという認識らしい。だけどそれならそれでチャンスだ。僕を侮っているならそれだけ隙も生まれやすい。

「水魔法・水槍！」

「なんだと!?」

射出した水の槍にガルが怯む。それでも避けたあたりやはり手強いけど、ガイから意識が逸れて手も放した。問題はここから――鞭よりも強力な物――。

「閃いた！　水魔法・水ノ鎖！」

杖から水でできた鎖が発生。伸長しガイに巻き付いた。

「うぉ！」

ギュンッと鎖に縛られたガイを引き寄せた。随分と驚いていたガイが僕の横に落ちる。

「痛ッ！　テメェ！　もう少し丁重にやりやがれ！」

「ご、ごめん。て、そんな余裕ないし！」

ガイが歯をむき出しに怒鳴ってきた。確かに少々手荒になったけどこの状況だから許して欲しいよ。

「そうだ、セレナは！」

「大丈夫、と言うには怪我が酷いけど命に別状はないと思う」

慌てたガイにエクレアが答えた。セレナの顔色は確かに悪い。だけど命が奪われるようなことにはならなかった。そこが救いだ。それに――。

「スイム。生命の水をお願い」

「スピィ！」

スイムが体から瓶を出してそれをエクレアが受け取り、セレナに飲ませてあげていた。

これでセレナの傷も治せるはず。

「あ、あれ、私？」

「良かった、意識も戻ったわね」

「スピィ！」

セレナが目を開けたようだ。口調もしっかりしているしもう大丈夫だろう。

「――どうやらライアーを倒したというのもまんざら嘘でもなさそうだな」

ガルが口を開いた。それに僕も答える。

「そうだよ。仲間がいないんだから諦めたら？」

警戒心を込めた目でこっちを見てくるガル。鍬を肩に担いでいる。この男の力はまだよくわかっていないけど、あの不気味な野菜はこのガルが生み出したのか？　この畑もそうだけど黒い紋章を持つ連中は奇妙な力を使うようだね。

「ハッハッハ。この俺が？　馬鹿言え。ライアーの使う力はどちらかと言えば搦手《からめて》。その様子だと能力がバレてやられたってところか。あいつめ油断したな」

油断、ね。正直言うと危険な相手だったよ。確かにフィアのおかげで能力の正体には気がつけたけど、それでもギリギリだったと思う。

「だが俺は違う。俺の力は純粋に強いのさ。さぁ生まれろ野菜たち！」

ガルが叫ぶと畑がボコボコと盛り上がり、眼のある奇妙な野菜が次々と生えてきた。

「ネロ！　こいつの扱う野菜は人を襲う。毒を持っているのもいる上効果も色々だ。きぃつけやがれ！」

ガイが忠告してくれた。あのガイをここまで手こずらせたのだから油断できない能力なのはわかっている。

それにしても――おそらくこの野菜のせいなんだろう、傷ついた人々が大量に倒れている。もちろん既に食べられたりしていて――。

当然だけどこいつらをこれ以上野放しにはできない。

「皆にお願いがある。この畑の周辺から生き残っている人は離れさせて。できれば遺体もここから引き離して欲しい」

「あ？」

僕がそう伝えるとガイが怪訝そうな声を上げた。意図を掴めないのかもしれない。

「ガイ、僕の予想だと条件さえ揃えばあいつはすぐに倒せる。ただそのためにここから皆引き上げて欲しいんだ」

「………………」

ガイが黙って僕の話を聞いてくれていた。何かを考えてそうな空気を感じる。

「アッハッハ！　この俺をすぐに倒せるだと？　随分と大きく出たな。寝言は寝てからほざけ！　やれ！　野菜たち！」

野菜が動き出した。あまり時間がない！

「みんなお願い！」

「わかった。ネロがこう言っているんだからきっと考えがあるのよ！　あんたも動けるなら手伝いなさい！」

エクレアがガイを促した。セレナも立ち上がりガイに向けて声を上げる。

「そうです。私も生き残っている人はできるだけ治療して、ここから離すようにします！　だからガイも早く！」

「スピィ！」

「……チッ、まさかこの俺がテメェに指図されるとはな」

「ガイ……」

伏し目がちにガイが言った。まさかガルにやられて自信をなくしているわけじゃないよね？　そんなのはガイらしくない——そう考え、つい彼の名前を呟いてしまった。

「フンッ。俺はあいつに負けてお前に助けられた。それが現実だ。仕方ねぇから言う通りにしてやるよ！」

だけど違った。いつもの口調に戻り、ガイもみんなと一緒に動き出したんだ。良かった、こういうときのガイは頼りになる。

さて、僕は襲ってきた野菜を水魔法で対処していく。

「野菜は僕ができるだけ引き付ける！」

「チッ——行くか。それと——ありがとよ……」

え？　今ガイがボソッと、でも確かに——はは、なんだろう。結構嬉しいかもね。

さぁ僕もひと仕事頑張らないといけないね。

ガイたちは周囲から人や遺体を離そうと頑張ってくれているし、僕はこの男に集中する。

「やれやれ随分と舐められたもんだ。お前みたいな水野郎に俺がやられると本気で思っているのか？」

小馬鹿にしたようにガルが言った。こういった偏見には慣れっこだけど、相手がこっちを舐めてくれているなら今は助かる。

「君こそ僕が水だからって甘く見すぎだよ。水魔法・重水弾！」

魔法を行使。圧縮された水弾がガルに向けて直進する。

「生えろ、蕪《かぶ》！」

ガルが声を張り上げると、奴の目の前の畑から巨大な蕪が姿を見せた。それが丁度壁のようになって僕の魔法を受け止め崩れていく。

「――こいつを一撃で破壊するかよ！」

僕は蕪に魔法が防がれたことに驚きだったけど、ガルは一撃で蕪が破壊されたことに驚愕していた。あの蕪、それだけ防御面では優れていたということか。

「ならスイカだ！　木端微塵になれ！」

ガルが叫ぶと今度は畑からボコボコっとスイカが飛び出してきた。爆弾スイカと言っていた奴か。でもこの数はまずい。盾だと防ぎきれない。そう、これまでもそうだけど盾だけだと防御が甘くなる。もっと全身を――。

「閃いた！　水魔法・一衣耐水！」

魔法を行使すると水が変化し衣のように纏うことができた。スイカが爆発する。耳がキーンとするほどの轟音も水によって抑えられた。

そして凄まじい爆発と衝撃だったけど――僕の衣は耐えきった！

「なん、だと？　何故だ！　何故貴様はまだ立っている！」

無事だった僕を見てガルが叫んだ。水の力を侮っていたガルから見たら信じられないのだろう。

「これが僕の水の力だ」

「――ライアーがお前を片付けるべきと言っていた意味がわかったぜ。お前は厄介すぎる！　俺たちの常識さえも覆す危険な存在だ！」

ガルの目つきが変わった。完全に僕を排除すべき人間と判断したらしい。でもそれはありがたい。僕に集中してくれるならその分他のみんなが逃げる時間を稼げ――。

「と、言えばテメェは俺がお前しか相手しないと考えているな？　あめぇんだよ！　野菜よ他の連中もやってしまえ！」

「しまった！」

僕の思惑は完全に外れた。こいつは予想以上に周到だった。

そしてガルが命じると畑の広範囲から野菜が出現し、逃げようとしているみんな、そして逃がそうと動いてくれているガイたちに襲いかかった――。

「武芸・雷撃槌《らいげきつい》！」

「うざってぇんだよ！　勇魔法・大地剣！」

「スピィ！」

だけど野菜たちはエクレアの電撃やガイの魔法で排除されていった。スイムもあの燃える水で撃墜。

その上でセレナが避難誘導を進めていた。

「どうだい？　戦えるのは僕だけじゃないよ」

ガルは既に皆は戦えないと判断していたのかもしれない。だけど僕たちの必死さはお前よりも遙かに上なんだ。

「カカッ、だとしてもこれだけの野菜。あの二人だけでどこまで耐えられるかな?」

「僕だっている。水魔法――」

「させるかよ！　土轟発破」

ガルが鍬を振り下ろすと地面が畑に変わり、それが爆発しながら直進してきた。何この技！

「くっ！」

爆発に巻き込まれ僕も吹き飛んだ。水の衣も今ので破壊された。

「お前、野菜に戦わせるだけじゃなかったのか」

正直驚いた。てっきり野菜を使った攻撃が主体だと思っていたからだ。

「誰がそんなことを言った。俺は畑を使った戦い方も心得ている。知っているか?　畑に使われる肥料には爆発する力も宿っているってな」

正直知らない。だけどこいつはどうやら畑について熟知しているようだ。

「更に言えば今ので更に畑が広がった。ほーら！」

ガルが種を大量にばら撒いた。すると規模が大きくなった畑から更に大量の野菜が生まれていく。

「まずい！　数が多すぎるわ！」

「畜生捌ききれねぇ！」

「スピィ～！」

「私だけじゃ全員の避難は――」

後方からみんなの声が聞こえてきた。ガイやエクレア、そしてスイムが野菜の処理に追われていては、セレナだけじゃ運べない怪我人だって出てくる。

僕はガルとこっちに迫る野菜で手一杯だ。駄目だ戦力が足りてない！

「ハッハッハ。そりゃそうだ。畑がここまで広がっちまえば、この俺の『凶作の開拓者』は無敵だ。残念だったな。どうあがいても貴様らはこの俺一人に敵わない――」

「こっちだ！　お前ら今助けてやるぞ！」

既に戦いに勝利したように強気な発言をするガルだったけど、割り込んだ声にギョッとした顔を見せた。

「冒険者を舐めるなよ！」

「何をしたらいいかしら？　指示をお願い！」

それはまさに天の助けと言えた。どこかで話を聞いた冒険者が数多く助けに来てくれたんだ。

「お前ら――よく聞け！　あそこにいるネロがこの場をなんとかすると言ってやがる！　だがそのためには人払いが必要だ！　遺体も含めてとっととここから引き上げさせやがれ！」

指示を求める冒険者たちの声を聞き、ガイが率先して命令を下していった。相変わらずの口調だけどこういうときには頼りになる。

「おいおい。助けに来たってのにあいつ偉そうだな」

「あれが勇者ガイって男だよ」

「あっちにいるのはネロじゃないかい？」

「水魔法でなんとかなるのかよ」

「馬鹿知らないの？　あの子の水魔法すんごいんだから」

「とにかくだ――今は勇者ガイの言葉とネロを信じてやるぞお前ら！」

「「「「「オオォオォオオオォオォオォオオオオ！」」」」」

冒険者たちの鬨《とき》の声が鳴り響く。とても力強くて頼りになる声が――。

「どうやら形勢逆転のようだね」

「テメェ――」

そして冒険者の協力もあって野菜の脅威から一般人は守られ、僕は野菜とガルの猛攻をなんとかしのいだ。

「どうやらこれで全員いなくなったようだね」

そう。既に畑周辺に冒険者の姿はなかった。最後にガイが「仕方ねぇからここは譲ってやるよ！」と言い残して去っていったことで、残されたのは僕とガル、そして――。

「スピィ～」

「はは。スイムは残ってくれたんだね」

「スピッ！」

僕の肩の上にスイムが乗っていた。エクレアからもスイムは責任持って守ってあげてねと言われてしまったよ。

「これで決着がつく……」

「状況わかって言っているのか？　俺にはテメェの頭がいかれたとしか思えないぞ」

僕の周囲にはギョロッとした眼をした野菜が集まっていた。完全に僕を取り囲む形で逃げ場はない。

「まさか自分を犠牲に全員を逃がすのが目的だったのか？　だとしたら無駄なことだ。他にも仲間はいるしな。それにお前を殺した後改めて片付けに行くだけだ」

「いや、そんなつもりはないよ。僕だって命は惜しい。それに好都合だ」

「言ってろ！　野菜共こいつを食らいつくー―」

「水魔法――酸性雨！」

ガルが野菜に命じる前に僕の魔法は完成した。こいつが広げた畑を倒すためにずっと温存してきた魔法――。

「なんだ？　馬鹿が雨ごとき、熱ッ！　な、なんだこの雨は！」

「見ての通り強力な酸の雨さ。そして知っているかい？　強い酸は――植物を枯らせるんだ。それは結果的に土にもダメージを与える」

「グッ、く、くそ！　お前、それで全員を、ぐ、ぐおぉおぉおおおあぁあああああ！」

ガルが悲鳴を上げた。そして僕を囲っていた野菜たちもあっという間に枯れ果てていく。

「グゥウゥウ！」

酸によって畑は壊滅しガルは顔を押さえながら呻き声を上げていた。鍬も手放しているね。

全身が焼け爛れていて見る影もない。かなりの大ダメージを与えたのは確かだ。

僕とスイムは無事だ。前もって水の衣を纏っておいたからね。

それにしても手強い相手だった。ライアーといい強敵と連戦はきつかったけど――どちらにせよ、これで僕たちの勝利だ。

「ネロ！　終わったのね」

エクレアがやってきて歓喜の声を上げた。すぐ後ろにはガイの姿もある。

「うん。畑も消え去ったよ」

「――そいつが生きていても消えるのか」

僕が答えるとガイが傷ついたガルを見ながら呟いた。

どうやらガイはこの男が死んだら畑が消えると思っていたようだけど、僕の酸性雨の効果なのか、それともガルが畑を維持できる状態ではないからなのか、既に畑はただの地面に戻っていた。

「で、ネロ、そいつどうするんだ？」

「え？　どうするって？」

「チッ――」

聞かれて返答に困る僕を見て、ガイが舌打ちし倒れているガルに近づいていった。

その手には剣がしっかり握りしめられている。

「ガイ。どうするつもり？」

「首を刎ねる。こんな奴野放しにできねぇだろうが」

そう言いながらガイが手に持った剣を振り上げた。僕は思わず声を上げる。

「ま、待って！　そいつにもう戦う力はないよ！」

「――予想はしていたがやっぱりテメェは甘ちゃんだな」

剣を振り上げたままガイが顔だけを向けた。苦虫を噛み潰したような顔つきで更に言葉を続ける。

「妙な力を持った連中だ。始末しておくにこしたことはねぇだろうが」

ガイが言った。言っていることはわからなくもないし僕は甘い――そうかもしれないけど……。

「ガイ。その連中は処刑リストを持っていた。黒い紋章も問題だけど組織立って動いている可能性もあるんだ。それなら生きたままギルドに引き渡した方がいいと思うんだよ。情報も必要だし」

「――私はネロの考えに同意します。何故こうなったのか原因を突き止めるためにも生け捕りにした方がいいのでは？」

セレナも戻ってきてくれたんだ。そしてガイを説得するように問いかけてくれた。

「………………クソが。おい！　何か縛る物あるか！」

ガイが周囲の冒険者に呼びかけた。良かった、ガイが思いとどまってくれた。

セレナが僕に同意してくれたのも大きいのかな。

一緒に来ていた冒険者が縄を持ってやってきてそれで縛り始める。

ガイの言うこともわかる。だけどこいつらの情報が必要になるかもしれないのも事実、いやそれも確かに言い訳かもしれないし甘いのかも、しれないけどね――。

「これでもう動けねぇだろう。言っておくがお前の言うことにも多少は！　少しは！　なんとなく！一理あるかもしれねぇと思っただけだからな！　それにお前が甘いのは確かだ。その甘さが命取りになるってことも覚えとけコラッ！」

詰め寄ってきたガイに激しい口調で諭されてしまったよ。凄く機嫌が悪そうにも見える。

「――ま。その甘さに俺は救われたのかもしれねぇけどな」

あれ？　背中を見せたガイがまた何かボソッと呟いたような？

「何か言った？」

「い、言ってねぇよクソが！」

結局怒られたよ……。何か頭をボリボリ掻いてブツブツ呟いているし。やっぱり僕にまだ言い足りないことがあるのかも。

「本当にガイは素直じゃありませんね」

「スピィ～」

「あはは。あなたたちも大変よね」

ため息を吐くセレナにエクレアも苦笑いだった。そんなセレナはスイムを撫でてくれていた。スイムは癒やしだね。

「――実は一つ気になる点があるんだよね。ガルは仲間がまだいるようなこと言っていたんだ」

ライアーが僕たちに倒されたことを知った上でのあの口ぶりだと、他にもまだいるってことだと思うんだけど……。

「そうね。それにまだ町で人が暴れている原因が掴めていないし――」

「た、大変だーーー！　マスターがギルドマスターが、ギャァァアァアア！」

そのときだ、冒険者と思われる男性が叫びながらやってきて、直後バチッバチッ！　という音と共に吹っ飛んでいった。

「フゥ、フゥ、フゥ、ウ、ウガアアアアアァアアァアアア！」

建物の陰から見覚えのある豪傑が姿を見せた。それはサンダース――でも明らかに様子がおかしい。

以前から迫力があったけど、今の形相はどこか怪物じみている。

「ちょ、パパ！　どうしたの⁉」

「駄目だ！　今のマスターは普通じゃない！　完全に乱心している！」

やられた冒険者とは別の男たちが強張った顔で叫んだ。

これってマスターも暴徒と同じ状態になったということ？

「マスターだけじゃねえ！　来るぞ！　正気を失った冒険者たちが！」

更に別の誰かが忠告するとほぼ同時に、四方八方から血走った目をした冒険者がぞろぞろと姿を見せた。折角ガルを倒したばかりだというのに休む暇もなしだよ。

この状況で一番厄介なのはやっぱりサンダースだと思う。

だけど、どうしてサンダースがこんなことに――やはり連中の仲間が他にもいてこの暴徒化に一役かっているのだと思う。

「おいネロ。こいつら、いくら倒してもきりがねぇぞ！」

「うん。それに操られているとしたら下手なことはできない」

「……本当甘い奴だな。こいつら全員冒険者だ。こういったときの覚悟ぐらいはできているはずだぜぇ！」

そう口にしつつガイが向かってきた冒険者に切りつけた。容赦ない、と言いたいところだけどしっかり急所を外したりと無力化程度に収めている。

口は悪いけどこういうところはガイもしっかりしているんだよね。

「ネロ……もしかしてこれもあのガルという男の仲間が関係しているのですか？」

セレナから質問が飛んだ。

「多分そうだと思う。そこのガルもだけど黒い紋章持ちなんだ。僕たちが最初に戦ったライアーという男もそうだった」

「黒い紋章……まさかそれで？」

「え？　セレナ、何か気がついたの？」

「スピィ〜？」

セレナが何かを察したような真剣な目を見せる。

「そこのガルという男。生命力に黒い靄が掛かったような反応が見えるのです」

「生命力？」

「セレナは生命力を感知できるんだよ。範囲内の弱っている相手も見つけることができる、て」

「ウウォォオォォオオォォオオオォオオオ！」

サンダースがガイに殴りかかっていた。まずい援護しないと！

「水魔法・水守ノ盾《みまもりのたて》！」

「うぉ！」

盾をガイの前に出してなんとか攻撃を凌いだ。だけど電撃が弾けて盾が消え去った。前もそうだったけど水だと雷は防ぎきれない上、雷の増幅で電撃が弾ける。

一応ダメージを防げてはいるけど対象から離すようにして発生させないと逆に危険だ。

「ネロ！　ガイ！　私の生命感知なら残った敵も見つけられるかもしれません」

「うん。私もセレナと一緒に行って、残った仲間を見つけて倒してみせるよ！　だからネロ――パパをお願い！」

どうやらエクレアは、セレナと一緒にまだ残っているであろう奴らの仲間を探しに行くようだ。だからかサンダースのことはお願いされた。

「わかったよ。君のパパも暴徒化した冒険者もここで食い止めてみせる！」

「信じてるよ、ネロ！」

「ガイもお願いね！」

そう言い残して二人がどこかにいるであろう敵を探しに向かった。

そして僕も暴徒たちに対応するため水魔法・一衣耐水で守りを固める。

「チッ、んなこと一々言われなくてもわーってんだよ！」

「グォオオォオォオオオッ！」

二人を見送りつつ叫ぶガイにサンダースの拳が放たれた。魔法が間に合わない！　雷を纏った拳を受けてガイが吹っ飛んだ。

「ガイ！」

「ぐっ！　一々俺を気にかけるんじゃねぇ！　そっちはそっちで考えてろ！」

良かった。どうやらガイは無事なようだ。攻撃を受ける寸前後ろに飛んでいた気がする。それで威力を殺したんだろうね。とはいえ相手はサンダースだけじゃない。多くの冒険者が暴徒化している。正気を保っている冒険者も抗ってくれているけど数が違いすぎだ。

できるだけ纏めて無力化しないと。纏めて――ふと脳裏にこの街にある物が思い浮かんだ。

「閃いた！　水魔法・噴水！」

魔法を行使すると地面から勢いよく水が噴出し範囲内の冒険者を纏めて吹き飛ばした。

「よし！　これで結構減ったよ！」

「――意外とテメェも容赦ねぇな」

ガイが目を細める。いやでも意識を奪う程度にとどめているから！

「ウガァアアアァアアァアアア！」

そこで再びサンダースの叫び声。ビリビリと空気が振動しているようだ。そして放たれた電撃の先に、スイム！

「スイム逃げて！」

「スピィイイィィイイ!?」

そ、そんな……スイムがまともにサンダースの攻撃を。そんな、そんな――。

「スピッ？」

「て、全然無事じゃねぇかあぁああ！」

ガイが叫んだ。僕もスイムを確認してみるけどケロッとしている。え？　今何かあった？　みたいな様子だ。

「良かった無事で……」

「スピィ～♪」

スイムがピョンピョンっと戻ってきて僕の肩に乗った。本当に安心した。でも、どうして……いや、そういえばライアーと戦ってたときにもスイムは電撃に撃たれて平然としていた。

まさかと思ったけどスイムには雷が通じない？　でも一体どうして――。

とにかく、スイムには雷が通じないようだ。そのおかげでサンダースが放った電撃を受けてもケロッとしていた。そしてそれには当然理由があるはずだ。前にライアーの電撃を受けても平気だったときはスイムが純粋だから嘘が通じなかったのかな？　とも思っていた。ただ、それにしてはライアーの驚きようが謎だったわけだけどね。

待てよ？　純粋――スイムはどこか他のスライムと違う。そもそも最初に出会ったときにも水と一緒に現れた。

スイムの体は綺麗で透き通るような、そう、まるで一切汚れのない水のようでもあり――汚れない水。純粋な、み、ず？

「ネロあぶねぇ！」

ガイの声が耳に届く。しまった、つい物思いに耽ってしまって周りが見えてなかった。サンダースが虎になって僕に襲いかかる。

以前試験で見た技だ！　事前に魔法で防御力は上げているけど、今のサンダースは雷を纏っている。まともに喰らったら、水を纏っている今は逆にまずいし前みたいに反撃する余裕はない。どうする。

いや、僕には一つの考えがあった。

「閃いた！　水魔法・純水ノ庇護！」

僕が魔法を唱え効果が発生するのとサンダースの突撃がヒットするのはほぼ同時だった。

「本当に危なかったよ――」

「ガッ!?」

だけど僕は無傷だった。サンダースの驚く顔が目に飛び込んでくる。

「ネロ。お前一体何をした？」

僕が無事だったことにガイも驚いているようだった。

「スイムのおかげだよ」

「スピ？　スピィ〜♪」

肩のスイムを撫でてあげる。スイムが心地よさそうにしていた。そう、スイムのおかげ――。

「スイムは恐らく体内の多くが水、なんだと思う。だけどそれなら雷を受けたら本来無事では済まない。だけどスイムには雷が通じない。それで思ったんだ。もしかして汚れのない純粋な水、純水なら雷は通らないんじゃないかってね。それで今の魔法を閃くことができた」

僕がそう答えるとガイが首を捻る。

「チッ、言っている意味がよくわかんねぇよ。大体水で戦えるのが常識外なんだからな」

「ハハッ、と！」

ガイと話しているところでサンダースが再び攻撃してきた。雷は今の僕には通じないけど攻撃そのものが防げるわけじゃない。

物理的なダメージも水の衣で防げるけど、こっちはあまりダメージを受けると破壊されてしまう。

サンダースの攻撃は強烈だ。そこまで長くは持たないだろう。

「オラッ！」

するとガイが背後からサンダースに近づき加勢してくれた。サンダースが加速回避し一旦距離を取る形になる。

「チッ、はえぇな……」

「あれもギルドマスターの武芸だよ。雷の力で加速しているんだ。でも今のうちだ。ガイ、君にも純水の魔法を――」

僕がガイに杖を向けると手で杖をどけられた。一体どうして？

「うっせぇ、余計な真似すんな。大体テメェだってもうそこまで魔力残ってないだろうが」

「え？」

厳しい目の中にどこか気遣っているような感情が垣間見えた、気がした。

ガイの意外な発言で自然と疑問の声が漏れる。

「――話を聞いてればわかる。お前今日はずっと戦いっぱなしだろうが。しかも今の魔法は閃いたばかりだ。武芸も魔法も閃いた直後は消耗が激しい。いくらテメェの魔力が潤沢でも無限じゃねぇんだからな」

……気づかれていたんだ。確かに閃いたばかりだと、まだ扱いに慣れていないから魔力にしても体力にしても消耗が激しくなる。ある程度使いこんでいけば安定してくるんだけどね。

「でもほら。こうやって魔力水を飲めば」

「それはテメェ自身には効かねぇだろうが！　無駄に魔力使ってんじゃねぇ！」

平気だってアピールしてみたけど、逆に怒られたよ……ガイもそこは忘れてなかったか～。

「とにかくだ。セレナを信じて今はあいつを足止めするぞ！」

「――うん。そうだね！　それなら水魔法・水ノ鎖！」

僕は魔法で水の鎖を発生させサンダースの動きを封じた。これで少しでも足止めできれば――後はセレナとエクレア次第だね。信じているからね！

「セレナ。どう？　わかりそう？」

「感知してみます。範囲内にいてくれたらいいのですが――」

エクレアとセレナは、どこかにいるであろう黒い紋章持ちの仲間を探していた。セレナは生命力を感知することで不穏な生命力を知ることができる。

「これは！　いました、淀みのある独特の生命反応。だけど範囲ギリギリ」

「急ぎましょう！」

セレナの案内でエクレアは反応のある場所に急いだ。

「そこを曲がった先です。あ、でも」

「そっちね！」

エクレアが加速して向かう。一方でセレナは何かに気がついたようであり――。

「気をつけて、誰か来てます」

「え？」

セレナの声に反応するエクレア。すると曲がり角から一人の女性がフラフラと飛び出てきた。

「わっと！　危ない！」

エクレアが女性を受け止める。革製の胸当てを着けており手にはナイフ。雰囲気的に冒険者の気配が感じられた。

「ちょ、大丈夫、て、あなた目が！」

女性の目から出血がある。瞼も閉じられており自力では開けられないようだった。

「どうしたのこんな怪我して！」

「これ、は、自分、で」

「え？　自分でってどういうことよ⁉」

話を聞き驚くエクレア。すると彼女はエクレアの肩に掴みかかり必死に何かを訴えた。

「気をつけ、て、瞳に、ぐほっ！」

「ちょ、大変！」

血反吐と共に力なく倒れる女冒険者。よく見ると背中には針が数本突き刺さっていた。傷はそこまで深くないが毒が塗られている可能性がある。

「セレナ治せる？」

「やってみます」

エクレアに問われ、セレナが負傷した彼女に屈みこみ魔法による治療を施す。

「うん。ならここはセレナに任せるね」

「エクレア……この奥に相手がいます。気をつけて」

「うん！」

そんなやり取りの後、怪我の治療をセレナに託しエクレアは奥へと急いだ。

すると先程と同じようにふらついた足取りを見せる女性の姿。

「あなたも怪我？　大丈夫？」

「あ、はい……」

女が振り返った。左腕を右手で押さえていて顔は目深に掛けられたフードで隠されていた。スタイルが良くどことなく色香を感じさせる。

「さっき変な男に襲われてしまい……。どうか助けて」

「それはご愁傷さまァ！」

助けを求め近づいてこようとする女だったが、エクレアが鉄槌を構えたまま一足飛びで距離を詰め女に向けて振り下ろした。

「参ったわね――」

しかし当たる直前で女が飛び退き鉄槌は地面を砕くに留まる。

「あなたのパパといい、一体どうして、か弱い私に攻撃を仕掛けてくるのかしら?」

「演技が下手だからよ。ま、もっと言えばあんたの右手にある黒い紋章が丸視えなんだけどね」

「……へぇ」

エクレアの指摘で女の顔色が変わった。弱っている振りのため左腕を右手で押さえていたようだが、エクレアにはそこに刻まれた黒い紋章が視えていた。

「これを見られてしまったならごまかしても無駄なようね」

「そうよ。観念しなさい。パパのことも戻してもらうんだから!」

「フフッ。その様子だとしっかり私のために働いてくれているようね」

唇に指を添え不敵な笑みを零す、その姿にエクレアが憤った。

「あなたたちパパまで巻き込んで、一体どういうつもりよ! 目的はなんなわけ!」

「混沌よ。私たちが求めるのはそれ。それこそが私たち『深淵をのぞく刻』の目的。そして目的を達したその暁には――フフッ」

問いに答える女。その口ぶりに怪訝そうにエクレアが眉を顰めた。

「ま、それはいいわね。それにしてもあの二人は何をしているのかしらね」

「その二人ってライアーとガルのことかしら？　だったら既に私たちで倒したわよ」

　エクレアの返しに女の頬がピクリと反応した。

「残ったのはあんただけのようね。名無しの女さん」

「フフッ。驚いたわね。まさかあの二人がやられるなんてね。いいわご褒美よ。特別に教えてあげる。私はメンヘル――『狂い咲く瞳』のメンヘルよ」

　そう口にしメンヘルがフードに手をかけ捲りあげる。すると不気味な光を放つ双眸が顕になり、メンヘルの目がエクレアに向けられる――だが、エクレアは咄嗟に顔を背け彼女と視線を交わすことを避けていた。

「――驚いたわね。それは偶然かしら？」

　エクレアの判断にメンヘルが薄笑いを浮かべ問いかけた。

「残念。さっき助けた冒険者が気絶する寸前口にしたのよ。瞳ってね。最初は意味がわからなかったけどあんたの様子を見てピンっときたわ」

「――あの女ね。全く。勘のいい女は厄介よね。さっさと始末しておくんだった」

　そう答えるメンヘルの目が一瞬とても冷ややかなものに変わった。そしてエクレアをジッと見ながら妖艶に微笑んだ。

「ま、いいわ。どちらにしても私には手駒が沢山あるもの」

「「「「「「うぉおぉおぉおぉおおおお！」」」」」」

　メンヘルの発言に反応するように正気を失った冒険者が現れ、エクレアに襲いかかった。数的には圧倒的に不利な状況——。

「ハァァァァァァァァ！」

しかしエクレアは雷を纏った鉄槌を振るい、群がる冒険者をあっという間になぎ倒した。

もちろん気絶程度に収まるよう加減をしてだ。それがそのままエクレアの実力の高さを物語っていた。加減して戦うというのは全力で戦うよりも余程難しい。

「ふ～ん。やっぱりギルドマスターの娘というだけあって少しはやるのね」

「あんたに褒められても嬉しくはないわね」

エクレアはメンヘルに視線を合わせないようにしながら答えた。

「あらあら。そんなに私の目を見るのが怖いのかしら？」

メンヘルの挑発じみた声が届くが、それでもエクレアは彼女を見ることはなかった。

「下手な挑発をしても無駄よ。私は絶対にあんたの目なんて見ないんだから」

「そう。それならそれでいいけど——それで戦えるのかしら、ね！」

シュシュッと風を切る音を残しエクレアの肩に二本の針が刺さった。

痛みにエクレアの顔が歪む。

「くっ！」

「あら残念。あなたさっきから私の足元ばかり見ているからそうなるのよ？　それと一つ忠告してあげる。私に戦える力がないと思ったなら——大間違いよ！」

メンヘルが華麗なステップを披露し、素早い動きで縦横無尽に動き回った。

「どう？　これでもあなた私の目を見ないで戦える？　人はね、目からも様々な情報を得ている。それを自ら封印するなんて、好きにしてくれって言っているようなものよ」

エクレアを翻弄するように駆け回りながらメンヘルが針を飛ばしてくる。

エクレアはなんとか避けようとするが素早い動きに翻弄され全ては避けきれない。

「くぅ！」

苦悶の表情を浮かべるエクレア。肩を押さえ若干息も荒くなってきている。

「苦しそうね。もうわかっていると思うけどその針には毒が仕込んであるわ。いずれ毒が回ればもうあなたは終わりよ」

「そう。でも決して強い毒じゃない！　武芸・雷撃槌《らいげきつい》！」

エクレアが跳躍しメンヘル目掛けて鉄槌を振り下ろす。ヘッドが捉えたのは地面だった。一緒に雷も生じたが、既にメンヘルは範囲の外だった。

「残念だったわね。どんなに強力な攻撃も当たらなければ意味がないわ。雷と鉄槌を組み合わせたところで私の紋章には敵わない」

口元に細い指を添えメンヘルが言った。自信ありげな妖艶な笑みを湛えている。

「……その紋章の力って、相手を見て狂わせることでしょ？　あんたの身体能力が高い理由にはならないわね」

自信をのぞかせるメンヘルに対抗するように、エクレアが彼女の能力について指摘した。紋章によって得られる属性は一つ、これが原則だ。

黒い紋章であってもそれは変わらない。属性に沿った武芸や魔法は取得可能だが、属性と全く異なる力が身につくことはない。

「そうね。こっちは私の本来の力かしら」

「それも違う。もし本当に戦える実力があるなら、暴徒化した連中と一緒にあんたも戦えばいい。見ててわかったけど、どれだけ正気を失った相手でもあんたを攻撃しようとしてないからね」

メンヘルの答えをエクレアが一蹴した。

「……だから何？」

エクレアの態度にメンヘルが眉を顰めた。態度に変化が見られ明らかに苛立ちを覚えている。

「つまりあんたは本当なら自分では戦いたくないタイプ。戦闘方法も毒でチクチクやっているあたりから見てそれは明白よ。実力がある？　違うわね。きっとスキルジュエルの力でも借りているんでしょう？　そうやって何かの力を借りなければ、ろくに戦うこともできない。本来のあんたはただの弱虫よ」

「――減らず口がすぎるわ、ね！」

エクレアが煽るように語ると、初めてその顔に怒りを滲ませメンヘルがエクレアの懐に飛び込んだ。手には針ではなくてナイフが握られていた。

「視界を制限されたお前に私が負けるわけないでしょうが！」

「くっ！」

接近してもスキルによって強化されたと思われる身体能力でエクレアを撹乱し、メンヘルが絶え間なく攻撃を続ける。エクレアは一見すると防戦一方だった。捌ききれないナイフの斬撃がエクレアの肌に細かいキズを残していく。しかもエクレアは壁際まで追い詰められていた。

「あらあらいい顔ね。言っておくけどこのナイフにも毒の効果はある。そろそろ体の自由も利かなくなってきたかしら？　これで終わりよ！」

興奮したメンヘルがナイフを振り上げたそのとき、エクレアが加速し瞬時に位置を入れ替えた。その結果逆にメンヘルが壁に追い詰められることとなる。

「かかったわね。この位置なら見なくても関係ない！　はぁあぁあ！　武芸・雷撃槌《らいげきつい》」

そしてエクレアの鉄槌が振り下ろされ、激しい雷も生じ目映い光が溢れた。

「――掛かったわね」

「え？」

しかし光が収まり聞こえたのはメンヘルの声。その身はエクレアの背後にあった。不敵な笑み。そしてその手がエクレアの頭を掴み強制的に顔を上げさせた。

そんなエクレアの正面にもまたエクレア本人とメンヘルの姿。

「あなたの言う通りよ。私はスキルジュエルの力を利用している。これはその中の一つ、鏡面化。触れた場所を鏡に変えるの。あなたまともに戦っても私の目を見てくれないんですもの。でもね、私の力は鏡越しでも適用される。残念、惜しかったわね――」

「う、ウアァァアァアァア！」

メンヘルの策略にハマり、エクレアは遂にメンヘルの目を見ることとなった。悲鳴のような狂気に満ちた声を張り上げるエクレアと薄笑いを浮かべ勝利を確信するメンヘル。

「壁に追い詰めたことで勝った気になったのが敗因ね。逆に私がそう誘導していたとも気づかずに。フフフッ」

雄叫びを上げるエクレアを見ながら満足げに微笑む。これで手駒が増えたとメンヘルは考えているようだった。

「ア、アアァアアアアァァア！」

「なッ!?」

しかしその思惑とは裏腹にエクレアは振り向きざまに鉄槌を振り回す。メンヘルが驚き飛び退いた。

「チッ、手応えがないわね！」

「クッ！　どういうこと？　あなた私の目を確かに見たわよね！　私の力はたとえ鏡を通していたとしても通じ――」

「でりゃあああ！」

不可解そうに叫ぶメンヘルを無視してエクレアが鉄槌を更に振り回した。だがそれはメンヘルを捉えるどころか、目標も定めずやたらめったら振り回すという、捉えどころのない行動であった。

「どりゃりゃりゃりゃらやぁ！」

更に今度はエクレアが鉄槌でむやみに地面を殴り始めた。そちらこちらにボコボコと窪みが作られていく。その様子に唖然となるメンヘルだったが、やがて理解したように薄笑いを浮かべ口を開く。

「――そうか。そういうこと。あなた、さては自分が起こした稲光で自らの目を眩ませたのね。だから私の目を見なかった」

得心がいったような顔を見せるメンヘル。髪を掻き上げ険しい顔でエクレアを見た。

「だけど、とんだ愚策ね。視線を逸らすだけならまだなんとか私を追えたかもしれないけど、完全に見えないのではそれも無理。その証拠にさっきから意味もなく道路ばかり叩いているじゃない」

「はぁぁああ、あッ！」

メンヘルの言うようにエクレアはまるで目標も定めず道路だけを狙って攻撃しているように見える。更にエクレアは突如足をもつれさせてそのまま転んでしまった。手が窪みに溜まった水に入りパシャンっと飛沫が上がった。

「はぁ、はぁ……」

「あらあら無様ね。息も荒いしどうやらやっと毒が回ってきたようね」

勝敗は決したと考えたのか、メンヘルが余裕たっぷりに言葉を続ける。

「随分と持ちこたえたようだけどあなたもおしまいよ。目を見ようが見まいが結果は同じ」

「…………」

メンヘルが話している中、エクレアは言葉を発することもなく、濡れた自分の手を掲げていた。

「……水たまりね。さてはあなた、デタラメな攻撃で水道管でも傷つけたわね。滑稽ね。結局あなたがやったことはただ町の大事な設備を壊しただけ」

「あはっ、あはは！」

得意げに語るメンヘルだったが、突如エクレアが笑い声を上げた。怪訝そうにメンヘルが眉を顰める。

「何よ突然。気でも触れたのかしら？」

「ハハッ。残念、私は正気よ。確かにあんたの言う通り毒が回ってきている。恐らくこのハンマーを振れるのもあと二回が限度かしら」

「呆れた。その二回で私を倒せるとでも？」

ため息交じりにメンヘルが問う。一方でエクレアの顔には自信が漲っていた。

「その通りよ。さぁまずいっぱーーーーーっ！」

エクレアが鉄槌を思いっきり振り下ろす。そのときだった。ドゴォオオン！という音と共に地面から水柱が上がった。エクレアが狙ったのは水溜まりになっていた地面――。

「は？水が――まさかあなた！水道管を？だけど一体どういうつもり？それで何が変わるっていうのよ」

メンヘルにはエクレアの行動が理解できなかった。そして水道管が破壊されたことで道路にみるみるうちに水が広がっていく。

「……こんなのただ私の足を濡らしているだけじゃない。全く、踝《くるぶし》まで水に。何よこれ嫌がらせのつもり？」

嫌気がさしたように表情を曇らせるメンヘル。その声を耳にしエクレアがため息交じりに返した。

「そうでしょうね。あんたはその程度の認識しかない。だってあんたは臆病だから。自らの手を汚さず他人の手を借りる戦い方しか知らないから。だからあんたは気づけない。仲間の戦いすら見てなかったあんたはね！」

　エクレアが堂々と言い放った。メンヘルの表情が曇る。

「チッ、何それ？　それで私を非難しているつもり？　戦いはね、勝てばいいのよ！」

　眉間に皺を寄せメンヘルが言い返す。エクレアは鉄槌を握る力を強めた。

「その点だけは同意してあげる。そう、戦いは勝てばいいのよ。こうやってね！　武芸・雷神槌《トールハンマー》！」

　エクレアの大技が炸裂した。それはメンヘルにとっては奇妙な光景に映ったことだろう。

「呆れた。そんな何もないところでなんの意味がァ、キ、キャアアァアアアアアァアアッ！」

　メンヘルの悲鳴がこだまする。エクレアの武芸によって発生した電撃が水を通してメンヘルを感電させたからだ。

　そう、メンヘルは知らなかった。自分の能力で手駒を増やすことばかり考えていた彼女は、ライアーが同じ方法でやられたことも知らずにいたからだ。

　メンヘルのが白目をむきプスプスと煙を上げ水の中に倒れた。バシャンッという音を聞き届けたのかエクレアが安堵したように微笑む。

「か、勝ったの、ね――フフッ、これもネロのおかげ、ね」

　天を仰ぎそう呟いた後、エクレアもまたその場に倒れた。このやり方は彼女にとっても諸刃の剣だった。

　水は彼女の足元にも溜まっていた。つまり自らの電撃はエクレア自身にもダメージを残す。その上、武芸・雷神槌《トールハンマー》は消耗が激しく、本来なら一日二回が限度の大技だ。しかしそれを今日エクレアは三度使用した。メンヘルを完全に倒すには必須と考えたからだろうが、毒の回った体では更に負担が大きくなる。

（もう指一本動かせないや。参ったな、このまま賭けに負けたら、私、死んじゃうのかな――）

そう心の中で呟き僅かに笑う。自虐的な笑みだった。

（でも、町と皆を救えたからいっか。あぁ、でも、……やっぱり生きていた――）

「エクレアーーー！」

そのとき、彼女の耳に飛び込んできたのは、駆けつけたセレナの声だった。

その声によってエクレアは安堵した。そう彼女はセレナが来てくれることに賭けていた――。

こうしてエクレアは後をセレナに託し意識を手放すのだった――。


「グオォォオォオ！」

「鎖が！」

サンダースを縛めた水の鎖が千切られてしまった。とんでもないパワーだ。

「くそ！　厄介だなこいつは！」

「でも、ここで止めないと――ギルドマスター自身が被害を広げたなんてことになったら責任重大だよ！」

もちろん黒い紋章持ちによって正気を失っていたという理由はあるかもだけど――でも、もし自分が暴走したから多くの人々が傷ついた、なんてことになったら、サンダース自身が自分を責めてしまうかもしれない。

みんなの話を聞く限り、他の冒険者が食い止めてくれたおかげでまだサンダースは一般人には手を出していない。

ここでなんとしてでも止めないと。だけど完全に止めるには力を使った相手を見つけて倒さないといけないだろう。

「――こうなったら仕方ねぇ」

そのときガイが剣を手に構えを取った。あの構えってまさか！

「ガイ――勇心撃を使うつもり!?」

「あぁそうだよ。今完全にマスターを止めるにはこれしかねぇだろう。ネロ。テメェも躊躇してんじゃねぇ！　マスターだっていざとなったら覚悟ぐらいできているだろうが！」

ガイが言う。そうなのかもしれない。それにマスターなら僕たちの技や魔法を受けたって死ぬことはないかもしれない――でも。

「もう少しだけ、待って！　それまで僕が食い止めるよ！」

「は？　食い止めるって、お前にこれ以上何ができるってんだよ！」

ガイが叫ぶ。確かに水の鎖でも止めきれなかった。再度使ったところで大した時間稼ぎにならないだろう。だけどサンダースにもしものことがあったらエクレアが悲しむ。

どうしても脳裏に彼女の顔が浮かんでしまった。だからサンダースが元に戻るのを信じて、今はマスターの動きを封じるのに力を尽くす。

でも鎖で駄目ならどうする？　相手の身動きを封じるために、罪人なら牢にでも入れておくんだけど……、牢？

「そうか！　閃いた！　水魔法・水泡牢《すいほうろう》！」

頭の中のイメージが魔法によって具現化する。サンダースを囲うような水の泡が生まれた。これによってサンダースは泡の中に完全に閉じ込められる。

「あ──」

「スピィ!?」

サンダースの動きを封じたのを認めた瞬間、力が抜けたように膝が崩れた。スイムの驚きの声が聞こえた。頭がフラつく。しまった魔力が大分減っている──。

「このバカ野郎が。閃いたばかりの魔法は消費が激しいと話したばっかだろうが！」

僕の肩をガシッとガイが掴んだ。そのまま肩を貸してくれたおかげで僕は倒れずに済んだ。

「ご、ごめん。ありがとう……」

「チッ。なんで使えねぇはずのお前がこんな無茶ばっかしやがんだよ。少しは自重しろ！」

「ご、ごめんなさい」

「軽々しく謝ってんじゃねぇぞ！」

「えぇ！」

「スピィ～♪」

なんか怒られてばっかりで一体どうしたらいいの？　って感じだけど、スイムがガイの肩に飛び移って頬ずりしていた。

僕に肩を貸してくれているからスイムもガイのことを恩人だと思ってくれているんだね。

「ぐっ……」

ガイが戸惑っている。そしてちょっと頬が赤い。

「あれ？　もしかして照れている？」

「て、照れてねぇよ！　ざけんな！」

はは、やっぱり照れている。でも、問題はサンダースをこの魔法でどれだけ閉じ込めておけるかだ――。

「おい。暴れていた連中が大人しくなったぞー！」

そのとき、僕たちの耳に喜ばしい報告が届いた。皆が正気に戻っている――ということは？

「――チッ、どうやら俺としたことが馬鹿やっちまったみたいだな」

水の牢の中でマスターが口を開いた。目つきにも意志が宿っている。

「マスター！　良かった、戻ったんだね」

「クソが！　やっと戻ったのかおせぇんだよ！」

ガイは相変わらず悪態をついているけど、でも良かった。エクレア、それにセレナ、二人ともうまくいったんだね――。

「俺の内側では自分が正気を失っていることが感覚的に理解できていた。なんとか抜け出そうと抗ったんだがな……情けねぇ」

冷静さを取り戻したサンダースがこれまでの状態を語ってくれた。その表情には悔恨の色が窺える。

「それにしてもネロ。驚いたぜ。まさか俺の雷が効かねぇなんてな」

そうサンダースが言った。確かに僕の純水で雷は防いだけどそれがわかっているなんて。でも、今思えば一瞬見せたあの戸惑いの反応は、意識の根幹で彼が抗っていた証拠だったのかもしれない。

「ガイも色々動いてくれたんだな。全く。お前が追放したネロと協力するとはな」

「ざけんな！　今回だけ仕方なくだ仕方なく！」

ははっ、ギルドマスター相手でも態度を変えないあたり、流石だよねガイは。

「んなことよりおっさんはテメェのやれることをやりやがれ！　おいネロ行くぞ！」

ガイが僕を呼びつけ踵を返した。

「え？　行くって？」

その言動に思わず理由を聞いてしまう自分がいる。

「セレナとてめぇんとこのエクレアって女を探すに決まっているだろうが！　さっさとしろ置いてくぞ！」

確かに二人のことは気になっていた。ガイもちゃんと気にかけてくれていたんだね。

「あ、うん！　それでは」

「あぁ。後はこっちでなんとかする」

僕はサンダースに一旦ここから離れることを伝え、その場を離れた。

「ガイ、ネロ！　良かった、無事だったんだね」

「あ、フィア」

「ふん。テメェも無事だったか」

移動途中でフィアが姿を見せた。ガイの口調は変わらずだけどどこか安心しているような雰囲気がある。

「他の冒険者が来てくれてみんなが正気を取り戻したって教えてくれたの。だからみんなのことも気になってね。後はお願いしてきたわ」

そういうことなんだね。フィアがスイムを見ていたから近づけてあげたら嬉しそうに愛でているよ。

「はぁすっごく癒やされるぅ」

「スピィ〜♪」

スイムも撫でられて気持ちよさそうだね。そして僕はフィアにこれからエクレアとセレナを探しに行くことを伝えた。

「そうなんだ……あ、そういえば何か向こうで水道管が壊れているかもって話を聞いたけど、関係あるかな？」

そうフィアが教えてくれた。水道管――確かに町では水を各家庭に運ぶために管が敷設されている。

なんとなく、それが二人と関係ありそうな気がした。

「うん。そこ行ってみよう」

「スピィ～！」

「それならこっちよ」

僕たちはフィアの案内で水道管が壊れたという場所に向かった。話に聞いていた通りで道路はすっかり水浸しになっていて、女性が一人縄で縛られて倒れていた。目隠しもされている。

ところどころ肌が黒いし、これは、感電している？　それに手の甲には黒い紋章――。

「間違いない。この人が敵の仲間の一人だ。黒い紋章があるもの」

「スピィ～！」

「マジか。チッ、俺にはさっぱり視えないぜ」

「私もなのよねぇ」

そう、黒い紋章は彼らの仲間内か、僕とエクレア、それにスイムにしか視えてない。

スイムはなんとなく視えているんじゃないかなって憶測でしかないけどね。

「みんな！　こっちこっち！」

セレナの声が聞こえた。少し離れた場所から手を振って呼びかけてくれている。

「――無事だったんだな」

セレナのもとへ急いだガイが安堵した顔で語りかけていた。

セレナの側には傷ついたエクレアと、もう一人胸当てをした女性の姿。女性は冒険者かな。随分と憔悴しているけど意識はあるみたい。

「私は大丈夫。それよりエクレアの方が大変で、私の魔法で一命は取り止めたけど魔力が足りなくて、完全には」

「す、すまない。どうやら私の治療で随分と魔力を使わせたみたいだ」

胸当てをした女性が謝っていた。どうやらあの女との戦いで大分傷ついていたらしい。

「謝らないでください。それにあなたのおかげで目を見るのが危険だとわかったのですから」

セレナが言う。目、そうか、それでさっきの黒い紋章持ちは目隠しされていたんだ。

「とにかく魔力の回復を待つかすぐにどこかに運ぶか……」

「それなら僕の魔力を使って！」

セレナの発言を聞いて、いてても立ってもいられなくて僕は叫んだ。

「お、おい、お前だって魔力が」

「そんなこと言っている場合じゃないよ！　セレナ口を開けて」

そして僕はセレナに魔力給水で魔力を込めた水を与えた。これでエクレアが助かるなら――。

「ありがとうネロ。これなら魔法で治療を施せる」

「そう、よか、た――」

「お、おいネロ！」

あ、あれ？　安心したからかな？　急に意識が遠のいて――。

「ちょ、ネロ！　しっかりしてネロ！」

「スピィ～！」

あぁ、ごめんみんな――僕なんだかとっても眠いんだ……。

う、う〜ん――なんだか頭が重い。体を起こして頭を振った。えっと。そういえばセレナに魔力水を直接与えてから頭がくらくらして、そのまま気絶しちゃったのかな？

「スピィ〜！」

「あ！　スイム？　て、ベッドの上？」

どうやら僕はどこかに運ばれてベッドに寝かされていたようだ。スイムは枕の横で僕を見守ってくれていたみたい。

「スピッ！　スピィ〜！」

ベッドから体を起こした僕の胸にスイムが飛びついてきてプルプルと震えた。僕が目を覚ましたのを見て喜んでくれているようだね。なんだか心配かけちゃったのかも。

スイムの頭を撫でてあげていると、ガチャッと正面の扉が開いてエクレアが姿を見せた。

「エクレア！　良かった無事だったんだね！」

「ネロ！　それはこっちのセリフだよ！　セレナが魔法で治療してくれたけど、気がついたら逆にネロが倒れているんだもん！」

エクレアが近づいてきて、大丈夫？　と顔をのぞき込んできた。凄く近いです……な、なんか顔が熱くなってきた。

「顔赤ぃよ、大丈夫？」

「だ、大丈夫。それより僕どれぐらい寝ていたの？」

「えっと。ね。一昨日の夜倒れて今はもうお昼になるところだよ」

ということは倒れてから丸一日眠ってしまっていたわけだね。

「ネロ――目が覚めたのですね」

「良かったぁ。もう心配したんだからね！」

「チッ、だからお前は駄目なんだよ！　面倒かけやがって！」

今度はセレナとフィアとガイが入ってきた。フィアは僕を見て良かったと胸を撫で下ろしていた。

セレナも微笑みかけてくれているけど、ガイはいつも通りでなんだか逆に安心しちゃったよ。

「――フィアも心配してたみたいだしな。テメェは自分がひ弱だって自覚しやがれ！」

「えぇ！　こ、これでも少しはたくましくなったかなって」

「どこがだボケナスが！　テメェは魔法系だろうが！　肉体的には俺に劣るんだからな！　よく覚えておけ阿呆が！」

「あ、はい――」

流石にガイを引き合いに出されると……肉体的な強靭さだと僕はやっぱり見劣りする。

「ま、そのために私がいるようなものだけどね。ネロは私が守るんだから！」

「いや、参ったなあ。はは……」

「守るなんて言われてヘラヘラ笑ってんじゃねぇ！」

ガイにまた怒鳴られた……なんかガイには怒られてばっかだよ。

「スピィ？」

「え？　うん。もちろんスイムも頼りにしているよ」

「スピィ～♪」

スイムが僕の肩に戻ってすり寄ってきた。本当甘えん坊さんだね。

「はは、どうやら元気になったようだね」

「あ、神父様！」

部屋に神父様が顔を見せた。それでようやくわかった。ここって教会に備わった部屋なんだね。

「神父様、無理を言って申し訳ありませんでした」

セレナが神父様にお礼を言っていた。そうか彼女が頼んでくれたんだね。生属性の紋章持ちだから、教会には顔が利くのかもしれない。

「いえいえ。ネロにはいつも水を提供してもらってお世話になっているし、何よりセレナ様のお願いとあってはね」

「うん？」

神父様の呼び方が少し気になった。様付け？

「神父様！　私のことはどうか普通に……」

「あっと。そういえばそうだったね。うっかりしていたよ」

セレナに言われ神父様が手を口に持っていきハッとした顔を見せた。

セレナは属性的に教会に顔が利くのかと思ったけど、それだけじゃないのかな？

そういえば――僕はしばらくガイたちとパーティーを組んでいたけど、素性とかは知らないんだよね。彼らも家名について話したくなさそうだったし、僕自身が似たようなものだったから深くは踏み込まなかったんだ。

「とにかく元気になって良かった。とはいえ、魔力枯渇は一見良くなったように見えても実際は回復しきれていないことも多い。特にネロは元の魔力が多いようだからね。今日一日はここにいていいからゆっくり休むといいだろう」

「え、でも迷惑じゃ？」

「神父がいいって言ってんだから大人しく従ってろや！　殺すぞ！」

「えぇ！」

元気になってすぐに殺すとか勘弁して欲しいよぉ～。

「でもギルドの報告とか」

「チッ、面倒だがそっちは俺らでやっておいてやる」

ガイが意外なことを言った。まさかそこまでしてくれるなんて親切すぎて逆に怖い。

「そういうことならネロも大人しくしておこう？　それにパパもね、今日は安静にさせておけって言ってたの。だから急ぐ必要ないからね」

エクレアが心配そうに僕を見て言った。サンダースの顔が頭に浮かぶ。

「え？　そうなんだ……マスターにも気を遣わせちゃったかな……」

「だからそういう心配が不要ってことでしょう。たく、ネロは真面目すぎなんだから。ガイの言っているように後のことは私たちに任せておきなさい」

腕を胸の正面で組みフィアが言った。なんだか逞しい。

「そうですよ。ゆっくり今は体を休めて」

セレナも僕を気遣うセリフを口にしてくれた。皆が心配してくれているんだ。

「……みんな。うん。ありがとう。でもみんなこそ大丈夫？　あれだけの戦いだったわけだし」

「ざけんな！　俺はテメェみたいにひ弱じゃねぇんだよ！　殺すぞ！」

「えぇ！」

なんかガイに胸ぐら掴まれて怒鳴られたよ！

「チッ。これ以上お前と話してても調子狂うからな。行くぞ」

「はい」

ガイが二人を促した。セレナが応えガイも背中を見せる。

「ガイ――今回はありがとう。一緒に戦えて、なんかパーティーを組んでた頃をちょっと思い出したよ。と言っても前は僕戦闘では役に立ってなかったけどね」

「勘違いしてんじゃねぇぞ！」

僕がお礼を言うとガイが声を荒らげて顔だけで振り返った。

「今回は仕方なく組んでやっただけだ。馴れ合いはごめんだからな」

「あ、ごめん……」

確かに一度は追放された僕に言われても迷惑なだけだよね……。

「それとだ……テメェはもうろくに戦えねぇような腑抜けじゃねぇ。ちっとはマシになった。本当に少しだけな！　だから……さっさと調子を取り戻しやがれ。昇格試験のときに体調不良で出れませんなんて格好つかねぇんだからな！」

それだけ言い残してガイとセレナがまず部屋を出た。昇格試験……そういえばCランク試験の話があったよね。

「それじゃあ……私も行くね。エクレア、その、ネロを頼んだわよ！　目を離すとすぐ無茶しちゃうんだから」

「あ、うん」

「はは。じゃあね」

フィアがエクレアに僕のことを伝えた。エクレアが答えると微笑して踵を返した。

「フィア！　また話そうね。食事も一緒にしたいし、私、もっとあなたと話したい！」

そんなフィアの背中にエクレアが呼びかけた。そうか二人共、昔からの親友みたいに打ち解けたんだね。

「――ありがとうエクレア。もちろんだよ。私もエクレアと仲良くしたいもの。じゃあネロもしっかり体休めなさいね！」

そしてフィアもガイたちの後を追っかけていった。

なんかみんなに心配されちゃったね。こうなったら僕もしっかり体を休めないとね――。

「お前はネロの側にいなくて良かったのかよ」

「余計なお世話よ。大体私はあんたのパーティーの一員なんだから。報告に行くというなら一緒に行くわよ」

ガイに問われフィアが答えた。

「チッ、そういうところは無駄に真面目だな。そんなんだから損するんだぞ」

「あんたみたいに素直になれないタイプよりは上手く生きているつもりよ」

「はぁ？　俺のどこが捻くれているってんだ！」

「ガイ、フィアはそこまでは言ってませんよ」

ため息交じりにセレナが伝える。ガイは面白くなさそうな顔を見せぶつぶつと呟いていた。

セレナとフィアは苦笑しながらもガイについて行き、三人で冒険者ギルドに向かった。

ギルドに入るとフルールも含めて職員総出で慌ただしそうにしていた。やはり黒い紋章持ちが現れた事件もあって対応に追われているのだろう。

通常業務も並行してこなす必要があり、中には泊まり込みで職務をこなしている職員もいる状況である。

「仕方ねぇ。このままマスターの部屋行くぞ」

「え？　いいの？」

「こっちだって報告するよう言われているんだ。問題ねぇだろう」

「相変わらず強引ですね」

セレナが肩を竦めるが、ギルドの職員が忙しそうなのも確かなのでガイと一緒に二階へ向かった。

「おう、邪魔するぞ」

「ちょ、せめてノックぐらいしなさいってば！」

フィアに注意されるも関係なしにガイがズカズカとギルドマスターの部屋に入っていく。

「なんだ貴様らは？　失礼だろう！」

「あん？」

部屋に入ると机にはサンダースと来客の姿があった。ガイたちから見て机を挟んだ手前側には鎧姿の二人がいて、銀髪の若い男が振り返りガイに文句を言ってきた。不機嫌そうに眉を顰めるガイ。ジロジロと文句を言ってきた男を見ると、鎧には王国の紋章が刻まれていた。

「チッ、なんで騎士連中がいんだよ」

ガイが不満そうに頭を掻く。その態度に若い銀髪の騎士が怒りを顕にする。

「我ら王国騎士団に向けてなんだその失礼な態度は！」

「落ち着けバエル。冒険者に礼節を求めることがそもそも間違いなのだからな」

ガイの態度に荒ぶる若い騎士を年長の騎士が宥めた。会話の様子から若い騎士の名前がバエルだとわかる。

「おいおっさん。この連中はあれか？　俺らに喧嘩売っているのか？」

ガイが騎士二人を睨み言った。聞いていたサンダースが嘆息し答える。

「やめとけ馬鹿。今回の件もあってサジェス砦からやってきた王国騎士様だ。そちらが第八騎士団所属の団長グラン。若い方はバエルだ。で、こっちが勇者パーティーとして活動しているガイ、セレナ、フィアの三人だ」

サンダースがガイたちに騎士の二人を、騎士にはガイたちを紹介した。ガイはフンッと鼻を鳴らし不遜な態度を貫いている。

「ほう。あなたたちがあの勇者パーティーですか。これはこれは、どうぞよろしく」

グランが笑みを浮かべて挨拶した。しかしその目は全く笑っていない。

「砦からここまでご苦労なことね」

「ハハッ。この領地は我らの管轄ですから当然のことですよ」

騎士とは基本王国に所属する王国騎士のことを指す。王国の各所には砦が設けられており、王国軍所属の騎士や正規兵が配属され、管轄の領地で問題が起きた際などには出動する形を取っている。

なお、領内の各町などに所属する衛兵などは領主が予算を組み雇う私兵となる。

「勇者パーティーね。巷では随分と無能を晒しているようではないか。そんな連中が勇者とは片腹痛い」

「テメェ、やっぱり喧嘩売ってやがるのか」

バエルが目を細め小馬鹿にするように口にすると、ガイが眉をひくつかせ若い騎士に噛みついた。

「失礼だぞバエル。彼らだって今回はそれなりに活躍したそうではないか」

「それなりとは随分な言いぐさね」

バエルに態度を改めるように伝えるグランだが、その彼自身もどこか下に見ているような言い草だ。フィアもセレナも不満を顕にしていた。

「グラン卿。今回の件は彼らの活躍があったからこそ被害を最小限に抑えられたと思っている。そこは考慮して欲しいところですな」

サンダースが彼らの功績を認めるよわずかに語気を強める。

「ふむ。確かに町にみすみす潜入された上、奴らにいいように暴れられ、あまつさえみすみす罠にハマり暴走したどこぞのギルドマスターよりはマシですかな」

底意地の悪そうな笑みを浮かべグランが語る。その態度にガイの表情はますます険しくなった。

「テメェら。さっきから好き勝手言ってやがるが、そのお偉い騎士さんは町が大変なときにのんびり砦で何してたんだかなぁ。何もできてねぇ連中が偉そうにしてんじゃねぇぞゴラァ！」

ギルドマスターのサンダースへの態度を見て、ガイがキレ気味に言い放った。フィアが慌てた様子で声をかける。

「ちょ、ガイ言いすぎ――」

「そうですよ、流石に騎士相手ですし、もう少し柔らかく。町が大変なときにのんびりされてて楽ですねとか」

「いやセレナも言い方――」

ガイを止めようとするフィアだったが、セレナも意外と棘のある言い方であり、更に戸惑っていた。

「もちろん早めに連絡いただければ対処のしようもありましたがね。我々のもとに連絡が来たのは全てが終わってからでしたので」

グランが冷たい笑顔を残したまま答えた。その隣ではバエルが不機嫌そうにしている。

「貴様らのような根無し草な連中と違って騎士は毎日忙しいのだ。大体貴様らこそもっとしっかりやっておけば我々もすぐに動けたのだ。全く。何が冒険者だ勇者だ。使えん連中め！」

グランに続いてバエルが強気な発言をした。明らかに自分たちの方が上だと言いたげな口ぶりであり、ガイたちのイライラをより積もらせた。

「バエル。彼らは彼らなりにやったのだ。犠牲者がそれなりに出ていたがな。我々がしっかり動いていればこのような惨劇は起きなかっただろうが、それでも冒険者連中がいたから最悪の事態はなんとか免れたといったところか」

「――チッ」

グランのセリフに舌打ちするガイ。視線を逸らし先日の戦いを思い出している様子だ。あのとき確かにガイには救えなかった命もあった。

「……俺が不甲斐なかったのは素直に認める。だがガイを含めうちの連中はよくやってくれた。この場にはいないがネロという魔法師の力も大きかったしな」

ネロの名を耳にしガイの目がサンダースに向く。

一方でグランは薄笑いを浮かべ思い出したように語りだす。

「ネロですか……彼の話は確かに私も耳にしましたよ。なんでも水の紋章持ちとか」

「ハハハッ！　よりにもよって水の紋章持ちが活躍？　冗談も休み休み言ってもらいたいものだ。それともこのギルドは無能な水使いに頼らなければいけないほどに人材が不足しているのかな？」

サンダースの説明にグランが応え、バエルが挑発じみた発言をしてみせた。聞いていたガイの表情に怒りが滲む。

「テメェら。あいつのことも知らずに好き勝手言ってんじゃねぇぞゴラァ！」

「そうよ。ネロの水魔法は凄いんだから。重くて強くて黒い紋章持ちだって敵わなかったほどなんだからね！」

ガイとフィアが噛みつくと、グランが二人の様子を見ながら冷ややかで意地の悪い微笑みを口元に浮かべ言う。

「これはこれは、よりにもよって水が重たいとは、揃いも揃って夢でも見ていたのかな？」

「全くですよ団長。しかも水が強いとか、冒険者は低能の集まりと知ってはいたがここまでとはな」

グランとバエルが小馬鹿にしたように笑った。その様子にガイが怒りを顕にする。

「テメェ！」

「そこまでだガイ。これ以上こんなところで言い合っていても仕方ないだろう。お二人も要件は既に済んでいるだろう？」

今にも飛びかかりそうなガイをサンダースが制し騎士の二人にも問いかけた。暗にこの場から出ていくよう伝えているようだった。

「――ハハッ。確かに。では先に話した通り【深淵をのぞく刻】の三人は預からせてもらいますよ」

「あん？　おい、どういうことだおっさん！　こっちで捕まえた連中をみすみすこんな奴らに明け渡すってのかよ！」

「黙ってろガイ。国の判断だ」

ガイが不満を顕にするがサンダースは窘めるように答えた。聞いていたフィアやセレナも不満そうに険しい顔を見せている。

「そういうことですよ自称勇者君。黒い紋章持ちの罪人は元々は我ら王国騎士団が追っていた連中でもあるのだ」

「そういうことだ。お前らのようないい加減な冒険者共が扱うような案件ではないのだからな」

「それならばなおさらもっと早くに対処できなかったのですか？　それこそ騎士団の怠慢では？」

バエルとグランの話を聞きセレナが反論した。二人の騎士が表情を曇らせる。

「ハッ、よく言ったぜセレナ。お前の言う通りだ。一体どっちが無能なんだかなぁおい」

「貴様！　我らを愚弄するか！」

「やめろバエル。言わせておけ――ガイといったな、貴様の名前よく覚えておくぞ」

バエルを宥めるも、グランのガイを見る目は険しい。そして部屋を出ようとする二人だが。

「――ところでセレナといったか？　君はアタラクシア家と関係があったかな？」

耳元でグランに囁かれセレナの顔が強張った。

「――いえ、別に……」

「ふむ。そうか。昔君に似た子を見た気がしたんだが……まぁいい」

そして騎士の二人が部屋を出た――。

「気に食わねぇ連中だぜ。おっさんもおっさんだ！　なんであんな連中にクソどもを引き渡すんだよ！」

ガイがサンダースに向けて吠えた。渋い顔を見せるサンダース。いくら冒険者といえどギルドマスターをおっさん呼ばわりできるのはガイぐらいなものだろう。

「仕方ねぇんだよ。あの黒い紋章持ちについては以前から王国騎士団が追っていた連中だ。俺たちのような冒険者には情報はほとんど下りてなかった上、混乱を避けるため冒険者の中でも上位の一部のみにしか情報の開示は認められなかった」

「それっておかしくない？　冒険者ギルドは確かに国からの仕事を請け負ったりもするけど、基本的には自由な組織よね？　国や貴族といった権威のしがらみを受けないのが特徴のはずだけど」

サンダースの答えにフィアが疑問を口にした。彼女の言うように冒険者ギルドは完全中立組織として存在し、故に貴族や国から必要以上の干渉を受けることはないとされている。

「フィアの言うことはもっともだがな、世の中そう単純じゃない。確かに干渉は受けないが、かといって全て要求を突っぱねていたら冒険者ギルドの仕事にも影響は出る。互いに持ちつ持たれつの部分もあるからな。極端に擦り寄るつもりはねぇが、こっちの我だけ通していい相手でもないんだよ」

後頭部を摩りながらサンダースが答えた。その様子にガイが眉を顰めた。

「チッ、結局どこも一緒か」

「なんだガイ。お前にもそういう悩みがあるのか？」

「――うっせぇな。特にねぇよ」

面倒くさそうにガイが言葉を返した。サンダースはやれやれと肩を竦める。

「どちらにせよあの【深淵をのぞく刻】の扱いは騎士団連中の方が長けている。こっちで尋問するよりは上手くやるだろう。正直こっちも事件の後始末でかなり忙しい状況だからな。王国側で処理してくれるならむしろありがたいんだよ」

確かにギルドの職員たちも忙しなさそうにしていた。この状況で少しでも負担が減るのは冒険者ギルドとしては助かるのかもしれない。

「その、思ったのですが、それだけあの連中に詳しいのだったら今回の件で動けなかったのは問題なのでは？　それなのにこっちに責任を擦り付けるような発言をされてましたよね？」

「だからこそだセレナ。当然あいつらだって自分たちの失態に気がついている。わざわざうちまで出張って引き渡せと言ってきたのも、少しでも功績を残したかったからだろうよ。だから安心しろ。確かにさっきの二人は随分と強気だったが、こっちはこっちで要求は突きつけておいたからな。国からの報酬はしっかりといただくぜ」

ニヤリと狡猾な笑みを浮かべるサンダース。それを見てガイが鼻を鳴らし口を開く。

「ちゃっかりしているってことかよ」

「そういうことだ。お前たちの取り分にも期待していいぞ」

「――だったらネロの野郎たちに多く渡せ。今回一番貢献してたのは間違いねぇからな」

ガイがそう進言した。サンダースが目を丸くさせて彼を見やる。

「まさかお前の口からそんな話が出るとはな」

「か、勘違いするなよ！　あくまで今回の結果だけ見ての話だ！　本来なら俺らの方が実力はずっと上だからな！」

「あぁわかったわかった。お前の話は参考にさせてもらうが、とにかくまずは一通り報告を聞くか」

そしてサンダースはガイたちから話を聞き必要なことを纏めていった。

「ま、こんなところか。悪かったな時間とらせて」

「全くだ。細かいこと色々聞きやがって面倒クセェ」

「ちょっとガイ。全く本当に。口が悪くてすみません」

セレナがガイの態度についてサンダースに謝罪した。

「なんでお前が謝るんだよ！」

「仕方ないでしょう。全くセレナも大変よね。大体騎士団にもあんな態度とって、目をつけられたらどうするのよ」

「お前だって人のこと言えねぇだろうが！」

ギャーギャーと言い合う二人を見てサンダースが頭を抱えた。

「たく、いがみ合うなら外でやれ」

「あはは……」

二人の様子にセレナも苦笑いである。

「チッ、ところでおっさん。Cランクの昇格試験にネロも出るってのは間違いないんだよな？」

「あぁ。そのつもりだ。それに今回の活躍もあるからな。試験にエントリーするのは間違いないと思っていいぞ。なんだそんなに嬉しいのか？」

問われたサンダースが答えるとガイの顔が赤くなっていく。

「は、は？　はぁ⁉　な、なんで俺が嬉しそうって話になんだよボケがッ！」

「ちょ、またそんな言い方！」

「あぁ、いいって。セレナも一々気にするな。こっちも慣れている」

ガイを叱咤するセレナに笑いながらサンダースが返した。すっかりガイの態度に慣れている様子である。

「チッ――俺はあいつには負けねぇ。ただそれだけだ」

「ガイ……あんた何か勘違いしてない？　昇格試験は別に勝負の場じゃないでしょう」

「うっせぇな！　どんなときでもこっちは真剣勝負のつもりでやってんだよ！」

フィアからの突っ込みを受け、声を荒らげるガイ。しかし彼女の言うように昇格試験はあくまでそれだけの実力があるかを測る試験だ。

「……ま。フィアの言うことももっともだが、だからといってガイの言っていることだってあながち間違いとも言えないがな」

「え？　それってどういうことですか？」

「俺からはこれ以上のことは言えねぇさ。試験に関する情報は当然必要以上には教えられないからな。

ま、Cランク試験ともなればそう簡単ではないってことだけ覚えておくこったな」

「――フン！　上等だ。じゃあもう出るぜ。これで要件は済んだだろう？」

「あぁ。そうだな。ま、試験もいいが依頼も頑張ってこなしてくれ。こっちも仕事が溜まっているからな」

「――フンッ」

サンダースの言葉を背に受けガイたちも部屋を出た。

こうして黒い紋章持ちの事件は一旦は解決した。しかしこれが【深淵をのぞく刻】との激しい戦いの幕開けに過ぎないことを、ガイたちも、そしてネロもまだ知らない――。

《了》

あとがき

この度は、私、空地大乃の小説「水魔法なんて使えないと追放されたけど、水が万能だと気がつき水の賢者と呼ばれるまでに成長しました〜今更水不足と泣きついても簡単には譲れません〜」を手に取ってくださり、誠にありがとうございます。

この物語は、水魔法しか扱えないという理由で追放された主人公・ネロの成長物語で、彼が水を自在に操る「水の賢者」と呼ばれるようになるまでの過程が書かれています。

物語の中では、ネロを支える大切な仲間たちが登場します。天真爛漫なヒロインのエクレアは雷の紋章持ちであり、ネロにとって大切なパートナーとなります。愛らしいマスコットキャラであるスライムのスイムは、周囲からも愛される癒やされキャラです。

さらに本作では追放した側にも癖があるメンバーが揃っております。ネロを追放し常に憎まれ口を叩くガイ。ネロの追放に賛成しつつも、どこかネロが気になっている爆発魔法の使い手フィア。見た目からは信じられない大食いっぷりが魅力の、回復魔法の使い手セレナ。

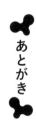

さらに脇を取り巻くギルドマスターのサンダースや、受付嬢のフルールといったキャラクターたちなど、敵キャラも含めて数多く登場しております。本作を読んでいただいた読者様のお気に入りとなるキャラが一人でもできたなら、作者としてこんなに嬉しいことはありません。

また、それらのキャラクターが描かれた挿絵はどれも素晴らしく、物語の魅力を一層引き立てております。

そしてこの物語を書くにあたり、多くの方々の支えがありました。出版に関わった方々や、読者の皆様、そして素晴らしい表紙や挿絵を描いてくださった神吉様に感謝の気持ちでいっぱいです。

また本作はコミカライズ化も決定し、現在その企画が進行中でございます。書籍でのネロたちの活躍が、なんと漫画でも楽しめるなんて作者冥利に尽きます。よろしければコミカライズ版も楽しみにしていただけましたら幸いです。

最後に、この物語を読んでくださった皆様に、心からの感謝を申し上げます。この物語が皆様の心に少しでも温かさや勇気を与えることができれば幸いです。

本作を手に取っていただき本当にありがとうございました。

空地 大乃

唯一無二の最強テイマー
～国の全てのギルドで門前払いされたから、
他国に行ってスローライフします～
原作：赤金武蔵　漫画：田村紘一
キャラクター原案：LLLthika
異世界還りのおっさんは
終末世界で無双する
原作：羽々音色　漫画：ダンタガワ
処刑された聖女は
死霊となって舞い戻る
原作：緒二葉　漫画：蚊
キャラクター原案：みなせなぎ

雷帝と呼ばれた最強冒険者、
魔術学院に入学して
一切の遠慮なく無双する
原作：五月蒼　漫画：こばしがわ
キャラクター原案：マニャ子
モブ高生の俺でも
冒険者になれば
リア充になれますか？
原作：百均　漫画：さぎやまれん
キャラクター原案：hai
魔物を狩るなと言われた
最強ハンター、
料理ギルドに転職する
原作：延野正行　漫画：奥村浅葱
キャラクター原案：だぶ竜
COMIC
NOVA
ノヴァ
話題の作品
続々連載開始!!

水魔法なんて使えないと追放されたけど、水が万能だと気がつき水の賢者と呼ばれるまでに成長しました 1

〜今更水不足と泣きついても簡単には譲れません〜

発 行
2023年5月15日　初版発行

著 者
空地大乃

発行人
山崎　篤

発行・発売
株式会社一二三書房
〒101-0003　東京都千代田区一ツ橋 2-4-3 光文恒産ビル
03-3265-1881

編集協力
株式会社パルプライド

印 刷
中央精版印刷株式会社

作品の感想、ファンレターをお待ちしております。

〒101-0003　東京都千代田区一ツ橋 2-4-3 光文恒産ビル
株式会社一二三書房
空地大乃先生／神吉李花先生

Printed in Japan, ISBN978-4-89199-964-3 C0093
※本書は小説投稿サイト「小説家になろう」（https://syosetu.com/）に
掲載された作品を加筆修正し書籍化したものです。